산책자

로베르트 발저 작품집

산책자

로베르트 발저 작품집

Robert Walser

배수아 옮김

한겨레출판

차례

시인

아침의 꿈과 저녁의 꿈, 빛과 밤. 달, 태양 그리고 별. 낮의 장밋빛 광선과 밤의 희미한 빛. 시와 분. 한 주와 한 해 전체. 얼마나 자주 나는 내 영혼의 은밀한 벗인 달을 올려다보았던가. 별들은 내 다정한 동료들. 창백하고 차가운 안개의 세상으로 황금의 태양빛이 비쳐들 때 나는 얼마나 크나큰 기쁨에 몸을 떨었던가. 자연은 나의 정원이며 내 열정, 내 사랑이었다. 내 눈에 들어오는 것은 모두 나에게 속하게 되니, 숲과 들판, 나무와 길들. 하늘을 올려다볼 때 나는 왕자와도 같았다. 하지만 그중에서도 가장 아름다운 것은 저녁이었다. 나에게 저녁은 동화였고, 천상의 암흑을 소유한 밤은 달콤하면서도 불투명한 비밀에 감싸인 마법의 성이었다. 종종 어느 가난한 남자가 뜯는 하프의 현이 영혼을 울리는 소리가 되어 밤을 관통하곤 했다. 나는 그 소리에 귀 기울이고, 또 귀 기울였다. 모든 것이 좋았고, 옳고, 아름다웠다. 세계는 온통 이루 형용할 수 없을 정도로 장엄하고 유쾌했다. 그러나 음악 없이도 나는 유쾌했다. 나는 시간에 현혹당하는 듯했다. 사랑하는 사람과 하듯이 시간에 말을 걸었고, 시간도 나에게 말을 걸어온다고 생각했다. 시간에 얼굴이 있는 듯 한참을 쳐다보았고, 시간 또한 묘하게 다정한 눈동자로 나를 말없이 물끄러미 바라보고 있다는 느낌을 받았다. 어떨 때 나는 마치 물에 빠져 죽은 사람과도 같았다. 그만큼 고요하고, 소리 없고, 말없이 나는 그냥 살았다. 주변의 모든 사물과 친밀한 관계를 맺었으나 사람들은 아무도 알아차리지 못했다. 그 누구도 생각하려고 애쓰지 않는 것을 나는 하루 종일 생각했다. 그러나 얼마나 감미로운 생각이었는지. 아주 드물게 슬픔이 나를 방문했다. 때때로 보이지 않는 무모한 무용수처럼 구석진 내 방으로 불쑥 뛰어드는 바람에 웃음이 터진 적도 있었다. 나는 아무도 아프게 하지 않았고, 나를 아프게 하는 사람 역시 아무도 없었다. 나는 참으로 멋지게 그리고 보기 좋게 옆으로 비껴나 있었다.

빌케 부인

어느 날 나는 적당한 방을 찾고 있었고, 대도시 외곽 지역 교외선 철로 바로 옆에 있는 특이하면서도 사랑스럽고 내 눈에는 예스러워 보이며 매우 낡고 황폐한, 하지만 외관의 독특함이 무척 마음을 끌어당기는 어느 집 건물로 들어섰다.

환하고 널찍한 계단을 천천히 올라가고 있으려니 향긋한 냄새가 났고, 느리게 울리는 발소리는 과거의 우아함을 상기시켰다.

소위 지나간 아름다움이란 많은 사람들을 사로잡으며 매혹시킨다. 폐허에는 마음을 건드리는 무언가가 있다. 고귀함의 잔해 앞에서 생각하고 느끼는 우리의 내면은 저절로 고개를 숙이게 된다. 한때 드높고 고상한 광채로 빛나다가 스러진 유적은 우리의 동정심을 자극하는 동시에 존경심을 불러일으킨다. 흘러간 과거여, 쇠망과 몰락이여, 너희는 정녕 황홀하구나!

어느 문 앞에서 나는 '빌케 부인'이라 적힌 문패를 보았다.

천천히 조심스럽게 초인종을 눌렀다. 하지만 아무 반응이 없는 것으로 미루어 초인종은 소용없는 물건임이 분명했다. 그래서 문을 두드렸더니 누군가가 나오는 소리가 들렸다.

극도로 신중하고 느리게 문이 열렸다. 비쩍 말라빠져서 뼈대가 앙상하게 드러난 키 큰 여인이 내 앞에 서서 나직한 목소리로 물었다.

"무슨 일이시죠?"

기이할 정도로 메마르고 쉰 목소리였다.

"지금 방을 좀 볼 수 있을까요?"

"네, 물론이죠. 들어오세요!"

여인은 나를 이끌고 어두컴컴하고 독특한 모양의 복도를 지나 방으로 들어갔다. 품격 있게 꾸며진 방은 첫눈에 나를 사로잡았다. 실내는 어느 정도 고급스럽고 세련되었으며, 다소 폭이 좁은 듯했으나 대신 천장이 꽤 높은 편이었다. 소심한 탓에 나는 방세부터 확인했다. 방세는 다행히 적당한 수준이었으므로 더 생각하지 않고 그 자리에서 방을 빌렸다.

나는 그렇게 할 수 있다는 사실이 기뻤다. 얼마 전부터 이상한 기분에 잔뜩 억눌려 있던 탓에 알 수 없는 피곤을 느꼈고 얼른 쉬고 싶은 마음이 간절했기 때문이다.

여기저기 더듬거리며 찾아 헤매는 일에 신물이 나고 낙담하여 우울해졌던 탓에 어느 정도 괜찮다 싶은 잠자리만 찾으면 기뻐해야 할 지경이었는데, 평화로운 안식처를 구했으니 날아갈 듯이 행복할 수밖에 없었다.

“직업이 뭔가요?” 여인이 물었다.

“시인입니다!” 내가 대답했다.

여인은 말없이 자리를 떴다.

“그래, 공작님이라 해도 여기서 살지 못할 이유는 없지.”

나는 새로운 고향을 꼼꼼히 살펴보며 나 자신을 향해 이렇게 늘어놓았다.

“그림처럼 아름다운 이 방은 분명히 큰 장점이 있어. 일단 아주 외곽이라는 점이야. 그러니 동굴처럼 조용할 수밖에. 실제로 여기 살면 아늑하게 은신해 있다는 느낌일 거야. 내 마음속 깊은 소망이 드디어 이루어진 것 같군. 이 방은 내가 보기에 반쯤 어두워. 아니면 반쯤 어둡게 보인다는 생각이 들어. 어두운 빛과 밝은 어둠이 서로 혼재해 있어. 정말이지 칭송할 만하지 않은가. 둘러보자고! 조금도 불편해할 필요가 없어. 결코 서두를 일은 아니니까. 그러니 천천히 원하는 대로 마음껏 보는 거야! 여기 이 자리에 벽지가 조금 찢어져 슬프고도 애수 어린 자태로 나달나달 매달려 있지 않으냐고? 정확히 맞는 말이야! 하지만 바로 그 점이 나를 매료시켰단 말이야! 나는 원래 어느 정도의 몰락과 피폐함을 무척 사랑하니까. 그러니 찢긴 조각은 그냥 그렇게 매달려 있게 두면 되는 거야. 절대로 뜯어내지 못하게 할 거야. 나는 벽지 조각들이 여기서 나와 공존하는 데 전적으로 동의하니까. 옛날에 이 방에 어느 남작이 살았다고 믿고 싶어지는군. 장교들이 모여서 샴페인을 마신 적도 있을 거야. 높고 늘씬한 창문에 달린 커튼은 오래된 데다 먼지투성이로 보여. 하지만 아주 멋진 모양으로 주름이 잡혔으니 고상한 취향과 상냥한 배려심을 증명하는 셈이지. 창문 바로 앞 바깥 정원에는 자작나무 한 그루가 서 있어. 여름이면 방으로 녹색의 웃음을 드리우고, 달콤하고 부드러운 가지에는 온갖 새들이 날아와서 내 즐거움과 마찬가지로 자신들의 즐거움을 위해 머물겠지. 낡고 고급스러운 이 책상은 지금은 사라진 우아한 시대의 산물이니 묵직한 위엄이 넘치는구나. 여기서 나는 산문과 스케치, 연구조사서, 단편과 소설을 써서 신속히 출판의 자비를 베풀어달라는 절박한 간청과 함께, 근엄하고 존경스러운 수많은 신문 잡지의 편집부로, 예를 들자면《북경 최신 뉴스》라든지《메르퀴르 드 프랑스》처럼 내 화려한 성공을 분명히 보장해주는 그런 곳으로 보내게 되겠지.

침대는 아무 문제가 없어 보이는군. 그렇다면 잠자리를 꼼꼼히 조사하는 일은 생략할 것이고, 생략해야겠어. 참으로 이상하고도 으스스한 모자걸이를 봤다고 일단 기록해두자. 저쪽 세면대에 달린 거울은 내 모습이 어떤지 매일 충실하게 일러줄 테지. 기왕이면 거울이 나를 비추는 모습이 늘 호의적이었으면 좋겠는데. 소파는 낡아서 안락하고 편안하군. 새 가구라면 좀 신경이 쓰일 텐데, 새것이란 집요하게 달라붙어서 우리 앞을 가로막으니까 말이야. 네덜란드 풍경화와 스위스 풍경화가 한 점씩, 내 마음을 흡족한 기쁨으로 채워주면서 벽에 소박하게 걸려 있군. 나는 저 두 그림을 아주 주의 깊게 몇 번이고 자세히 들여다볼 것이 분명해. 이건 그럴듯한 가정이라기보다 상당히 확실한 추측인데, 방 안의 공기를 보아하니 이곳은 꽤 오랫동안 본격적인, 절실히 필요해 보이는 환기를 하지 않았을 거야. 방 전체에 퀴퀴한 냄새가 확실하게 배어 있으니. 하지만 난 그것조차도 흥미로워. 탁한 공기를 들이마시는 건 분명 독특한 쾌락이니까. 게다가 어차피 나는 하루 종일 일주일 내내 창문을 열어놓을 수 있잖아. 그러면 상쾌하고 깨끗한 공기가 안으로 들어올 테니.”

“아침에 일찍 일어나셔야 합니다. 침대에 늦게까지 누워 있는 건 못 참으니까요.” 빌케 부인이 말했다. 그것 말고는 나에게 거의 말을 하지 않았다.

내가 온종일 침대에 누워 있었기 때문이다.

나의 상태는 그다지 좋지 않았다. 쇠락이 나를 둘러쌌다. 나는 우울에 빠진 사람처럼 침대에 누워 지냈다. 내가 누구인지, 어디에 있는지 알지 못했다. 과거에 내가 품었던 명쾌하고 밝은 생각들은 모두 음울한 혼돈으로 헝클어지며 사라져버렸다. 갈가리 찢긴 의식이 비애에 잠긴 눈동자 앞에 쓰러져 있었다. 사고와 감각의 세계가 혼란스럽게 뒤섞였다. 모든 것이 죽고 텅 비었으며 가슴에는 아무런 희망도 없었다. 영혼도 사라졌고 기쁨도 사라졌으며, 한때 나에게도 즐겁고 담대하고 관대하며 확신에 차 있고 경건하면서 행복한 시절이 있었다는 기억조차 희미해져버렸다. 안타까워라, 참으로 안타까워라! 내 앞과 옆, 주변 어디를 돌아보아도 전망이라고는 조금도 보이지 않았다.

그럼에도 불구하고 나는 빌케 부인에게 더 일찍 일어나겠다고 약속했고, 실제로 다시 부지런히 글쓰기도 시작했다.

집 주변 소나무와 전나무가 우거진 숲으로 나는 자주 산책을 나갔고 숲의 아름다움, 경이로운 겨울 숲의 고독을 경험하다보면 막 시작된 내 절망도 치유되는 것 같았다. 나무 꼭대기에서 이루 말할 수 없이 다정하게 나를 향해 속삭이는 목소리가 있었다. "세상이 온통 힘들고 허위이고 악의적이라는 어두운 생각에 빠져 있으면 안 돼. 그럴 때면 우리를 찾아와. 숲은 항상 너를 좋아하니까. 숲과 함께 있으면 기운을 차리고 건강해질 거야. 그래서 다시 더 고귀하고 아름다운 생각을 하게 될 거야."

사회 속으로, 다시 말하자면 세상을 의미하는 곳, 세상의 온갖 것들이 모이고 회동하는 곳으로 나는 두 번 다시 돌아가지 않았다. 나는 실패한 자였으므로 그런 곳에서는 아무런 볼일이 없었다.

가엾은 빌케 부인, 머지않아 당신은 죽게 되는구나.

한 번이라도 가난하고 고독한 신세를 경험해본 자는 시간이 지난 다음에도 타인의 가난과 고독을 더 잘 이해한다. 우리는 타인의 불행, 타인의 굴욕, 타인의 고통, 타인의 무력함, 타인의 죽음을 조금도 덜어주지 못하므로 최소한 타인을 이해하는 법이라도 배워야 한다.

어느 날 빌케 부인은 내게 손과 팔을 내밀더니 이렇게 속삭였다.

"한번 만져보세요. 얼음장처럼 차가워요."

나는 그녀의 가엾고 늙은 말라빠진 손을 내 손 안에 가두었다. 정말로 손은 얼음장처럼 차가왔다.

빌케 부인은 집 안에서 유령처럼 소리 없이 돌아다닐 뿐이었다. 아무도 그녀를 찾지 않았다. 하루 온종일 그녀는 얼음처럼 차가운 방 안에 홀로 앉아 있었다.

고독하다는 것. 얼음과 같은, 쇠붙이와 같은 전율, 무덤의 냄새, 자비심 없는 죽음의 전조. 아, 한 번이라도 고독했던 자는 다른 이의 고독이 결코 낯설지 않은 법이다.

이미 내가 예감했듯이 빌케 부인은 더 이상 음식을 먹지 않았다. 나중에 이 집을 넘겨받은 후 내 방에서 나를 계속 살게 해준 집주인 여자는 너그러운 자비심으로 매일 점심과 저녁때 모든 것을 포기한 여인에게 고기수프를 한 그릇씩 가져다주었다. 하지만 그 기간은 그리 오래지 않았고 빌케 부인의 생명은 하루하루 꺼져갔다. 그녀는 죽은 듯이 침대에 누워 전혀 움직이지 않았고, 얼마 지나지 않아 시립병원으로 이송되었다가 그곳에서 사흘 후에 죽고 말았다.

그녀가 죽고 얼마 지나지 않은 어느 날 오후, 나는 마침 저녁햇살을 담뿍 받아 장밋빛으로 환해진, 영롱한 사랑스러움이 넘실대는 그녀의 텅 빈 방으로 들어갔다. 그 가엾은 여인이 얼마 전까지 걸치고 다니던 옷가지와 소지품이 침대 위에 놓여 있었다. 치마, 모자, 우산과 양산 그리고 바닥에는 작고 연약한 장화. 그 기괴한 광경은 말할 수 없이 깊은 애수를 불러일으켰다. 나는 너무도 이상하고 묘한 기분에 사로잡혀 마치 나 자신이 죽은 것만 같았으며, 내가 늘 위대하고도 아름답게만 여겼던 의미심장하고도 풍부한 삶이 한순간에 파열하여 왜소하고 초라하게 움츠러드는 것만 같았다. 허무와 덧없음, 이 의미를 그 순간만큼 생생하고도 가까이 실감한 적이 없었다. 이제는 주인을 잃고 용도가 사라진 물건들과 황금빛 저녁햇살이 보내는 축복의 미소로 가득 찬 방을 바라보면서, 나는 꼼짝없이 서 있었고 더는 아무것도 이해할 수가 없었다. 그렇게 한참이 지난 다음에야 말없이 우뚝 선 상태에서 겨우 풀려나 마음의 안정을 되찾았다. 삶이 내 어깨를 붙잡았고, 비범한 시선으로 내 눈동자를 들여다보았다. 세상은 여전히 살아 있었으며 여전히 가장 아름다운 순간처럼 아름다웠다. 조용히 나는 그곳을 떠나 거리로 나섰다.

크리스마스 이야기

집에 가고 싶지 않았으므로 이리저리 두리번거리던 중에 문득, 사람이 찾아오는 것을 싫어하는 그 신사를 방문해봐야겠다는 생각이 들었다. 나는 얼마 전 어느 모임에서 그를 우연히 알게 되었다. 그는 괴짜라고 알려진 인물이었다. 게다가 과묵하고 직설적이기까지 하여, 그것 때문에 그를 좋아하는 사람들도 있는 반면 같은 이유로 두려워하는 사람들도 있었다. 그에 관하여 말할 때는 대부분 큰 존경심을 보였다. 여자들로부터는 좀 덜한 평가를 받았는데, 이유는 그가 문제 있는 독신자라는 평판이 있었기 때문이다. 그를 높이 평가하는 이들은 그가 화제에 오르면 미소를 지었고, 그를 낮게 평가하는 이들도 마찬가지였다. 그들의 미소는 각자 저마다의 의미가 있었다. 나로 말하자면 그를 부르군트 공작에 대항하기로 동맹을 맺은 동지 중 한 명으로 여기고 있었다.

그의 집 앞에 도착해서 문을 두드릴 때, 어쩌면 이런 방문이 그에게는 부담스러울지도 모르겠다는 생각이 들었다. "들어와요" 하는 목소리도 무뚝뚝하게 들려서 문을 두드리는 방문객에게 짜증을 내는 것 같기도 했다. "제가 방해가 된 것 같군요." 나는 환하고 넓은 작업실로 들어서면서 진심으로 말했다. 원치 않는 방문객을 맞은 사람은 짤막하지만 확실한 어조로 대답했다. "그야 당연하죠." 이미 말했듯이 그는 직설적인 화법으로 유명했고, 그래서 어떤 사람들은 그가 너무 인정머리 없고 그래서 그를 존경하기가 매우 힘들다는 기색을 감추지 않는 실정이었다.

"무슨 일로 오셨습니까? 일단 앉으시죠." 그는 거친 어조로 이렇게 말했다. 그것은 곰이나 빙하시대의 인간이 내는 소리, 말하자면 오스트레일리아 사람의 말투 같았다. 안경 뒤편에서 커다랗고 영리한 눈동자가 반짝였다. 나는 자리에 앉았다. 그렇게 하라고 했으니 말이다. 하지만 무슨 일로 왔느냐는 질문에는 나 자신도 명확하게 대답할 말이 없었다.

"뭐 특별한 용건이 있어서 온 건 아닙니다" 하고 나는 말했다. "뭐라고요, 용건이 없다고요? 그러니까 당신은 그냥 여기로 오게 되니까 온 것이고, 이제 가게 되면 갈 예정이란 말입니까? 그 밖의 다른 용건은 없다는 말인 거죠? 방문의 이유로는 불충분하군요. 특별한 용건이 있어서 온 건 아니라는 당신 말은 적어도 솔직하긴 합니다. 어쨌든 찾아와줘서 기쁩니다. 목적 없이 불쑥 나타나기는 했지만요."

나는 입을 다물었고, 그도 마찬가지 행동을 했다. 그리하여 우리는 둘 다 의미심장한 침묵 속으로 빠져들었다. 간혹 한 사람이 다른 사람을 최대한 아무 목적 없이 바라볼 뿐이었다. 철학자가 하품을 했다. 나는 그에게 매우 어울리는 그 행위의 공공연한 무신경함에 감탄했다. 사회적 업적이 큰 남자에게는 완벽하게 적절한 태도보다는 도리어 그 반대가 더 적절하게 어울리는 법이다. 침묵을 지키면서 서로가 서로를 대담하게 관찰했다. 아마도 그는 혓바닥에 벼락이라도 맞은 듯했고, 내 혓바닥도 별반 다르지 않았다.

'이제 얼른 가버려주세요'라는 의사가 학자의 눈과 표정에서 엄청 노골적으로 드러났다. 나는 거기 계속 머물 엄두도, 그렇다고 일어나서 나갈 엄두도 내지 못했다. 나가려는 마음이 들면 나는 그냥 앉아 있었고, 그냥 앉아 있어야겠다는 생각을 하면 여기서 달아나버리는 편이 차라리 낫겠다는 생각이 강해졌다. 하지만 나는 달아날 결심을 내리지 못한 채 이

글이글 불타는 뜨거운 석탄 위에 계속해서 앉아 있는 편을 택했다.

그러면 내가 그에게 하고 싶은 말이라도 있었을까?—그런 게 있을 리가 없지!—그래서, 극히 사소한 것을 꼬투리 삼아 대화를 시작해보려 했다.—이런 생각이 문득 머리에—떠올랐다! 대화는 침묵으로 이루어졌고, 그래서 오가는 말도 완전하게 단조로움 일색이었다. '얼른 여기서 달아나!' 하고 내 마음은 외쳤지만 실제로 내 몸은 의자에 딱 붙은 채 못이라도 박힌 양 꼼짝도 하지 않았다. 이 상황은 안타까운 곤경에 빠져버린 것과 같았고, 여기서 해방될 유일한 방법은 당장 자리를 박차고 달아나버리는 길밖에 없어 보였다. 하지만 나는 죽음조차 겁내지 않는 뻔뻔한 무모함으로 계속해서 자리에 누워 있는 것이 아닌가. 뭐 앉아 있는 형식을 취하긴 했지만 말이다. 그 상황은 좋게 말해서 황당하고 어이없었고, 심각하게 표현하자면 불편함과 불쾌함의 극치였다.

일단 한마디를 꺼내면 다음 말이 따라온다고들 한다. 하지만 이 경우는 달랐다. 일단 꺼내지는 한마디가 전혀 없었기 때문이다. 마침내 나는 여기서 그에게 계속 매달려봤자 헛수고임을 깨달았다. 그건 참으로 안타까웠지만 그래도 나는 모자를 집어 들었다. 아니, 모자는 이미 한참 전에 집어 들고 있었다. 이미 한참 전부터 가야겠다는 생각은 하고 있었기 때문이다. 하지만 지금은 정말로 자리에서 일어섰다. 일어선다는 행위는 그 자체가 괄목할 만한 성과였고, 여기서 달아난다는 것은 우리 둘 다에게 구원이나 마찬가지였다.

집주인은 다음과 같은 의사를 분명히 전달하고자 했다. "당신의 소중한 방문은 참으로 좋은 기분전환의 기회가 되었습니다. 당신과의 대화는 무척 특색 있어서 아주 정신을 빼앗길 정도였습니다. 덕분에 기분도 무척 좋아졌어요. 무엇보다도 나를 더 이상 방해하지 않고 떠나주겠다는 결단이 마침내 당신 안에서 무르익었다는 사실이 기쁘기 그지없습니다." 그래서 나도 대답했다. "내가 마침내 돌아가겠다고 해서 당신이 얼마나 해방감을 느끼실지 충분히 상상할 수 있습니다. 뿐만 아니라 이미 한참 전에 그랬어야 한다는 것도 잘 알고 있다고, 그 말도 꼭 하고 싶군요."

우리는 서로 마주 보고 기분 좋게 웃으며 걸었다. 한 사람은 문 밖을 향해서, 다른 한 사람은 흡족하게 방 안을 한 바퀴. '저 인간을 다시는 찾지 말아야지.' 한 사람, 즉 내 생각은 이러했고, '저 인간이 제발 다시 찾아오지 말았으면', 다른 한 사람의 생각은 이러했다.

밖으로 나오자 참으로 수치스러웠다. 이런 식으로 나는 인간으로부터 멀어졌다. 그 일은 내가 반쯤은 즉흥적으로 반쯤은 장난처럼 내본 용기였다. 눈이 내렸다. 시야를 가리며 펑펑 쏟아지는 눈송이 사이로 저녁 종소리가 들려왔다. 도시는 동화 속 풍경 같았다. 바람 속에서 휘날리는 어여쁜 눈송이여, 이토록 상냥하게 이토록 부드럽게 날리며 내리는구나. 눈송이 하나가 내 입술에 떨어졌다. 마치 입맞춤이라도 건네는 것처럼. 모자와 외투는 순식간에 눈으로 하얗게 변했다. 주변의 모든 사물도 사람도 다 마찬가지였다. 천지는 소리가 없고 불빛만이 반짝였다. 마치 지금 이 세상에는 오직 정겨운 집만이, 사랑하는 사람들만이, 온통 즐거운 기분만이, 오직 다정한 대화만이, 말할 수 없는 행복만이 넘치는 것처럼.

그 지식인은 지금 분명 눈이 소담스럽게 쏟아지는 창밖 풍경을 바라보고 있으리라. 그도 눈을 보고 기뻐할까? 분명 그렇겠지! 이렇게 아름답고 환상적으로 내리는 눈에 기뻐하지 않을 인간이 어디 있겠나. 눈 내리는 광경을 보면 누구나 다 그 아름다움에 탄복한다.

그 순간 나는 여러 아이들의 아버지이면서 동시에 다시 한 명의 아이로 돌아갔다. 나는 아이를 가슴에 껴안은 어머니이면서 동시에 아직 말도 할 줄 모르는 어린아이였다. 나는 상상 속에서 집을 갖고 있었다. 집 앞에서 개가 짖었다. 명랑한 여인이 착한 남편을 기다렸고 아이는 책상에 앉아 학교 숙제를 했다. 나는 생각했다. '눈이 내리면 내 마음은 행복한 시민계층, 행복한 가장의 심정이 되어버리는구나. 무의식중에 아몬드, 오렌지, 대추야자를 먹으며 크리스마스트리의 전나무 가지가 촛불에 타들어가는 소리를 듣는구나. 온 세상 축제의 향기가 내 앞에서 넘실거리고 나는 기꺼이 한 명의 착실한 남자가 되어버린다. 튼튼하고 강직한 가장이 되어버린다. 이런 상황에서 어떻게 아늑함이라고는 전혀 없는 집으로 돌아갈 용기를 낼 수 있겠는가? 눈으로 덮인 채, 눈 속에 파묻힌 채 온화하게 죽음을 맞이하는 자여. 비록 전망은 앙상했지만 그래도 생은 아름답지 않았는가.'

나는 바닥에 앉아 잠들 때까지 그대로 있고 싶었다. 그러면서 눈 위에 뭔가를 써보기로 했다. 여기 자연상태와 마찬가지로 내 시에도 눈송이들이 어지럽게 흩날리기를 바랐다. 여기서 내가 느끼는 그리움이 표현으로 나타나기를 바랐다. 나는 눈 속에서 힘겹게 걸음을 옮기지만 사실은 거의 그 자리에 머물러 있는 것이 아닌가. 마치 조금 전 교수의 집에서 그랬던 것처럼. 지금 돌이켜 생각하면 얼굴이 붉어지고 한참 동안 웃음을 터트릴 만큼 한심한 짓이었는데.

축제 기간에는 사방에서 웃음이 넘쳐난다. 하지만 눈물 또한 분명 그만큼 흘렸을 것이다. 아픔이 쉽사리 가슴으로 스며들고 지나가버린 아름다운 한때를 회상하며 상처가 입을 벌리기 때문이다. 이제 나의 즐거운 기분은 모두 지나가버리고 그 자리에서 고통이 마법처럼 피어오른다. 그리고 그것이야말로 마음속 깊은 곳의 진짜 얼굴이다. 신이여, 우리의 운명은 당신의 것입니다. 원하는 대로 하십시오. 당신의 결정은 모두 훌륭하고 옳을 뿐입니다.

헬블링 이야기

내 이름은 헬블링. 아무도 내 이야기를 글로 써주거나 하지는 않을 테니, 여기서 내가 직접 나 자신의 이야기를 해보려 한다. 인간들이 고도로 세련되어진 오늘날 한 사람이, 예를 들면 나 같은 사람이 자리에 앉아서 자신의 이야기를 글로 쓰기 시작하는 것은 조금도 특별하지도 이상하지도 않다. 내 이야기라고 해봐야 간단하다. 나는 아직 젊으니까, 그리고 앞으로 살아갈 날이 한참 더 남았으므로 내 이야기는 종결지을 수가 없을 테니까. 내게서 두드러지는 점이라고는 아주 심하게, 거의 과도할 정도로 평범한 인간이라는 것. 나는 무수한 인간들 중 하나이며, 바로 그 점을 나 스스로 기이하게 여긴다. 나는 무수한 인간들 자체를 기이하게 여겨서 항상 이렇게 생각하기 때문이다. '도대체 저 많은 사람들이 무얼 하느라 저리 바쁜 것일까?' 나는 무수한 군중 속에서 공식적으로 사라진다. 낮 12시 점심시간이 되어 내가 일하는 은행에서 나와 집을 향해 발걸음을 서두를 때면 다른 모든 사람들 역시 마찬가지로 발걸음을 서두르고 있다. 어떤 사람은 다른 사람을 앞질러가려 하고 어떤 사람은 다른 사람보다 더 보폭을 크게 하려 하지만, 결국 머릿속 생각은 다들 똑같다. '모두 집으로 가는 길이군.' 사실 그들은 모두 집으로 가는 길이니, 집으로 가는 길을 찾지 못하는 것에 성공할 만큼 독특한 인간이 그중에는 아무도 없기 때문이다. 평균 체형인 나는 유난히 작거나 혹은 혼자만 불쑥 튀어나오게 크지 않다는 사실에 기뻐할 명분이 생긴다. 그러니까 문어체로 말하자면 온건한 척도에 해당하는 것이다. 점심식사를 할 때면 늘 나는 이런 자리가 아니라 좀 다른 곳에서 점심을 먹을 수 있다면, 식탁 분위기가 좀 더 명랑한 자리, 여기와 마찬가지로 훌륭하지만 좀 더 고상하게 식사할 수 있는 그런 자리라면 좋을 텐데, 하는 생각에 빠진다. 그리고 더 나은 음식과 더 활기찬 대화가 오가는 그런 곳은 과연 어디일까 곰곰이 생각해본다. 마침내 적당한 장소가 떠오를 때까지, 도시의 모든 구역과 내가 아는 모든 집들을 기억 속에서 하나하나 계속해서 되살려본다. 나는 스스로를 꽤 귀하게 여기는 편이다. 그래서 나 위주로만 생각하고, 항상 어떻게든 내 생활이 편해지도록 하는 일에만 관심을 기울인다. 내가 좋은 집안 출신인 데다가 아버지는 지방에서 존경받는 사업가이기도 하므로, 나는 내게 가까이 다가오려 하는 것들, 내가 짊어져야 하는 일에 대해 무조건 아주 쉽게 흠을 잡아내는 편이다. 예를 들어 그 무엇도 내 눈에는 흡족할 만큼 고급스럽지 않다. 나에게는 무언가 값진 것, 쉽게 부서지는 민감한 것이 있으므로 항상 소중히 다루어져야만 한다는 느낌이 떠나지 않으며, 다른 사람이 나만큼 소중하고 민감하다고 여기지 않은 지는 오래되었다. 어떻게 이런 생각이 가능할까? 그것은 바로, 이 삶에 적당할 만큼 충분히 조야하게 빚어지지 않았다는 느낌이라고 보면 된다. 물론 나 자신의 우월함을 마냥 칭송하기에는 저해가 되는 요소도 있다. 예를 들어 어떤 업무를 수행해야 할 때, 나는 반드시 사전에 반시간 혹은 한 시간 정도 생각에 잠겨야만 하는 것이다! 가만히 앉아서 심사숙고하고 기나긴 몽상에 빠진다. '지금 당장 일을 시작해야 할까, 아니면 뒤로 미뤄야만 할까?' 하면서 말이다. 그러다 보면 이미 내 동료 몇몇은 그런 인상을 받고 있는 것도 같은데, 마치 내가 게으른 인간이라는 느낌이 들기도 하지만, 사실 내가 보기에 그건 너무도 민감한 기질 때문이다. 알지도 못하면서 함부로 남을 비판하다니! 업무 때문에 나는 늘 두려움에 빠져서 손바닥으로 책상 상판을 여기저기 계속 쓰다듬지만, 다들 나를 조롱의 시선으로 주시하고 있음을 알아차릴 때까지 그 행동을 멈출 수가 없다. 혹은 손으로 뺨을 톡톡 치거나 턱 아래를 잡고 코를 문지르고 이마로 흘러내린 머리카락을 공들여 쓸어 넘긴다. 마치 내 앞 책상에 잔뜩 펼쳐진 서류 위가 아니라 내 이마에 업무 내용이 적혀 있기라도 한 것처럼 말이다. 아마도 나는 직업을 잘못 선택했는지도 모르지만, 분명히 확신하건데 다른 어떤 직업을 택했다 하더라도 마찬가지로 이렇게 했을 것이고, 이렇게 망가졌을 것이다. 게으름뱅이라고 오해받는 덕분에 획득한 부족한 존경심을 나는 즐긴다. 사람들은 나를 몽상가나 잠꾸러기라고 부른다. 오, 인간은 황당한 별명을 지어내는 데 얼마나 천재적인지! 하지만 그것은 사실이다. 나는 노동을 그리 사랑하지 않는다. 내 지성을 차지하거나 유혹하기에는 노동이 너무 부족하다고 생각하기 때문이다. 여기에 또 다른 중요한 점이 있다. 나는 내가 지성을 갖췄는지 알지 못하고 그렇게 쉽사리 믿어서도 안 되는 것이, 뛰어난 머리나 고도의 감각을 요구하는 업무를 할당받을 때마다 항상 멍청한 척해왔다는 확신이 있기 때문이다. 그건 스스로 생각하기에도 참 의아하므로 혹시 나는 자신이 영리하다고 상상할 때만 영리하고, 영리함을 정말로 입증해 보여야 하는 순간이 오면 즉시 영리하기를 멈춰버리는, 그런 이상한 인간에 속하지 않는지 곰곰이 생각을 해보았다. 나에게 지적이고 아름답고 재치 넘치는 생각들이 한없이 많이 떠오르는 것은 사실이다. 하지만 그것들은 내가 어떻게 활용을 해보려고 하기만 하면 즉시 나를 배반하고 떠나버렸고, 나는 그 뒤에 머리 둔한 견습생처럼 홀로 남는다. 나는 내 일을 좋아하지 않는다. 그 이유는 첫 번째로 내 일이 나에게 지적으로 만족을 주지 않기 때문에, 그리고 두 번째는 그것이 지적인 외양을 아주 조금이라도 입는 즉시 내 머리를 뛰어넘고 불쑥 자라버리기 때문이다. 나는 생각하지 말아야 할 것들을 항상 생각하고, 생각해야 할 의무가 있는 것들을 생각하지 못한다. 이렇게 분열된 이유로 나는 매번 12시 몇 분 전에 사무실을 떠나고, 다른 사람들보다 항상 몇 분 더 늦게 돌아와 이미 상당히 불명예스러운 평판을 받는 실정이다. 하지만 남들이 말하는 평판 따위 나는 전혀 신경 쓰지 않는다. 예를 들어 남들이 다들 나를 얼간이로 여긴다는 사실을 잘 알지만, 그들이 그렇게 생각할 권리가 있다면 내가 그들을 말릴 수는 없다고 본다. 실제로 내 얼굴, 행동, 걸음걸이, 말투와 천성에는 상당히 얼간이 같은 면이 있기는 하다. 의심의 여지가 없다. 예를 들어 내 눈동자는 어딘지 모르게 어벙한 인상인데, 사람들은 그것을 쉽게 착각하여 내 이해력을 과소평가하는 것이다. 내 천성은 어리석고 유치한 구석이 아주 많으며 거기에 더해 자만심과 허영심은 아주 강하다. 내 목소리는 매우 특이하여 내가 말을 하면서도 나 자신은 그걸 모르는 목소리처럼 들린다. 잠에 빠진 듯한, 아직 완전히 깨어나기 이전의 그 무엇이 내 존재에 달라붙어 있는데, 이미 말했듯이 다른 사람들도 그것을 알아차린다. 나는 습관적으로 머리카락을 머리통에 바싹 붙도록 매끈하게 쓰다듬는데, 아마도 그것이 고집 세고 대책 없는 멍청이의 인상을 주는지도 모른다. 그런 상태로 작업대 책상 앞에 서서, 반시간 동안 사무실 전체 혹은 창밖을 멍하니 바라보는 것이다. 뭔가를 써야 하는 펜은 움직이지 않는 내 손 안에서 가만히 멈추어 있다. 나는 서 있는 채로 체중을 한 발에서 다른 발로 옮긴다. 왜냐하면 이외의 더 큰 움직임은 허용되지 않기 때문이다. 나는 동료들의 일하는 모습을 지켜보고, 곁눈질로 나를 훔쳐보는 그들의 시선 속에서 내가 비열하고 양심 없는 게으름뱅이에 불과하다는 사실을 조금도 납득하지 못하는 채, 눈이 마주치는 동료에게 미소를 지어 보이고 사색이 아닌 몽상에 잠긴다. 나는 언제든지 할 수만 있다면 몽상에 잠긴다! 그게 무엇인지 알고 하는 건 아니다. 조금도 알지 못한다! 나는 늘 생각하는데, 어디서 큰돈이 굴러들어오면 나는 일하지 않으리라, 이런 생각이 떠오를 때마다 그 생각을 할 수 있다는 자체가 나를 어린아이처럼 기쁘고 들뜨게 만든다. 내가 받는 봉급은 액수가 너무 적은 것 같지만 일하는 만큼 많이 벌지 못하는 것에 대해서는 특별한 생각을 해보지 않았다. 비록 내가 하는 일이 거의 아무것도 없다시피 함을 잘 알고는 있지만 말이다. 이상하다, 나는 어느 정도라도 낯부끄러워하는 것에는 영 재능이 없다. 누군가가, 예를 들어 상사가 나를 마구 야단친다면 나는 상처를 받고 그래서 불같은 분노가 치밀어 오른다. 비록 속으로는 잘못을 저질렀으니 어쩔 수 없다는 생각이 들지만, 그래도 그런 일은 정말 참기 힘들다. 내가 상사의 질책에 반발하는 이유는 그럼으로써 그와의 대화를 어느 정도 연장할 수가 있기 때문인데, 약 반시간 정도 그러고 난 다음에도 다시 반시간이, 적어도 지루함이 없는 반시간이 훌쩍 지나가기 때문인 것 같다. 동료들의 눈에 내가 지루해하는 것처럼 보인다면 그 점에서는 그들이 옳은 것이, 나는 매 순간순간이 무서울 정도로 지루하기 때문이다. 그 어떤 자극도 없다! 끊임없이 지루해하면서 어떻게 하면 지루함을 단절시킬 수 있을지에 관해 곰곰이 생각하기, 내가 몰두하는 일은 바로 그것이다. 그런데 내가 거두는 성취는 너무도 빈약하여 나 스스로에게 이렇게 말해야만 한다. '뭐야, 네가 이뤄놓은 게 하나도 없잖아!' 종종 하품을 해야만 하는 상태가 완전한 무의식중에 나를 엄습하는 바람에 사무실 천장을 향해 입을 쩍 벌리고, 그 다음으로는 손을 입으로 천천히 가져가 벌어진 입을 막는다. 또한 나는 손끝으로 콧수염을 잡아 비틀고, 손가락으로 마치 꿈속에서처럼 책상을 두드리는 일을 적절하게 여긴다. 때로 이런 일들이 모두 이해할 수 없는 꿈같이 느껴진다. 그러면 내가 불쌍해서 울고 싶다. 하지만 꿈과 같은 느낌이 전부 휘발된 뒤에는 온몸을 바닥에 내던져 사방으로 뒹굴고 싶고, 책상 모서리에 나 자신을 아프게 찍으면서 쓰러져 통증의 쾌락에 잠겨 시간을 흘려보내고 싶다. 나의 이런 상태로 인해 내 영혼이 전혀 아파하지 않는다고는 말할 수 없는 것이, 귀를 잘 기울이면 비통한 흐느낌이, 아직도 살아 있는 내 어머니, 훨씬 더 엄격한 원칙을 적용한 아버지와는 반대로 언제나 나를 옳고 정당하게 여겼던 어머니의 목소리를 닮은 탄식이 조용히 들려오기 때문이다. 하지만 영혼이란, 내가 그것의 소리를 들어본 바로는 너무나 어둡고 무가치할 뿐이다. 나는 영혼의 소리에 아무런 가치를 두지 않는다. 사람들이 영혼의 웅얼거림에 귀를 기울이는 건 오로지 지나치게 지루하기 때문이라고 생각한다. 사무실에 서 있으면 내 사지는 서서히 사람들이 불을 붙여 태우고 싶어지는 그런 나무토막으로 변해간다. 책상과 인간은 시간이 흐르면 한 몸이 된다. 시간, 그것은 항상 나에게 생각할 거리를 준다. 시간은 빠르게 흘러가버리지만 그런 빠름 속 어딘가에서 갑자기 구부러지며 끊어지고, 그러다보면 어느 순간에는 더 이상 시간이 존재하지 않는 것처럼 보이는 지점이 생긴다. 종종 시간은 커다란 새의 무리처럼 날갯짓소리를 내며 날아오른다. 예를 들어 숲속에서 그렇다. 숲에서는 항상 시간의 날갯짓소리가 들린다. 그 소리를 듣고 나면 나는 기분이 무척 좋다. 더는 생각할 필요가 없어지기 때문이다. 하지만 대개는 상황이 전혀 다르다. 죽은 듯한 침묵뿐이다! 앞으로 전진하면서 종말이 닥쳐오는 것을 전혀 감지하지 못한다면, 과연 그것을 인간의 삶이라 할 수 있을까? 오늘까지의 내 삶은 돌이켜보면 내용 없이 텅 비었던 것 같고, 앞으로도 내용 없이 이대로 죽 전진하리라는 확신이 들면서, 단지 불가피한 활동만을 수행하며 그냥 잠든 채로 살라는 명령이 들리는 것 같다. 그래서 나는 그렇게 한다. 내가 게으름을 피우는 현장을 잡아서 혼내기 위해 살금살금 몰래 다가오는 상사의 역겨운 숨결이 등 뒤에서 느껴지면, 그제야 뭔가를 부지런히 하는 척할 뿐이다. 그가 내뿜는 공기가 그를 누설한다. 그 착한 남자는 내게 늘 조그만 기분전환 거리를 제공하므로 나는 그를 기꺼이 참아줄 수 있다. 그런데 도대체 무엇이 나로 하여금 내 의무와 규정을 하찮게 여기도록 만드는 것인가? 나는 별 볼 일 없고, 창백하고, 부끄럼 많으며, 허약하고, 섬세하고, 살아가는 데 아무 쓸모 없는 예민한 감성을 갖춘 까다로운 사내일 뿐이며, 어느 날 뭔가 하나라도 잘못된다면 삶의 혹독함을 도저히 견뎌내지 못할 사람이다. 그렇다면 직장에서 계속해서 이런 식으로 굴다가 혹시 해고라도 당하면 어쩌나 겁이 나지는 않느냐고? 보다시피 그런 두려움은 없고, 다시 보다시피 분명히 두렵다! 나는 조금은 겁이 나고, 또한 조금은 겁이 나지 않는다. 아마도 나는 겁을 낼 만큼 지성이 풍부하지는 못한 것 같고, 자존심을 회복하려고 주변 사람들을 상대로 내가 활용하는 유치한 반항심은 덜떨어진 아둔함의 표시처럼 보인다. 하지만, 하지만 그건 설사 단점이 된다 할지라도 약간은 특별한 사람처럼 행동하라고 끊임없이 나에게 지시하는 내 성격과 놀랄 만큼 딱 맞아떨어진다. 예를 들어 나는 원래 허용되지 않는 행동인데도 사무실로 작은 책을 가져와 붙어 있는 페이지들을 잘라서 펼치고, 독서의 쾌감을 느끼지도 못하면서 그것을 읽는다. 그러면 고상하고 반항적인 교양인으로, 평범한 타인들보다 더 뛰어나고자 하는 인간으로 보이기 때문이다.

그렇듯 나는 언제나 남보다 나은 존재가 되고 싶으며, 우월함을 좇아 사냥개처럼 덤벼든다. 한 동료가 책을 읽는 나에게 다가와 아마도 가장 적절해 보이는 질문을 한다. "무슨 책 읽어, 헬블링?" 이때 나는 화를 내는데, 그 이유는 이 경우 화내는 모습을 보여주는 것이 참견하는 자를 쫓아내기에 가장 적절한 태도이기 때문이다. 책을 읽을 때 나는 무척 점잔을 빼면서 한 페이지를 읽을 때마다 고개를 들어 나를 주시하는 주변 사람들을 둘러보고, 정신과 재치를 발전시키고 있는 저 사람은 얼마나 똑똑한 인간인가, 그런 그들의 감탄을 의식하면서 페이지 하나하나를 장엄하고 엄숙한 동작으로 잘라서 펼치고, 그렇게 독서에 푹 파묻힌 인간의 자세를 취했다는 사실에 충분히 만족하고 나면, 더 이상은 읽지 않는다. 나는 그런 사람이다, 가식적이고 효과만 계산하는. 나는 허영심이 강하지만 기묘하게도 값싼 만족으로 채워진 허영심이다. 내가 걸치는 옷들은 전부 볼품이 없다. 그래도 양복을 부지런히 바꿔 입기는 하는데, 내가 여러 벌의 양복을 갖고 있으며 색을 고르는 데 뛰어난 감각이 있다고 동료들에게 과시하는 것이 즐겁기 때문이다. 초록은 숲을 연상시키기 때문에 나는 초록 옷을 즐겨 입고, 바람이 불고 공기의 흐름이 활발한 날은 바람과 어울리고 춤추기에도 어울리는 노란색을 입는다. 이 내용은 내가 착각하는 것일 수도 있다. 하루에도 몇 번씩이나 착각한다고 지적받기 때문에 나는 그 점을 전혀 의심하지 않는다. 그러다보면 사람은 자연스럽게 자신이 바보라고 믿는다. 하지만 바보인지 존경받는 사람인지 그것이 뭐가 그리 중요한가. 빗방울은 당나귀 등판에나 덕망 높으신 분 머리에나 똑같이 떨어지는 법인데. 햇빛은 또 어떤가! 12시를 알리는 소리가 들리고 마침내 집으로 갈 수 있게 되면 나는 햇빛 속에서 행복하다. 비가 오면 내가 좋아하는 모자가 젖지 않도록 커다랗고 불룩한 우산을 머리 위로 펼쳐 든다. 나는 내 모자를 아주 살살 다룬다. 매번 모자를 늘 하는 방식대로 조심해서 부드럽게 건드릴 때마다 나는 무척 행복한 인간이라는 생각이 든다. 특히 퇴근시간에 모자를 집어서 정수리에 살그머니 얹을 때는 이루 말할 수 없이 벅차고 기쁘다. 그것은 매일의 일과가 종결되는, 내가 참으로 사랑하는 순간이다. 내 삶은 지극히 작고 사소한 것으로 이루어졌다. 항상 스스로에게 그렇게 말하고는 있지만 여전히 기이하고 놀랍다. 인류의 운명과 관련한 위대한 이상을 추종한 적은 한 번도 없다. 내 본성은 추종보다는 비판에 가깝기 때문에 그런 일은 나와 맞지 않는 것이다. 그런 점에서 나는 참 다행이라고 생각한다. 나는 머리카락을 길게 기르고 맨발에 샌들을 신고 허리에는 가죽 앞치마를 두르고 머리에 꽃을 꽂은 이상적인 인간을 마주치면 모욕감이 드는 그런 사람이다. 그런 일이 일어나면 나는 일단 미소를 짓고, 그다음에 당황한다. 곧바로 크게 웃음을 터트리고 싶은 것이 보통이지만 그럴 수는 없다. 마찬가지로 내가 하고 다니는 것처럼 매끈한 정수리를 밥맛없다고 생각하는 사람들 사이에서 살아가다보면 웃음보다는 짜증날 일이 많은 것도 사실이다. 나는 화내기를 좋아하기 때문에 기회만 있으면 화를 낸다. 심술궂은 말도 자주 하지만 내 심술을 반드시 남에게 발산해야 할 필요는 느끼지 못한다. 타인에게 조롱을 당하는 괴로움이 어떤지 너무도 잘 알기 때문이다. 하지만 그래도 아무것도 관찰하지 않고 아무것도 배우지 않는 건 학교를 졸업하던 날과 마찬가지로 변함이 없다. 내 성향은 어린 사내아이의 속성과 상당히 유사하며, 아마도 그런 성향은 평생 나를 따라다닐 것이다. 발전의 기미라고는 조금도 찾아볼 수 없고 다른 사람의 행동에서 아무것도 배울 줄 모르는 사람들이 있다고는 한다. 하지만 나는 아니다. 나는 배움의 욕구에 굴복하는 일보다 내 존엄이 더 소중하기 때문에 배우지 않는 것이다. 게다가 나는 이미 충분한 교육을 받았으니 적당한 품위를 갖춘 지팡이를 손에 들고, 셔츠 칼라에 넥타이를 매기에 아무런 부족함이 없고, 오른손으로 스푼을 잡을 줄 알고, 해당하는 질문에 대해서 이렇게 대답할 줄도 안다. “감사합니다! 어제저녁은 정말로 즐거웠습니다!” 그것 이외에 교육이 나에게 무슨 큰 변화를 가져다주겠는가? 손을 가슴에 얹고 정직하게 말해서, 교육은 완전히 잘못된 인간을 만들 뿐이다. 나는 돈과 편안한 지위를 좇는데, 그것이 바로 내 배움의 욕구다! 땅 파는 인부를 보면 내가 엄청나게 높은 사람이라는 느낌이 든다. 설사 그가 마음만 먹으면 왼쪽 집게손가락 하나로 나를 흙구덩이 속으로 집어 던져 흙투성이로 만들 수 있다 하더라도 말이다. 초라한 옷을 걸친 가난한 자들이 아무리 강하고 아름답게 생겨도 나에게 아무런 인상을 주지 못한다. 그런 사람을 볼 때마다 나는 저런 한심한 몰골로 만들어진 인간에 비하면 우리같이 우월한 세계에 배치받은 자들은 얼마나 다행인가 그런 생각이 들 뿐, 마음 어느 구석에도 동정심이 일지는 않는다. 내 마음이란 것이 과연 있을까? 나는 마음을 갖고 있다는 사실을 잊어버렸다. 물론 슬픔이란 감정은 확실히 있지만, 그 감정을 언제 느껴야 진짜 슬픔일까? 인간이 슬픔을 느끼는 경우란 오직 돈이 사라질 때 혹은 새로 산 모자가 맞지 않을 때 혹은 주식가치가 갑자기 떨어질 때다. 그럴 때도 인간은 그것이 정말 슬픔인지 아닌지 의문을 가져야 한다. 자세히 살펴보면 그건 슬픔이 아니라 단지 짧게 스치고 지나가는 유감일 뿐이고, 그런 감정은 쉽게 사라져버린다. 그것을 어떻게 표현해야 할지, 어쨌든 감정을 느끼지 않는다면 더구나 느낌이 무엇인지도 모른다면, 그것은 정말로 놀랍고 기이하다. 자기 자신과 관련한 감정은 누구나 갖고 있지만, 이것이 인류 전체를 대상으로 한다면 비난받을 만큼 주제넘게 된다. 그러나 하나하나의 개인을 위한 감정이라면 어떤가? 간혹 그런 질문을 해보고 싶기도 하고, 착하고 친절한 사람이 되고 싶다는 마음이 잔잔한 그리움처럼 가슴에서 퍼져나가기도 한다. 하지만 언제 그럴 수 있는가? 아침 7시에 가능할까? 아니면 몇 시에? 오늘은 벌써 금요일이고, 이제 다가올 토요일에는 하루 종일 다음 날인 일요일에 무엇을 해야 할지 심사숙고하고 있을 것이다. 왜냐하면 일요일은 항상 무엇인가를 해야만 하므로. 나는 혼자서는 잘 다니지 않는다. 보통 그러는 것처럼 나도 젊은 사람들의 무리에 습관적으로 어울려 다닌다. 그건 매우 쉬운 일이다. 저들이 지루한 무리라는 걸 잘 알아도 그냥 같이 다녀버리면 그만이다. 예를 들어 나는 증기선을 타고 호수를 건너거나, 숲을 산책하고, 혹은 기차를 타고 더 멀리 경치 좋은 곳으로 간다. 젊은 여자를 데리고 춤추러 간 적도 많은데, 여자들이 나를 꽤 좋아한다는 사실을 경험으로 알게 되었다. 나는 얼굴이 희고, 손이 곱고, 우아하게 펄럭이는 야회복에 장갑을 갖추고, 손가락에는 반지를 끼고, 은을 씌운 지팡이를 들고, 깨끗하게 솔질한 구두, 일요일답게 말끔하고 온화한 외모에 이미 말한 독특한 목소리, 그리고 입가에 드러나는 살짝 짜증스러운 기색, 그게 뭔지는 나 자신도 구체적으로 설명할 수는 없지만 젊은 여인들에게 호감으로 작용하는 그 무엇이 있다. 내가 말을 하면 그것은 상당한 비중을 가진 남자의 말처럼 들린다. 잘난체하는 행동은 먹히고 누구도 의심하지 않는다. 춤에 대해서 말하자면, 나는 이제 막 춤 강습을 마쳐서 춤추는 것이 마냥 즐거운 사람처럼 춤춘다. 날렵하고 화려하고 정확하고 빈틈없이, 하지만 너무 빠르고 너무 건조하게. 내 춤에는 정확함과 도약이 있지만 아쉽게도 고상함이 없다. 어떻게 하면 고상하게 출 수 있을까! 그래도 나는 춤추기를 열정적으로 좋아한다. 춤을 출 때면 내가 헬블링이라는 사실을 잊어버린다. 춤 속에서 나란 존재는 단지 행복에 겨운 움직임에 불과하기 때문이다. 내 얼굴에서 온갖 고생의 근원인 사무실의 기억을 전혀 찾아볼 수 없을 정도이다. 내 주변에는 붉게 달아오른 얼굴들, 향기로운 여자들의 드레스 광채가 넘실대며, 여자들의 눈동자가 나를 응시하고, 나는 비상한다. 자신이 축복받았다고 생각하는 사람이 있을까? 내가 바로 그러하다. 일주일이라는 시간 동안 적어도 한 번은 나도 축복받은 존재가 될 수 있다. 내가 항상 데리고 다니는 여자는 내 약혼자이다. 그런데 그녀는 나를 함부로 대한다. 다른 여자들보다 더 심하게 함부로 대한다. 나도 충분히 눈치를 챘지만, 그녀는 나에게 절대로 충실하지 않고 나를 별로 사랑하는 것 같지도 않다. 그러면 나는, 나는 그녀를 사랑한단 말인가? 나는 많은 결함이 있고 그것을 모두 솔직하게 다 털어놓았는데, 지금 이 자리에서 내 모든 결함과 부족함이 전부 용서되는 것 같다. 나는 그녀를 사랑한다. 내가 그녀를 사랑해도 되고 그녀로 인해 낙담할 수 있는 것은 행운이다. 여름이면 그녀는 나에게 자신의 장갑과 장미색 우산을 들 수 있도록 허락하고, 겨울이면 그녀의 스케이트를 들고 높이 쌓인 눈 위를 허우적거리며 그녀 뒤를 따를 수 있게 해 준다. 나는 사랑을 이해할 수는 없지만 사랑을 느낀다. 사랑 말고는 다른 아무것도 모르는 사랑, 그런 사랑에 비하면 선과 악은 아무것도 아니다. 어떻게 설명하면 좋을까. 평소에 나는 아무런 가치도 없이 텅 빈 존재지만 그래도 아직은 모든 것을 완전히 상실하지는 않았으니, 비록 충실을 배반할 기회가 여러 번 있었음에도 불구하고 진정으로 충실한 사랑에 빠질 수 있었기 때문이다. 햇살이 환하게 비치는 날, 푸른 하늘 아래 호수에서 나는 그녀와 작은 보트를 타고 노 저어 가며 지루해죽겠다는 표정의 그녀에게 끊임없이 미소를 짓는다. 그도 당연할 것이, 나는 정말로 지루한 남자니까 말이다. 그녀의 어머니는 조그맣고 초라하고 평판이 좀 나쁜 노동자 전용 술집을 운영하는데, 나는 거기서 일요일 하루 종일 앉아 아무 말 없이 오직 그녀를 바라보는 것으로 시간을 보낸다. 간혹 그녀는 얼굴을 내 쪽으로 기울이면서 입맞춤을 허락할 때도 있다. 그녀는 어여쁜, 정말로 어여쁜 얼굴을 가졌다. 그녀는 뺨에 남은 오랜 흉터 때문에 입이 약간 비뚤어져서 더욱 귀여워 보인다. 그녀가 두 눈을 아주 가느다랗게 뜨고 교활하게 사람을 쳐다볼 때면 이렇게 말하는 것만 같다. "당신에게 뭔가 보여줄 거예요!" 그녀는 자주 내 곁에, 딱딱하고 낡아빠진 술집 소파에 앉아 나와 약혼해서 너무 좋다고 귀에 속삭인다. 나는 그녀에게 뭐라고 말해야 할지 잘 모르겠다. 적절하지 못한 말을 할까봐 두렵기 때문이다. 그래서 늘 입을 다무는 편이지만, 그녀에게 무언가 말하고 싶다는 욕망은 가슴속에서 항상 들끓는다. 언젠가 한번 그녀는 작고 향기로운 귀를 내 입술에 대고 물은 적이 있다. 혹시 내가 자신에게 속삭임으로밖에 전할 수 없는 어떤 할 말이 있는 건 아닌지? 나는 떨리는 목소리로 나는 아무것도 모른다고 대답했다. 그러자 그녀는 내 귀를 때리고는 소리 내어 웃었다. 다정한 웃음이 아니라 차가운 웃음이었다. 그녀는 자신의 어머니와 어린 여동생과 사이가 좋지 않아서 내가 동생에게 친절하게 대하는 것을 싫어한다. 그녀의 어머니는 술 때문에 코가 빨개진, 자그마하고 생기 넘치는 여자이며 남자들과 한 테이블에서 어울리기를 좋아한다. 하지만 내 약혼녀도 마찬가지로 술집 테이블에서 남자들과 어울린다. 예전에 그녀는 낮은 목소리로 이렇게 말했다. "나는 처녀가 아니에요." 당연하다는 말투였고, 나도 별다른 이의를 제기하지 않았다. 내가 무슨 말을 할 수 있었겠는가? 다른 여자들을 상대할 때 나는 늘 대담하게 말하고 심지어는 재치 있는 농담도 가능하지만, 그녀 앞에서만은 꿀먹은 벙어리가 되어 그녀를 바라보기만 하면서 그녀의 모든 몸짓을 하나하나 눈으로 뒤쫓기나 할 뿐이다. 매번 나는 술집이 문을 닫는 시간까지, 때로는 그보다 더 오래 그녀가 집으로 가라고 나를 떠밀 때까지 거기 앉아 있곤 했다. 딸이 없을 때면 그녀의 어머니가 테이블로 와서 자리에 없는 딸의 험담을 늘어놓으려고 한다. 그러면 나는 손을 내저으며 거부하고 미소를 지어 보인다. 어머니는 딸을 증오한다. 둘 다 서로를 증오하는 것이 손바닥을 보듯 훤한데, 그 이유는 서로가 서로의 의도에 방해가 되기 때문이다. 둘 다 남편감을 원하고, 둘 다 상대가 남편을 갖는 것을 시샘한다. 저녁때 술집 소파에 앉아 있으면 술집을 오가는 손님들은 내가 그녀의 약혼자임을 알고 있고, 그래서 다들 다가와서 내게 아무런 의미도 없는 축하의 말을 한마디씩 하려 한다. 아직도 학교에 다니는 어린 여동생은 내 곁에서 책을 읽거나 노트에 길쭉하고 커다란 글자를 쓴 다음 항상 나에게 그것을 내밀어 보여준다. 평소에는 단 한 번도 어린아이에게 관심이 없었던 나는 그 일을 계기로 어린아이란 얼마나 흥미로운 존재인지 단번에 깨닫게 되었다. 그렇게 된 데는 다른 존재에 대한 내 사랑이 큰 역할을 했다. 사람은 진실한 사랑을 통해 성장하고 깨닫는 것이다. 겨울에 그녀는 내게 말한다. "봄이 돼서 함께 공원 오솔길을 산책하면 정말 좋을 거예요." 그리고 봄에는 이렇게 말한다. "당신이랑 있으면 지루해." 그녀는 결혼해서 대도시에서 살고 싶어 한다. 아직도 삶에서 바라는 것이 많기 때문이다. 극장과 가면무도회, 예쁜 옷, 와인, 웃음과 여흥, 즐겁고 활기찬 사람들, 그녀는 그런 것들을 사랑하고 그런 것들을 동경한다. 나도 동경하긴 하지만 어떻게 하면 그것들을 얻는지는 알지 못한다. 나는 그녀에게 말했다. "아마도 다음 겨울에는 일자리를 잃을 것 같아!" 그러자 그녀는 커다란 눈으로 나를 빤히 바라보더니 "왜?" 하고 물었다. 그녀에게 무슨 대답을 해줬어야 하나? 나는 그녀에게 내 성격적 특징에 관해서조차 한 번에 다 설명해주지 못한다. 그녀는 나를 경멸할 것이다. 지금까지도 그녀는 내가 어느 정도는 능력 있는 남자라고 믿고 있다. 좀 이상하고 좀 지루하기는 하지만 그래도 어쨌든 세상에 자신의 자리를 확고하게 갖고 있는 남자라고 말이다. 만약 그런 그녀에게 "네가 착각하는 거야. 내 자리는 불안하게 흔들려"라고 한다면 그녀가 나와의 관계에서 품었던 모든 희망이 산산조각 나버릴 것이며, 따라서 더는 내 주변에 머물고 싶어 할 이유가 사라진다. 나는 그냥 내버려둔다. 나는 어떤 일이 썰매처럼 미끄러지게 하는 데는 선수다. 만약에 내가 춤 선생이거나 레스토랑 주인이거나 연출가라면, 혹은 그 밖에 인간의 오락과 관련한 어떤 직업을 가졌다면, 그러면 나는 행복하리라. 왜냐하면 나는 춤추듯이 부유하고, 다리를 이리저리 내던지고, 가볍고, 날렵하고, 조용하게, 끊임없이 몸을 구부리고, 그런 동작을 통해 부드러움과 유연함을 느끼는 사람이니까. 만약 술집 주인이나 무용수, 무대감독 혹은 재봉사라면 행복하리라. 허리를 깊이 숙여 인사할 기회가 있다면 나는 행복하리라. 그러면 더욱 깊이 볼 수 있지 않은가? 심지어는 전혀 그럴 만한 상황이 아닌 곳에서, 또는 아첨꾼이나 멍청이들만 절하는 곳에서도 나는 허리를 굽히리라. 그 정도로 나는 그런 일과 사랑에 빠져 있다. 나는 진지한 남자들의 직업을 수행할 만큼의 지성이나 이성이 없고 귀도 눈도 감각도 없다. 세상에서 통용되는 일들은 내게서 가장 멀리 있는 셈이다. 나도 경제적 이익을 취하고는 싶지만 그것은 눈을 한 번 찡긋거리거나 최대한 팔을 한 번 게으르게 뻗는 정도 이상의 수고를 요해서는 안 된다. 보통의 경우 노동에 대한 남자의 이런 두려움은 뭔지 썩 자연스럽지가 않지만 그래도 내게는 어울리고 내게는 걸맞은 옷이다. 설사 슬픔의 옷이라 해도 내게 맞춘 듯이 딱 맞는다면, 그 옷의 재단이 초라하다고 해도 "아주 잘 맞아요"라고 말하지 못할 이유가 무엇이겠는가. 내 몸에 주름 하나 없이 완벽하게 들어맞는 그 옷을 모든 인간의 눈이 볼 수 있다면 말이다. 노동의 두려움! 하지만 이것에 관해서는 이제 그만 말하겠다. 평소에 나는 늘 일하러 가지 않는 까닭을 나쁜 기후나 축축한 호숫가 공기 탓이라고 해명해왔다. 그리고 이제 그런 지식에 떠밀려 남쪽이나 산악지대에서 일자리를 구하려 한다. 나는 호텔을 경영하거나 공장을 운영할 수 있고, 작은 은행에서 창구 업무를 볼 수도 있다. 햇빛이 환하고 탁 트인 자연풍경을 대하면 내 안에서 지금까지 잠자고 있던 어떤 재능이 깨어날지도 모른다. 열대과일 상점도 나쁘지 않다. 어쨌든 나는 외면의 변화를 통해서 내적으로 엄청난 깨달음을 얻을 수도 있다고 믿는 인간이니까. 기후가 달라지면 점심 식탁 메뉴도 달라질 것이고, 어쩌면 그것이 바로 내게는 진짜 필요한 무엇일 수도 있다. 나는 병들었을까? 필요한 것이 너무 많다. 모든 것이 전부 결핍되었다. 그러면 나는 불행한 인간이란 말인가? 내 성향이 비정상인가? 끊임없이 이런 질문을 쏟아내야만 하는 것이 어쩌면 일종의 병은 아닐까? 그게 뭐든 간에 완전히 정상은 아님이 분명해 보인다. 오늘도 역시 나는 10분 늦게 은행으로 출근했다. 이제는 다른 사람들처럼 정확한 시간에 도착하기란 불가능하다. 원래 나는 이 세상에 오직 홀로 존재해야만 한다. 오직 나, 헬블링만 있고 다른 생명은 단 하나도 없이. 태양도 없고, 문화도 없고, 나 홀로 나체로 높은 바위 위에 있는데 폭풍도 없고, 한 번의 파도도 없고, 물도 없고, 바람도 없고,

거리도 없고, 은행도 없고, 돈도 없고, 시간도 없고, 호흡도 없다. 그러면 나는 아무것도 두려워하지 않으리라. 더는 두려워하지 않고, 더는 지각하는 일도 없으리라. 나는 침대에 누워 있다고, 침대에 영원히 누워 있다고 상상할 수 있으리라. 아마도 그게 가장 좋은 일일 테니까!

황새와 호저

호저: 나 근사하지 않아? 말 좀 해봐!

황새: 오래전부터 널 사랑해왔어.

호저: 그런 거라면 할 말이 없어. 나를 사랑한다는 자들 얘기는 듣고 싶지 않아. 사랑은 무모한 짓이야. 뻔뻔하기까지 해! 그런 경솔한 자들과 얽히는 건 싫어. 잘 알아둬. 너는 내 가시를 사랑하는 거잖아. 맞지?

황새: 네가 걸친 가시외투는 정말 잘 어울려. 그걸 입고 있으면 얼마나 멋진지 몰라. 네가 너무 튕기는 게 아쉬울 뿐이야. 호저는 그렇게 꽉 막힌 듯 답답하게 굴지 않는 법이잖아.

호저: 그건 모르는 말이야. 내가 한 수 가르쳐줄까. 황새는 자기 하고 싶은 대로 아무 짓이나 마구 해도 상관없지만 호

저는 안 그래. 너야 아첨을 들을 기회가 많고 모범 가정에서 모범 교육을 받았겠지. 사람들은 전부 큰 관심과 호의를 갖고 너를 주목하겠지. 너를 따라다니는 건 좋은 평판뿐이야. 그런데 나는 달라. 너의 상냥함이 나에게 무슨 소용이 있겠어? 혹시 넌 내 소심함 때문에 나를 사랑하는 것 아닐까?

황새: 그래, 아마 그런 것 같아.

호저: 소심함은 나랑 정말 잘 어울리지 않아? 나는 몸이 둥그스름하고 속 내용물이 참으로 먹음직스럽지. 나는 겁이 많고, 그래서 가시가 있는 거야. 나는 오직 회피와 두려움으로 이루어졌어. 내 머리를 봐. 내 눈과 코도. 나는 너처럼 장엄한 모습으로 날 줄 몰라. 몸을 들어 올린다는 행위 자체가 불가능이야. 발은 불가해함 그 자체지. 하지만 대신 불쌍할 정도로 어수룩하고 귀여워 보이는 외모가 있어. 나는 날개로 거드름을 피우지 않아, 절대로 그러지 않아! 교회 종탑 꼭대기에 햇살이 살랑거리는 안락한 둥지를 짓지도 않아. 나는 숲속에서 살면서 어두워진 다음에야 간신히 기어 나올 용기를 낼 뿐이야.

황새: 이 사랑스러운 부끄럼쟁이!

호저: 넌 나를 동정하는구나. 하지만 나는 동정이 뭔지 몰라. 동정은 관대한 것이겠지. 관대함은 나와 어울리지 않아.

나는 편협하니까. 사실 내 가시는 순전한 냉소일 뿐이야. 가시가 나를 조롱하는 거지.

황새: 너를 보호하기 위한 존재에게서 조롱을 느끼다니. 난 너의 그런 고독함 때문에 너를 더욱 사랑하는 거야.

호저: 그래도 난 정말 기분이 좋아. 이렇게 우스꽝스러운 껍데기를 뒤집어쓰고도 얼마나 멋지게 살 수 있는지 넌 상상하기 힘들 거야. 내가 이렇게 무탈하게 살아가는 건 사실 매우 특이한 일이지. 난 말이야, 내 외모가 멋지다는 사실을 더할 나위 없이 확신하고 있어. 심지어 너도 내 눈에는 이상하게 보일 정도라니까.

황새: 내 기품을 말하는 모양인데, 그건 나도 어쩔 수 없는 문제야. 내가 좀 뻣뻣하고 지나치게 절도 있는 모양새이긴 하지. 하지만 장중함 속에 내 원래 정체가 있는 거라고. 이해하겠니?

호저: 나는 뭔가를 이해하는 일을 스스로에게 금지했어. 이해심이란 나를 화나게 할 뿐이야. 내가 너를 관찰하려고 애쓰고 있다고 생각해? 그런 심오한 사유 따위는 너나 혹은 너와 유사한 부류들이나 몰두하는 일이야. 네가 내게 집착하고 있는 걸 보니 불쌍해지려고 해. 하지만 내가 널 불쌍하게 여기다니 그건 우스운 일이지. 그러면 불쌍한 마음이 다시

사라지고 말아. 보다시피 나는 언덕처럼 생겼어. 게다가 얼핏 봐서는 생명체처럼 보이지도 않고.

황새: 하지만 그건 커다란 장점이야. 그런 점이 감탄스러워. 왜 킥킥 웃는 거야?

호저: 뛰어나고 영리하신 분도 근심거리가 있다니 웃기잖아! 그렇게 높은 교양을 지녔음에도 한 마리 호저의 미소를 얻어보려고 이토록 간절하게 매달리다니. 나는 내면의 쾌락 말고는 몰라. 그래서 겉으로는 절대 웃지 않지. 나는 반듯한 행실에 지나칠 만큼 큰 의미를 부여하니까. 게다가 지금 너와 여기서 너무 오랫동안 떠들고 있었어. 너는 나를 사랑해. 하지만 깃털 달린 친구, 나는 너를 보면 정말로 소름 끼쳐. 그런데 네 앞에서 그냥 움찔하고 뒤로 물러서는 것뿐이야. 그러는 편이 나에게 맞으니까. 움찔하고 물러서는 게 재미있기도 하고.

황새: 나를 경멸하는 거야?

호저: 내 가시는 그렇게 하기를 추천하지. 안 그러면 너는 경외심을 불러일으킬 테니까. 네 다리는 너무 길고 네 주둥이는 너무 커. 너무 으스대는 데다가 내게는 너무 멋져.

황새: 너의 눈에 띄지 않는 그 수수함이 바로 나에게는 죽음이라면.

온통 외투에 꽁꽁 싸인 호저는 눈동자만 빼꼼 내밀고 날씬한 몸매의 선량한 황새가 자신의 성향 때문에 떠는 모습을 지켜본다. 호저는 아무 말도 하지 않는다. 말은 무의미하다고 생각하니까. 그래서 형용할 수 없이 독특한 어떤 불가해한 상태로 가만히 웅크리고 있을 뿐이다. 황새는 꼼짝 못한 채로 서 있다. 호저의 무력함이 그에게로 전이되었다. 원래 호저란 완벽한 창조물이다. 이제는 고독한 존재를 사랑하는 선량한 황새 자신이 기이하고 고독한 존재가 되어버렸다. 황새는 가시 역시 거드름을 피우는 고고한 장신구라고 생각한다. 숲에는 곧 밤이 찾아온다. 감정에 사로잡혀 여전히 한 다리로 서 있는 황새는 사랑의 노래에 듬뿍 취한 상태이다.

호저는 황새를 무시한다.

아마도 호저는 잠이 들었는지도 모른다.

하지만 그건 틀렸다. 호저는 황새가 훌쩍이기를 기다리고 있다. 황새는 억지로 참고 있는 것 같다. 그러나 어쨌든 견뎌낼 것으로 보인다.

한밤의 코미디.

나는 호저에 대한 황새의 태도에 대해서 이보다 훨씬 더 많은 진술을 할 수 있다. 하지만 절제하기로 한다. 황새의 상황은 이 비참한 작품과 비교해볼 때도 참으로 비참하게 보인다. 평소에는 늘 이성적이고 침착한 황새의 부리 위로 눈물이 흘러내린다. 결국 이렇게 될 거라고, 내가 그에게 이미 말하지 않았던가?

그래서 호저는 이제 만족하는가?

그건 비밀이다. 비밀이란 원래 특성상 설명이 불가능하다. 설명하기 힘든 일은 흥미롭다. 흥미로운 일은 마음에 든다.

황새여, 네 가슴이 얼마나 무너져 내리는지!

그러나 반면 네 가슴의 무너짐은 결코 무의미하지 않은, 사랑스러운 호저를 위한 것이니 그 얼마나 영광스러운 것인가!

눈물을 흘리는 황새를 본 적이 있는가? 없다고? 그렇다면 더더욱 이상한 일이다.

고요한 밤, 황새는 시냇물처럼 우는 것이 아니라 나이아가라 폭포수처럼 눈물을 쏟는다. 사모하는 호저를 그리는 애타는 슬픔은 오랫동안 그를 떠나지 않으리라.

그의 무조건적이고 헌신적인 애정은 영웅적인 정신 때문이기도 하다. 황새는 간혹 지루해서 견디기 힘들어지면 그렇듯 나서서 자신을 영웅으로 만든다.

아침이 다가오지만 황새는 여전히 아무리 칭송해도 족하지 않을 자신의 고통 속에 서 있다. 얼마나 끈질긴가!

그러느라고 황새가 아이를 물어다주는 일을 소홀히 했다

고 생각해보라. 얼마나 큰 손실인지!

황새는 자신의 부리로 호저의 가시에 입 맞추기를 얼마나 간절히 바랐던가! 그 광경을 상상하기만 해도 우리의 등줄기에는 식은땀이 흐르지만 말이다.

주인과 고용인

주인과 고용인이라는 주제로 아주 조금만 말할 생각이다. 이것은 스스로 고용인이면서 고용인이라는 특수한 상황을 의식하지 않는 인간들이 득시글거리는 듯한 이 사회의 삶의 조건을 깊고 예리하게 파고드는 문제이다. 우리는 종종 눈을 뜬 채로 꿈속에 잠기기도 하고, 보고 있으면서도 눈뜬장님과 같고, 감각이 있으면서도 느끼지 못하고, 귀가 있어도 듣지 못하고, 또 어떨 때는 부지런히 발걸음을 옮기면서도 사실상 한자리에 그대로 서 있는 경우가 흔하지 않은가? 이 무슨 침착하고 견고하면서도 신뢰가 가는 질문들이란 말인가!

진정한 주인이신 당신들은 내게로 성큼성큼 다가와서 진정한 주인이란 어떤 존재인지 내가 실감할 수 있도록 한다!

나는 주인이란 아주 귀하고 희소한 종류의 인간으로, 때와 장소를 가리지 않고 문득문득 자신이 주인이란 사실을 망각하려는 희소한 욕구에 사로잡히는 사람이라고 믿는다. 주인이 되면 참 즐거울 거라고 상상하는 것이 고용인의 특징이라면, 반면에 주인은 고용인의 쾌활함과 경망스러움을 명백한 질투의 시선으로 바라본다. 왜냐하면 주인이란 언제나 옳을 수밖에 없는 입장이고, 그렇기 때문에 자신은 결코 알 수 없는 옳지 않은 입장이란 도대체 어떤 것인지, 어떤 맛과 냄새가 나는지 몹시 궁금하기 때문이다. 주인은 자신이 원하는 바를 행할 수 있고 이룰 수 있다. 그런데 고용인은 그렇지 못하므로 자신이 해보지 못하는 일, 즉 어떤 처분을 내리고 싶어 하며, 반면에 주인은 매일같이 하는 명령행위가 너무 지겨운 나머지 자신의 정체성이 가장 극명하고 단순하게 드러나는 처분 내리기보다는 차라리 누군가를 시중들기를, 누군가에게 복종하기를 갈망한다고 말할 수 있다.

"누가 나를 야단쳐준다면 얼마나 기분이 좋을까." 종종 이런 생각이 떠오르는 주인이 분명 있을 것이라고 본다. 물론 고용인 입장에서는 자신의 주인이 결코 이루어지지 못할 이런 불가능한 소망을 품고 있다는 것을 꿈에도 상상 못하겠지만. 고용인이라고 해서 무조건 가난한 빈털터리라는 법은 없듯이 주인을 규정하는 것도 재산이 전부는 아니다. 내 생각에 주인이 주인인 이유는 재산 때문이 아니라 질문을 받는 존재이기 때문이며, 고용인이 자신의 정체성을 고용인으로 생각하는 이유는 스스로의 입술에서 그 질문이 나오기 때문이다. 고용인은 기다린다. 주인은 그를 기다리게 내버려 둔다. 여기서 기다리는 행위는 기다리게 만드는 행위만큼이나, 아니 충분히 강하기만 하다면 어쩌면 그보다 더 편안할 수 있다. 기다리기만 하는 자는 그 어떤 경우에라도 책임질 필요가 없는 쾌적한 호사스러움을 누린다. 기다리는 동안 그는 자신의 아내를, 아이들을, 혹은 애인을 비롯하여 그 누구라도 생각할 수 있다. 물론 기다리게 두는 자도 그러기를 원하기만 한다면 마찬가지다. 하지만 아무 말도 없이 기다리고 있는 자의 형상을 머리에서 완전히 지워버릴 수는 없기 때문에 당연히 부담감을 느끼게 된다.

"나에게 종속된 저자는 아마도 지금쯤 지극히 마음 편하게 미소를 머금고 있겠지." 주인은 이렇게 생각하고 문득 격렬하게 치밀어 오르는 분노를 주체할 수가 없다. 도저히 납득할 수 없는 분노를 실제로 느끼게 된다는 사실이야말로 주인됨의 곤란한 점 중의 하나이다. 주인이란 여러모로 보아 초인에 해당하는 자격이 요구되지만, 사실상 주인은 그냥 우리와 다를 바 없는 인간일 뿐이기 때문이다. “이런 빌어먹을 상황이 다 있나!” 자기 자신의 분노에 충격을 받은 주인은 소리친다. “이만하면 충분히 기다렸겠지, 인내심 하나는 개떡같이 강해서 나를 괴롭히는 끈질긴 작자 같으니.” 주인은 벨을 누른다. 그 말은 곧 벨을 후려침으로써 아무 의미 없는 감정을 폭발시키는 자기 자신을 스스로 지켜본다는 뜻이다. 그리고 곧 고분고분한 태도로 방으로 들어서는 자를 연극적인 광폭함으로 잔인하게 대하며, 그가 진정하고 이성을 찾기만을 기다리는 그 양을 호랑이처럼 잡아먹으려고 덤비는 것이다. 아무 짓도 하지 않고 가만히 얌전하게 서 있기 때문에 더욱 신경에 거슬리는 고용인에게 덤벼드는 대신에 주인은 자신을 사무적으로 빤히 바라보는 것 같은 서류들을 마치 가엾은 죄인인 양 마구 집어 던져 엉망을 만든다. 고용인은 주인이 왜 그러는지 도통 짐작할 수도 없다. 주인도 감정을 느낄 수 있기 때문에 상처를 받고, 간혹 불행해질 수도 있다는 사실에 스스로 모욕을 느끼고, 남들이 자신의 엉망인 기분을 알아채기 때문에 기분이 엉망이 되는 것이다. 그는 기분이 엉망이 아니다. 그는 기분이 엉망이기를 원하지 않고, 기분이 엉망이 될 수도 없기 때문이다.

“기꺼이 도와드리지요!” 이런 문장을 쓰는 사람은 대개 무척 기분이 좋은 상태이다. 반면에 다음과 같은 문장을 쓰게 되는 사람 내부에는 엄청나게 나쁜 기분이 도사리고 있다. "내 생각으로는 이런저런 문제들이 즉각 처리되어야 할 것 같군."

복종하는 것과 명령하는 것은 서로 복합적이다. 훌륭한 문체는 주인이나 고용인 모두를 지배한다. 나는 지금 내가 쓰고 있는 이 글을 고용인의 자세로 내놓으며, 이것을 정독하는 사람을 내 주인으로 간주한다. 나는 그 주인이 내가 제공한 것을 높이 평가하여 만족감을 얻는 모습을 볼 수 있기를 소망한다.

그런데 이 주제가 살짝 도를 넘는 바람에 아주 민감하게 변해버린 인생에 지나치게 가까이 다가간 듯한 느낌이 든다. 어쩌다가 인생은 이토록 민감해졌을까? 앞으로 인생은 좀 달라질 수 있을까, 아니면 계속 이런 상태로 머물 것인가? 나는 왜 이런 질문을 하고 있는 것일까? 왜 나는 조금도 쉴 새 없이, 조용하게 하지만 끊임없이 질문들이 떠오르는 것일까? 질문하지 않고도 살 수 있음을 나는 잘 안다. 나는 질문하지 않고, 질문에 대해서는 아무런 생각도 없이 오랫동안 살아왔다. 나는 열린 상태였고, 질문들은 내 안으로 침입하지 않았다. 그런데 이제 질문들이 나를 지켜보고 있다. 내가 그들에게 뭔가 의무가 있다는 듯한 시선으로. 그리고 나 역시 다른 많은 사람들과 마찬가지로 민감해졌다. 세월은 도움을 간청하는 여자처럼, 망연자실한 여자처럼 민감하다. 질문은 간청한다. 질문은 민감하고, 민감하지 않다. 민감함은 스스로 단단하게 굳어버린다. 아마도 아무런 의무가 없는 자야말로 가장 민감한 자일 것이다. 나를 단단하게 만든 것은 바로 의무였으니까. 간청을 받는 자는 간청하는 자에게 간청하지만, 간청하는 자는 그것을 이해하지 못한다. 이런 모든 질문들이 주인인 듯 보이고, 질문에 몰두하는 자가 고용인 같다. 질문은 근심스럽게 응시하지만, 질문은 근심이 없다. 힘들게 노력해서 질문을 얻으려는 자는 질문이 증식되도록 고려하고, 질문은 그런 응답자를 둔감하다고 여긴다. 질문을 받더라도 단 한 순간도 스스로의 균형감을 잃지 않는 자가 질문의 시각으로 볼 때 민감하다. 그런 자는 질문 속의 대답이 그대로 보이기 때문에 자신에게 보이는 대답 그대로를 말한다. 왜 많은 사람들이 질문의 이런 특징을 믿지 않는가?

두 개의 이야기

천재

온몸이 얼어붙을 정도로 추운 어느 겨울밤, 천재 벤첼은 얇디얇은, 너무도 얇은 옷을 걸친 채 거리에 서서 행인들에게 구걸을 하고 있었다. 지나가던 신사숙녀들은 놀라서 생각했다. '아니 저게 누구야, 천재 벤첼이잖아, 천재라서 저런 일까지 하는구나.' 천재는 평범한 속세의 인간과는 달리 그리 쉽게 감기에 걸리지 않는다. 밤에 벤첼은 왕궁의 문 아래에서 잠을 잤는데, 당신들도 보다시피 얼어 죽지 않았다. 날이 아무리 춥다 해도 천재는 그리 쉽게 얼어 죽지 않으니까. 아침이 되자 벤첼은 잘 때 입었던 옷차림 그대로 젊고 아름다운 공주를 만나러 갔다. 그의 몰골은 초라하기 그지없었다. 그러나 하인들은 서로 옆구리를 쿡쿡 찔러댔고, 고개를 치켜들고 잘난 척하는 동료에게 가서 "이봐, 저 사람은 천재야, 천재라고" 하고 일러주는가 하면, 얼른 공주에게 알리고 벤첼이 공주의 접견실로 유유히 들어가도록 했다. 벤첼은 공주 앞이라 해도 절대 허리를 굽히는 법이 없었는데, 당신들도 알다시피 그런 행위는 천재의 머릿속에선 도저히 떠오르지 않기 때문이다. 하지만 공주는 관대함과 너그러운 품격을 보이며 천재를 향해, 내 말은 그러니까 젊은 천재 벤첼을 향해 허리를 깊이 숙였고, 눈처럼 흰 손을 그에게 내밀어 입을 맞추도록 하면서 물었다. "무슨 일로 왔는지요?" "밥 먹으러" 하고 그는 시골뜨기처럼 대답했다. 하지만 그 대답은 금세 호응을 얻었고, 자비로운 공주의 눈짓 한 번에 포트와인을 곁들인 호화로운 아침상이 접견실로 들어왔다. 황금 쟁반 위에 은제 식기와 크리스털 병이 반짝였다. 그것을 보자 천재는 싱글거렸다. 당신들도 보다시피 천재는 싱글거릴 줄도 알기 때문이다. 공주는 무척 친절한 사람이어서, 그의 신세에 걸맞게 단정한 넥타이조차 매지 못한 벤첼과 함께 식사를 하며 그의 작품들에 대해 물었고, 그의 건강을 기원하며 함께 와인을 마셨다. 이 모든 행동에는 공주 특유의 순결하고 사랑스러운 우아함이 묻어 있었다. 천재는 거칠고 험

난했던 자신의 인생 처음으로 커다란 행복을 느꼈다. 당신들도 보다시피 천재도 종종 섬세하면서도 매우 인간적인 특성, 그러니까 행복의 감정을 느끼기 때문이다. 벤첼은 식사 도중에, 아마도 내일이나 모레 이 세계를 전복시킬 생각이라는 이야기를 했다. 공주는 당연히 이 말에 무척이나 놀랐고, 공포에 질려서 맹수에 쫓기는 나이팅게일처럼 사랑스럽게 비명을 지르며 천재를 천재성과 함께 남겨둔 채 방 밖으로 달아나 나라의 군주인 아버지에게 모든 것을 그대로 알렸다. 왕은 벤첼에게 제발 얼른 최대한 빨리 떠나달라고 간청했고, 벤첼은 그렇게 했다. 그리하여 벤첼은 다시 뒷골목으로 나와 먹을 것도 없는 신세로 돌아왔지만 이 점에 대해서는 모든 이들이 그를 너그럽게 용서해주었는데, 어쨌든 그는 대단히 까다로운 천재이기 때문이다. 그는 곤궁에 빠졌고, 어디로 가야 할지 무엇을 해야 할지 몰랐다. 바로 그런 상황에서 그에게 도움이 될 만한 천재적인 발상이 번득 떠오른다(모든 천재적 발상은 순식간에 나타난다). 그는 눈을 내리게 한다. 그것도 대단한 폭설을 오래오래 내리게 하여, 얼마 지나지 않아 온 세상이 눈 속에 완전히 파묻혀버리게 만든다. 천재인 그는 딱딱하게 얼어붙은 눈 더미 위에 누워 자신의 몸 아래에 온 세상이 묻혀 있다고, 그다지 나쁘지 않은 그 감정을 만끽하는 것이다. '마음을 짓누르는 기억으로 가득한 세상이었어' 하고 그는 생각했다. 이런 생각에 오랫동안 몰두하다보니 그는 다시금 허기를 느꼈고, 훌륭한 지상의 음식(예를 들면 콘티넨털 호텔의 메뉴와 같은)이 그리울 뿐만 아니라 다른 인간들에게 험한 꼴을 당하고 싶은 욕구까지도 커졌다. 태양이 하늘 높이 떠 있었으나 기분 좋은 안락함은 느껴지지 않고 도리어 홀로 앉아 있으려니 ―으으― 온몸이 얼어붙는다. 그래서 결국 그 많은 눈을 전부 사라지게 만든다. 눈 속에서 다시 나타난 세상은 약간의 작은 차이를 보인다. 막 탄생한 새로운 종족이 나타났다. 그들은 모든 유형의 비상함에 큰 존경심을 보인다. 벤첼은 이것이 처음 잠시 동안은 마음에 들었으나 시간이 좀 흐르자 다시 그와는 맞지 않는다는 생각이 들었다. 그는 한탄을 하고, 그의 내면에서 터져 나온 한숨은 모든 이의 공감과 인정을 받는다. 누구나 나서서 그를 도와주려 하고 그가 바로 인간의 육체를 입은 천재성 그 자체라고, 천재성의 대표이자 의인화된 천재성이라고 설득하려 한다. 하지만 그것은 벤첼에게 아무런 도움이 되지 못한다. 왜냐하면 천재란 그 어떤 방식으로도 도울 수 없는 존재이기 때문이다.

세계

체를레더 노인이 밤에 좀 늦게 귀가하자 아들인 슐링겔 씨가 노인을 당장 무릎에 올리고 마구 두들겨 팼다. "앞으로는 절대 너한테 집 열쇠를 맡기지 않을 거야. 그리 알라고!" 아들은 아버지에게 말했다. 노인이 이 말을 바로 알아들었는지 아닌지 우리는 알지 못한다. 다음 날 아침 어머니는 거울 앞에 너무 오래 있었다는 이유로 딸에게 매서운 소리의 따귀를 얻어맞았다('매서운 소리가 쨍 하고 울려 퍼지는 따귀'가 정확한 표현이다). "너같이 늙어빠진 년이 겉치레에 신경 쓰다니 뻔뻔하기도 하지." 딸은 격분해서 소리치고는 불쌍한 어머니를 부엌으로 내몰았다. 모든 거리에서, 모든 세상에서 이처럼 유례없는 사건들이 벌어졌다. 길모퉁이에서는 젊은 여자들이 청년들 뒤를 따라다니며 치근대는 구애의 말로 그들을 괴롭혔다. 몇몇 청년들은 여자들이 지나가면서 너무도 노골적으로 말을 거는 바람에 얼굴이 새빨개졌다. 그런 여자들 중 한 명이 벌건 대낮에 평판 좋고 행실 바른 점잖은 집안의 자제를 공공연히 덮치는 바람에 청년이 다급한 비명을 지르며 달아나는 일도 있었다. 심지어 제멋대로이고 덕망이 부족한 나조차 끈덕지게 달라붙는 젊은 여자 하나를 간신히 물리친 적이 있다. 처음 한동안은 내가 강력하게 거부를 했지만, 그건 사실 꾸며낸 내숭과 포즈에 불과했으므로 이미 격렬하게 불붙은 여자를 더욱 강하게 자극만 할 뿐이었다. 운 좋게도 내게 싫증난 그녀가 먼저 떠나가버렸는데, 내 입장에서는 참으로 다행인 것이 나는 원래 고상한 성품의 여자에게만 끌리기 때문이다. 교실에서는 교사들이 수업 중에 일고여덟 번 그 이상의 실수를 했고 그래서 방과 후 학교에 남는 벌을 받았다. 교사들은 맥주를 마시고 볼링을 하고 그 밖의 불량스러운 짓으로 오후를 보낼 수 없게 되어 슬피 울었다. 골목길에서는 행인들이 벽에다 거리낌 없이 오줌줄기를 갈겼다. 그러면 우연히 그곳을 지나던 개들은 놀라서 어쩔 줄 모르곤 했다. 한 귀부인의 선이 고운 어깨에는 박차 달린 장화를 신은 마부가 올라타 있었다. 붉은 피부의 하녀가 공작님이 모는 뚜껑 없는 마차를 타고 산책길에 나섰다. 그녀는 세 개 남은 흔들리는 이빨을 내보이며 심지어 품위 있게 웃기까지 했다. 마차를 끄는 건 대학생들이었다. 날렵한 채찍이 그들의 등짝을 쉴 새 없이 내리쳤다. 몇몇 강도들이 술집이나 유곽에 들러 거기 있던 법원직원들을 체포해 끌고 갔다. 그 광경을 구경하려고 잔뜩 몰려든 개들이 신이 나서 죄수들의 종아리를 물어뜯었다. 법원직원들도 게으르면 이렇게 되는 세상이다. 익살과 죄악으로 가득 찬 이런 세상 위로 오늘 오후 하늘이 떨어져 내렸다. 쿵 하는 소리조차 없이. 소리는커녕 도리어 부드럽고 촉촉한 솜처럼 내려와 모든 것들 위를 베일처럼 덮었다. 흰 옷의 천사들이 맨발로 도시 여기저기를 돌아다녔고 다리 위에서 반짝이는 강의 수면에 비치는 자신의 모습을 열심히, 하지만 품위를 잃지 않고 내려다보았다. 검은 털이 숭숭 난 악마들이 사나운 괴성을 지르며 손에 든 삼지창으로 허공을 찔러대는 바람에 모여든 사람들이 놀라서 흩어졌다. 악마들은 안하무인으로 행동하며 돌아다녔다. 여기에 무슨 설명을 더해야 할까? 천상과 지옥이 나란히 대로를 산책하고, 상점에서는 축복과 저주가 함께 팔려나간다. 사방이 혼돈이며 비명과 환호, 분주한 걸음과 질주, 악취만이 진동한다. 마침내 신은 이 비열한 세계가 너무도 불쌍해졌다. 그래서 할 수 없이 친히 내려와 자신이 과거의 어느 날 아침에 만들어낸 이 지상을 통째로 집어 들어 자루에 쑤셔 넣었다. 그 순간은(황송하여라, 그것이 오직 순간일 뿐이었으니!) 참으로 끔찍했다. 대기는 순식간에 완전히 굳어서 바윗덩이보다도 딱딱해졌다. 대기가 도시의 집들을 짜부라뜨리는 바람에 집은 만취한 술꾼처럼 서로서로 우당탕 부딪혔다. 산들의 널찍한 등성이는 더 솟거나 아니면 땅속으로 꺼져버렸고, 나무들은 거대한 새처럼 우주 공간까지 날아갔으며, 나중에는 우주 공간마저도 노르스름하고 차가운, 규정하기 어려운 하나의 덩어리로 융합되어 시작도 없고 끝도 없는, 부피도 다른 무엇도 없는, 오직 '더이상아무것도아님'에 불과한 어떤 것으로 화했다. 아무것도아님, 그것에 대해서 우리는 더 이상 쓸 수가 없다. 심지어 위대하신 신조차도 자신이 유발한 분노의 파괴 탓에 비탄에 잠긴 나머지 끝내 와해되고 말았다. 그리하여 이제 아무것도아님은, 아무것도아님을 규정해줄 특성도 색채도 없게 되었다.

한 시인이 한 남자에게 보내는 편지

존경하는 선생님, 당신의 편지가 오늘 저녁 내 책상 위에 놓여 있었습니다. 편지에서 당신은 나를 만나고 싶으니 적당한 시간과 장소를 알려달라고 하였지만, 나는 거기에 대해 사실 뭐라 말해야 할지 잘 모르겠다는 답장을 쓸 수밖에 없군요. 그래서 쓰고 있습니다. 이런저런 망설임이 머릿속에 떠오르는 것이, 나는 당신이 굳이 만나봐야 하는 그런 사람이 아니기 때문입니다. 나는 예의를 차리지 않습니다. 매너라고는 전혀 없다고 해도 과언이 아닐 정도니까요. 당신이 나를 만날 기회를 가진다는 것은, 상스럽게 보이기 위해 일부러 펠트모자 가장자리를 가위로 절반이나 싹둑 잘라낸 사람을 만나게 된다는 말입니다. 그런 사람을 만나고 싶습니까? 친절이 넘치는 편지는 참으로 기쁘게 받았습니다. 하지만 당신은 잘못된 주소로 편지를 보냈어요. 나는 그러한 정중한 대우를 받을 자격이 없는 사람입니다. 그러니 부탁합니다. 나와 만나고 싶다는 소망은 당장 버려주십시오. 그런 정중함은 나와는 어울리지 않습니다. 당신에게 편지를 쓰기 위해서 나는 아주 기본적인 정중함을 억지로 짜내고 있습니다. 이런 일은 정말이지 피하고 싶어요. 정중하고 매너 좋은 행동은 나와 어울리지 않음을 잘 알기 때문입니다. 그리고 굳이 정중한 사람이 되고 싶지도 않습니다. 지루하니까요. 아마도 당신은 아내가 있을 테지요. 당신의 아내는 우아하고, 당신 집에는 사람들이 살롱이라고 부르는 공간도 있을 겁니다. 당신처럼 고상하고 품위 있는 표현을 사용하는 사람은 대개 집에 살롱이 있는 편이니까요. 그런데 나는 길거리의 인간입니다. 숲과 들판과 술집의 인간, 그리고 내 방의 인간입니다. 누군가의 살롱에서는 단지 천하의 시골뜨기가 될 수밖에 없어요. 나는 아직 단 한 번도 살롱이라는 공간에 발을 들인 적이 없습니다. 그런 일은 두렵습니다. 건강한 이성을 가진 한 남자로서 두려운 일은 피하고 싶습니다. 보시다시피 나는 이렇게 솔직합니다. 당신은 부유한 사람인 듯하고 그러니 부유한 어휘들을 말할 수밖에 없을 겁니다. 나는 반대로 가난하므로 내가 말하는 모든 어휘에서는 가난의 냄새가 풍기게 됩니다. 그러니 당신의 습관 때문에 내 기분이 나빠지거나 내 습관 때문에 당신의 기분이 나빠지거나 둘 중 하나입니다. 당신은 상상도 못하겠지만 나는 내가 속해 있는 내 신분을 진정 사랑하고 선호합니다. 가난하긴 하지만 지금까지 단 한 번도 신세를 한탄하고 싶다는 생각조차 든 적이 없습니다. 도리어 그 반대입니다. 나는 내 삶의 환경을 정말로 귀하게 여기므로 계속 이 상태를 유지하기 위해 매우 큰 노력을 기울이고 있습니다. 나는 황폐하고 낡은 집에서 삽니다. 폐허나 다름없는 수준이지요. 하지만 그래서 행복합니다. 가난한 사람들과 초라한 집들은 바라보는 것만으로 행복해지니까요. 당신 입장에서는 이런 말을 이해하기가 매우 힘들다는 것을 충분히 압니다. 하지만 내 주변에는 방임과 방탕과 모순이 특정 분량과 무게만큼 꼭 있어야 합니다. 그렇지 않으면 숨쉬기가 고통스럽습니다. 만약 고상하고 훌륭하고 우아해져야 한다면, 삶은 고통 그 자체로 변합니다. 세련됨은 내 적입니다. 우아하게 절을 해야 하는 무모한 상황에 얽혀들어가느니 차라리 사흘 동안 굶는 편을 택하겠습니다. 존경하는 선생님, 자존심 때문에 이렇게 말하는 것이 아닙니다. 조화와 편안함을 추구하는 분명한 의식으로 하는 말입니다. 내가 나 자신으로 있지 못하고 내가 아닌 것이 되어야 할 이유가 도대체 무엇이란 말입니까? 그것이야말로 멍청한 행동일 겁니다. 내가 나일 때, 나는 나에게 만족합니다. 그러면 나를 둘러싼 세상 전체도 조화로운 음색을 냅니다. 구체적으로 설명하자면 이래요. 예를 들어 새 양복을 입는 것만으로도 나는 심히 불만스럽고 불행해집니다. 그런 사실로 추측하건대 나라는 인간은 새롭고 보기 좋은 고급 물건은 뭐든지 다 싫고, 오래되고 낡은 중고품은 뭐든지 사랑한다는 것입니다. 그렇다고 내가 벌레를 사랑하는 건 아닙니다. 벌레를 먹고 싶거나 하지는 않지만 벌레가 있다고 해도 크게 괴롭지 않다는 말입니다. 내가 사는 집에는 벌레들이 우글거려요. 그래도 아무 문제 없이 즐겁게 살고 있답니다. 그 집은 산적들 소굴처럼 엉망이라서 가슴에 꼭 껴안아주고 싶을 정도라니까요. 만약 세상 모든 사물들이 새것이고 말끔하기만 하다면 나는 살고 싶지 않을 겁니다. 자살이라도 해버릴 거예요. 그러니까 말하자면, 고상하고 교양 있는 어떤 신사분과 알게 된다는 생각만 해도 나는 무섭습니다. 내가 당신의 신경을 거스를 것은 분명하고 당신에게 유익함도 잠시의 기분전환도 되지 못하리라는 두려움뿐만이 아니라, 내가 예감하는 또 다른 종류의 생생한 두려움을 솔직하게 완전히 터놓고 얘기하자면, 당신 역시 내 기분을 거스를 것이 분명하고 당신 역시 나에게 유익하지도 않고 즐거운 존재도 아닐 거라는 예감이 있습니다. 각각의 모든 인간 조건에는 영혼이 있습니다. 이건 당신이 무조건 들어야 하고, 내가 무조건 당신에게 말해야 하는 것입니다. 나는 가난하고 초라하지만 그래도 나 자신을 존중합니다. 타인에 대한 질투는 무조건 어리석습니다. 질투는 일종의 망상입니다. 모든 사람은 자신의 처지를 존중해야 합니다. 그래야 모든 이들에게 이롭습니다. 그런 점에서 나는 당신이 나에게 미칠지도 모르는 영향 또한 두렵습니다. 그 의미는 당신의 영향력으로부터 나 스스로를 방어하기 위해 행해져야만 하는 내면의 불필요한 노동이 두렵다는 것입니다. 그래서 나는 당신을 만나러 달려가는 일을 하지 않습니다. 달려갈 수가 없습니다. 새로운 사람을 사귀는 일. 그건 어떤 의미에서건 어느 정도는 노동입니다. 그리고 이미 당신에게 밝혔듯이, 나는 전적으로 편한 것이 좋습니다. 이렇게 말하면 당신은 나를 어떻게 생각할까요? 하지만 그런 건 내게 상관이 없습니다. 나는 그런 일을 상관하지 않는 삶을 원합니다. 또 이렇게 말한다고 해서 당신에게 굳이 사과를 늘어놓지도 않겠습니다. 어차피 입에 발린 사과일 테니까요. 누구나 진실을 말할 때는 정중할 수 없는 법입니다. 나는 별을 사랑하고, 달은 내 은밀한 친구입니다. 내 위에 있는 것은 하늘이지요. 살아 있는 한 나는 고개를 들어 하늘을 올려다보는 일을 잊지 않을 것입니다. 나는 대지에 두 발을 딛고 서 있습니다. 이것이 바로 내 입장입니다. 시간은 나에게 농담을 걸고, 나는 시간과 장난을 칩니다. 나는 근사한 대화거리를 생각해낼 능력이 없습니다. 낮과 밤은 내 동반자입니다. 아침과 저녁은 나와 절친합니다. 이 정도로 마치고 당신에게 작별의 인사를 드립니다.

가난한 시인으로부터

나는 아무것도 없어

근심 없이 유쾌하게, 진정한 무소유자만이 가능한 방식으로, 어느 날 우스꽝스러운 코를 가진 한 선량한 청년이 아름다운 초록의 자연을 방랑했다. 나무와 관목, 집과 농장을 지나쳐 가벼운 걸음으로 즐겁게, 유쾌하고 흡족한 마음으로 숲과 들판을 지나갔다. 얼굴 표정이 흐뭇하고 기분 좋아 보였으므로 마주치는 사람들은 모두 그에게 매우 친절하고 밝게 인사를 건넸는데, 그건 청년에게는 지극히 당연한 일이었다. 하지만 청년 역시도 인간이든 동물이든 상관없이 모든 생명체를 진심으로 선량하게 대하고 온 세상을 긍정적으로 따뜻하게 보는 인간이었다. 멀리서도 뭐든지 금방 눈치 채는 사람들은 이런 사실을 잘 알고 있었다. 그는 성실하고 나직한 목소리로 누구에게나 “좋은 저녁입니다” 하고 인사했다. 저녁이 되면 이 아름답고 품위 있는 청년은 황금의 손과 황금의 눈동자로 집들과 나무들 사이를 조용히 돌아다녔다. 가까운 곳과 먼 곳에서 종소리가 울리는 저녁에. 지금 청년이 풀밭을 지나는데, 송아지 한 마리가 청년에게 머리를 내밀면서 뭔가 애원하는 듯한 몸짓을 했다. 어쩌면 청년과 친구가 되고 싶다고, 청년에게 자신의 송아지 인생에 대해 들려주고 싶다는 행동인지도 몰랐다. “착한 짐승아, 나는 줄 게 아무것도 없어. 가진 게 있다면야 당연히 너에게 내주고 싶단다.” 청년은 이렇게 말하고 계속해서 길을 갔다. 그러나 걸음을 옮기는 중에도 머릿속에서는 뭔가를 말하고 싶어 한 듯한 송아지의 모습이 좀처럼 떠나지 않았다. 잠시 후 청년은 숲가의 규모가 큰 농가 앞을 지나가게 되었다. 갑자기 커다란 개 한 마리가 요란하게 짖으며 달려오는 바람에 그는 순간 겁을 먹었다. 하지만 겁낼 일이 전혀 아니었다. 개는 그에게 풀쩍 뛰어올랐는데, 공격하려는 게 아니라 반가워서 그런 것이었다. 요란하게 짖은 것도 기쁨을 표시하기 위함이었으므로, 걱정이 된 마음씨 좋은 농부 아낙네가 저 멀리서 개를 부르면서 사람에게 그렇게 사납게 달려들어서는 안 된다고 야단칠 필요는 없는 일이었다. “착한 짐승아, 나에게 뭘 원하는 거니? 뭔가를 달라고 하는 것 같은데, 안타깝게도 나는 그야말로 아무것도 없어. 가진 게 있다면야 당연히 너에게 내주고 싶은데 말이다." 청년은 이렇게 말했고, 커다란 개는 너도밤나무 숲까지 청년을 따라왔다. 마치 그와 친구가 되고 싶다고, 청년에게 자신의 짐승 인생에 대해서 전부 들려주고 싶다고 말하기라도 하듯이. 그러다 친구인 청년이 계속해서 앞으로 앞으로 걸어가는 것을 본 개는 따라가기를 문득 멈추고 자신의 본분이 있는 농가로 되돌아갔고, 청년은 방랑을 계속했다. 그러나 걸음을 옮기는 중에도 청년은 친근하게 다가오면서 뭔가를 말하고 싶어 하는 듯했던 개를 계속해서 생각하고 있었다. 한참 뒤 어느 골짜기의 널찍하고 아름다운 길 위에서 청년은 염소 한 마리와 마주쳤다. 염소는 청년을 보자마자 다가왔고, 마치 우정이 그리운 인간처럼 자신의 비참한 염소 인생을 그에게 전부 털어놓고 싶어 하듯 그의 주변을 친근하게 맴돌았다. "착한 짐승아, 넌 나에게 뭔가를 원하는 것 같지만 안타깝게도 나는 그야말로 아무것도 없어. 가진 게 있다면야 당연히 너에게 내주고 싶은데 말이다." 청년은 딱한 심정으로 이렇게 말했고, 계속해서 앞으로 걸어갔다. 그러나 걸음을 옮기는 중에도 청년은 그에게 뭔가를 말하고 싶어 하는 듯했던 짐승들, 그와 친구가 되고 싶어 했던 짐승들, 말없이 견디기만 하는 자신들의 존재와 답답한 삶에 대해 이야기하고 싶어 했던 짐승들, 염소를, 개를, 그리고 송아지를 계속해서 생각하고 있었다. 언어를 갖지 못하고 말을 할 수 없는 짐승들, 인간의 필요 때문에 갇혀 평생 노예로 사육당하는 짐승들, 청년이 좋아했던 짐승들, 그리고 마찬가지로 청년을 좋아한 짐승들, 마음 같아서는 청년은 그 짐승들을 기꺼이 데려가고 싶었으며 짐승들도 청년을 기꺼이 계속 따라왔을 터였다. 할 수만 있다면 청년은 그들이 좁디좁은 짐승의 왕국에서 벗어나 넓고 자유로운 세상, 더 나은 삶으로 나아가도록 기꺼이 도와주었으리라. "하지만 나는 아무것도 아니잖아. 아무것도 할 수가 없어. 나는 정말이지 아무것도 가진 게 없어. 이 드넓고 거대한 세상에서 나는 단지 가난하고 나약하고 무력한 인간일 뿐이야" 하고 그는 생각했다. 세상은 참으로 아름다웠고, 청년은 짐승들을 생각했다. 그 자신과 그의 친구들, 인간 친구들과 짐승 친구들 모두의 삶이 얼마나 암울한 상황인지를 생각하니 청년은 더는 앞으로 걸어갈 수가 없었다. 그는 길옆의 풀밭에 누웠다. 그리고 가슴이 터지도록 펑펑 울었다. 참으로 우스꽝스러운 청년이여!

세상의 끝

한 아이, 아버지도 어머니도 형제도 누이도 없는 아이, 그 누구의 가족도 아니며 그 어디에도 집이 없는 한 아이가 어느 날 문득 계속 걸어서 세상의 끝까지 가보자는 생각을 했다. 가져갈 물건이 많지 않았고 사실은 짐을 쌀 필요도 없었다. 아이에게는 소유물이란 것이 애초에 하나도 없었기 때문이다. 아이는 서 있던 그 자리에서 바로 길을 떠났다. 햇볕이 따갑게 내리쬐었으나 가엾은 아이는 햇볕에 신경 쓰지 않았다. 아이는 걷고 또 걸었다. 수없이 많은 광경들을 지나쳐갔으나 아이는 그 어떤 광경에도 신경 쓰지 않았다. 아이는 걷고 또 걸었다. 수없이 많은 사람들을 지나쳐갔으나 아이는 그 어떤 사람에게도 신경 쓰지 않았다. 아이는 걷고 또 걸었다. 밤이 되었으나 아이는 밤에 신경 쓰지 않았다. 낮도 신경 쓰지 않았고, 밤도 신경 쓰지 않았으며, 사물도 사람도 신경 쓰지 않았고, 태양도 달도 신경 쓰지 않았고, 마찬가지로 별도 신경 쓰지 않았다. 아이는 걷고 또 걸었다. 두려움도 굶주림도 모르고 오직 문득 떠오른 한 가지 생각, 세상의 끝을 찾겠다는 생각, 세상의 끝을 찾을 때까지 걷고 또 걷겠다는 생각뿐이었다. 언젠가는 세상의 끝을 분명 찾게 될 거라고 아이는 생각했다. '가장 마지막에, 가장 마지막에는 끝이 나오지 않을까' 하고 아이는 생각했다. '가장 끝까지 걸어가면 말이야' 하고 아이는 생각했다. 아이의 생각이 옳았던 걸까? 궁금해도 잠시만 기다려달라. 아이의 정신이 온전하지 못했던 걸까? 아니, 잠시만 기다려달라고 하지 않았는가, 어차피 알게 될 테니. 아이는 걷고 또 걸었다. 처음에 아이는 세상의 끝이 높은 담일 거라고 상상했으나 곧 아득한 심연일 거라고 상상했고, 그 상상은 나중에는 아름다운 푸른 초원으로 바뀌었고, 다시 호수로, 물방울무늬 천으로, 그다음에는 드넓게 퍼진 빽빽한 죽으로 바뀌었다가, 그냥 순수한 공기로, 그다음에는 희고 깨끗한 평원으로, 그다음에는 영원히 그네를 탈 수 있는 황홀의 바다로, 그리고 다음에는 갈색의 길로, 그리고 마침내는 아무것도 아닌 것 혹은 아이 자신이 아직은 알 수 없는 어떤 것으로 바뀌었다.

아이는 걷고 또 걸었다. 세상의 끝은 도저히 다다를 수 없을 것만 같았다. 16년 동안 아이는 바다와 평원과 산을 헤매었다. 어느새 아이는 크고 강해졌다. 하지만 여전히 어느 날 문득 떠오른 한 가지 생각, 세상의 끝을 찾겠다는 생각, 세상의 끝을 찾을 때까지 걷고 또 걷겠다는 생각에 매달려 있었다. 그러나 세상의 끝은 아직도 나타나지 않았다. 아직도 세상의 끝은 아득히 멀리 있을 것만 같았다. '정말로 가도 가도 끝이 보이지 않는구나!' 아이는 생각했다. 그리고 길가에 선 농부에게 혹시 세상의 끝이 어디인지 아느냐고 물었다. '세상의 끝'은 근처에 있는 한 농가의 이름이었다. 그래서 농부는 대답했다. "반시간 정도만 더 가면 되지." 아이는 이 말을 명심하고는 농부에게 감사하다고 인사한 다음 계속해서 걸었다. 그런데 반시간이 영원처럼 오래 걸린다는 생각에 아이는 길에서 마주친 한 청년에게 세상의 끝에 닿으려면 얼마나 더 가야 하느냐고 물었다. "10분만 더 가면 돼" 하고 청년이 대답했다. 아이는 감사하다고 청년에게 인사한 다음 계속해서 걸었다. 아이의 온몸에서 힘이 완전히 빠질 무렵, 아이는 그곳에 도착했다. 너무도 힘들어서 마지막에는 간신히 걸음을 옮길 수 있었다.

마침내 아이는 안락하고 비옥한 초원 한가운데 그림처럼 아름답게 서 있는 커다란 농가를 발견했다. 정말로 으리으리한 집이었다. 따뜻하고 편안하고 다정하고 위풍당당하며 깔끔하면서도 존경심을 자아내는 집. 집 주변에는 실한 과일나무들이 서 있고, 닭들이 돌아다니고, 불어오는 가벼운 바람에 밭의 이삭이 흔들리고, 채마밭에는 채소가 가득하고, 비탈진 곳에는 진한 꿀향기를 풍기는 꿀벌통이 있고, 소를 기르는 축사도 분명 있을 듯하고, 나뭇가지마다 버찌와 배, 사과가 주렁주렁 매달려 있었다. 이 모든 광경에서 피어나는 풍요와 안락, 행복과 자유의 냄새, 그래서 아이는 즉시 여기가 바로 세상의 끝이라고 생각했다. 아이의 기쁨은 이루 형용할 수 없었다. 집 안에서는 막 요리가 한창인 듯 부드러운 연기 한 줄기가 얌전하게 굴뚝에서 솟아오르며 미소를 지어 보이다가, 배신자처럼 스르르 허공으로 사라져버렸다. 오랜 여행에 완전히 지친 아이는 맥없는 목소리로 근심스럽게 물었다. "여기가 세상의 끝인가요?" 농부의 아내는 대답했다. "그렇단다, 얘야. 여기가 세상의 끝이야."

"알려주셔서 감사합니다." 아이는 이렇게 인사한 후 피곤을 이기지 못하고 쓰러져버렸다. 아이고, 이런! 하지만 선량한 누군가의 손이 아이를 얼른 안아 올렸고 침대로 데려가

뉘였다. 아이가 다시 정신을 차리자 참으로 놀랍게도 더없이 포근한 침대에 누워 더없이 다정한 사람들에게 둘러싸여 있지 않은가. "여기 머물러도 되나요? 열심히 일할게요!" 아이가 묻자 사람들이 대답했다. "그러면 안 될 이유가 뭐가 있겠니? 우리도 네가 마음에 들어. 그러니 이 집에서 우리와 함께 살자꾸나. 일도 열심히 하고 말이야. 마침 우리도 부지런한 하녀가 필요한 참이었어. 네가 성실하게 일한다면 너를 딸처럼 여기고 돌봐주마." 아이는 두말할 것도 없이 그 자리에서 승낙했다. 아이는 성실하게 일했고 온힘을 다해 봉사했다. 그래서 얼마 지나지 않아 모든 사람들이 아이를 좋아하게 되었다. 이제 아이는 더 이상 걷고 또 걷지 않았다. 이곳이 집처럼 편안했기 때문이다.

티투스

이런 이야기가 엄청나게 들리지 않느냐고 티투스가 입을 열었다. 내 어머니는 후작부인인데, 나는 어렸을 때 강도들에게 납치를 당해 강도로 길러졌다. 하지만 이 말은 일단 처음에 듣는 사람들을 지루하지 않게 하려는 일종의 장식문이다. 누가 나에게 태어난 곳을 물으면 나는 고슬라라고 대답하는데, 이건 살짝 거짓말에 가깝다. 나는 한 번도 어머니에게 응석을 부리지 못했고, 지금 생각해보면 그건 천만다행한 일이다. 얼마 전에 어디서 읽었는데 봄으로 치장한 고슬라는 정말 매혹적이라고 한다. 잘 믿는 성향의 나는 그 주장을 곧이곧대로 받아들였다. 강도들에게 세탁, 바느질, 요리, 쇼팽 연주를 배웠지만 이런 말을 문자 그대로 다 받아들이

지는 말아주었으면 한다. 여기서는 마음껏 상상력을 발휘해도 좋다는 생각이 들고, 또 그것이 너그럽게 용인될 것만 같다. 시인은 원래 창의성을 도구 삼아 자유롭게 연주하는 존재가 아니던가. 음악가들이 피아노를 연주하듯이 말이다. 소위로 근무할 때는 나를 수족같이 챙겨주던 사환이 있었다. 나는 도시로 왔고 거리를 돌아다니다가 마침내 적당한 장소를 발견했다. 그곳은 숙식이 제공되는 하숙집으로, 주인남자는 무뚝뚝하고 그의 아내는 배려심이 많았다. 나는 그 집의 두 아들에게 담배 마는 법을 가르쳤고, 어느 처녀가 주도하는 동아리에서 영어를 배웠다. 키가 크고 창백한 여종업원이 낭만주의의 세례를 담뿍 받은 장미처럼 눈동자에 선량함을 그득 담고서 방에 앉아 있었다. 그녀가 베풀어준 두 마디 말은 나를 지극히 행복하게 만들었다. 비록 황홀이란 단어의 의미를 정확히 파악할 수는 없었지만 말이다. 세 번째 하숙인은 과부였는데, 나와 무척 친밀했으므로 무뚝뚝한 주인남자가 내게 자신의 집에서 연애 사건은 용납되지 않는다고 일러둘 정도였다. 평화가 어려운 문제이다. 나는 작가의 길로 들어섰고, 이후 차츰차츰 그 길을 포기했다. 엄청나게 복잡한 교통 중심지의 동쪽에 자리한 술집에서 나는 온몸을 노랗게 감싼 검은 눈동자의 여인을 알게 되었다. 그런데 혹시 이런 말이 기억 속 잡동사니를 몽땅 뒤져서 꺼내놓는 것처럼 들리고, 그래서 활자화되면서 쉽사리 센티멘털한 효과를 자아내지는 않을까? 나는 지극히 평균치인 남자로, 내 삶은 그 누구와도 접촉하지 않고 수많은 인간들 사이를 지나왔다는 것이 삶의 주 내용인 사람들과 다를 바가 없다. 내게 있는 독특한 면이란 아마도 엄청나게 오래 시간을 낭비했고, 그것을 즐거움으로 인식했다는 점 정도일 것이다. 나이가 드는 대신 나는 점점 젊어졌다. 그리고 좀 멍청해졌는데, 그건 정말이지 어느 정도 자랑스러운 일이다. 나는 의기양양하면서 편협하고, 코를 자꾸만 잡아 비틀어 내 코는 매혹적인 생김새로 변했다. 틈만 나면 신에게 기도를 올려 어린아이 같은 외모를 주십사 간청했고, 그 소원은 이루어졌다. 내 가슴은 뱀의 소굴이다. 애원하듯이 눈동자를 커다랗게 뜨고 나를 무척 양순하게 생각하는 사람들을 바라보는데 전혀 이상한 일은 아니다. 그런데 이 무슨 받아들이기 힘든 괴상한 문장 꼬락서니인가! 거짓말을 할 만큼 의지가 굳건하지 못한 자는 희망과 의미를 상실했다. 정직은 별반 존중받지 못한다. 고백하자면 내 가슴에는 사랑이 있다. 어느 정도는 나를 황폐화시키고, 어느 정도는 내게 날개를 달아주는 사랑이다. 문학예술을 지원하는 한 협회로부터 새 원고를 보내달라는 청탁을 받고 나는 어떤 한 여인이 나타나는 카페는 모조리 휩쓸고 설치고 돌아다녔는데, 그녀는 매번 나를 충분히 경멸하는 태도를 보임으로써 내가 자신을 우러러볼 수 있게 만들었다. 그날 이후로 나는 가장 창백하고 가장 상기된 헌신자였다. 단지 아쉬운 점은 최고의 사랑의 시들은 이미 쓰여서 책으로 나와 있다는 것이다. 하인들 출입구를 통해서라도 문학의 궁전으로 숨어들어갈 수만 있다면 환희에 차서 봉사하고 싶었는데. 어제 나는 이른 봄 황금옷으로 갈아입은 전원으로 나가서 우아한 어머니 자연 앞에 모자를 벗고 벤치에 앉아 울었다. 내 경험에 의하면 눈물은 여러 갈래로 다양하게 갈라진 회춘요법들의 그물망 사이에서 결코 덜 중요하지 않은 어떤 합류점에 위치한다. 이제 사람들은 손톱을 기르지 않는다. 반대 유형은 결혼을 생각한다. 머리는 일주일에 한 번 감는다고 한다. 내 발치로 물살이 밀려와 장난을 쳤다. 나지막한 언덕들이 이어지며 완만하게 형성된 계곡 전체는 명랑한 기운이 넘실대고 있었다. 마치 평생을 선량하게 살아온 사람, 생의 굴곡조차 심성을 나쁘게 만들지 못한 그런 사람의 얼굴에 나타나는 표정처럼. 대지의 늙음과 젊음은 신비롭다. 독자들이 허락한다면 바위절벽을 따라 수직으로 흘러내리며 춤추는 개울물을 나는 감히 이야기하고 노래하고 싶다. 은빛으로 반짝이는 물의 미소, 신의 아름다움을 지닌, 심오하고도 흥겹게 바위에 부딪혀 산산이 부서지는 물줄기는 계속해서 전진하고, 그렇게 한 줌의 작은 물들이 무한히 모여 이루어진 거대한 대양에는 수천 미터 깊이의 심연에 죄 없는 괴물이 영원히 젖은 숨겨진 나무들 사이를 헤엄치고 호화 증기선이 대양의 수면을 수놓을 것이니, 나는 풀밭 위로 가볍게 드리워진 그림자를, 산비탈에 서 있는 작은 집들을, 그리고 풀밭에 누운 한 소년을 이야기한다. 놀라워라, 이 부분에서 독자들이 하품을 하다니! 애타는 갈망과 간절함으로 눈동자가 저절로 돌아갈 정도로 커다래진 나는 햇살 가득한 어느 한적한 정원으로 들어섰고, 그곳에서 흥겨운 음악을 연주하는 악단의 합주소리에 귀를 기울였다. 분명 그 행동은 어느 정도 모험이었던 듯하다. 나를 바라보던 한 소녀가 동정심 때문에 그만 자리에 픽 쓰러져 단도로 가슴을 찔러대듯 비통스러운 죽음에 이르고 만 것이다. 이런 일이 정말로 가능하다고 믿는 사람은 앞으로 남은 생 내내 행복하리라. 어떤 사람들이 나에게 애정을 품는다면, 나는 그들이 원하는 만큼 오랫동안 우애의 집을 지어 올리게 그냥 내버려두는 편이다. 나는 결코 그들을 방해하지 않는다. 그들을 조금도 신경 쓰지 않기 때문이다. 많은 사람들은 경솔하게도 나를 비문명인이라고 생각한다. 내 고귀한 여인은 지극히 아름다워서 나는 그녀를 너무도 성스러운 존경심으로 애모하므로, 그녀로 인해 하얗게 지새운 수많은 고통과 불면의 밤에서 회복되기 위해서는 다른 여자를 쫓아다니며 기회를 노려야 한다. 새 여자에게 내 과거의 여자가 얼마나 사랑스러웠는지 설명할 기회, 그리고 새로운 여자에게 이렇게 말해줄 기회. "당신도 마찬가지로 사랑해."

문의에 대한 답변

당신을 위한 무슨 좋은 생각이 있느냐고 당신은 내게 물어왔습니다. 당신에게 알맞은 스케치를 구상해줄 수 있겠느냐고, 연극, 무용, 팬터마임 혹은 그 밖에 당신이 활용할 만한 어떤 것이라도 좋다고, 당신이 기대고 의지할 수 있는 것이라면 무엇이라도 좋다고 말입니다. 내 생각은 대강 다음과 같습니다. 가면을 구하세요. 대여섯 개의 코와 이마, 털장식, 눈썹 그리고 스무 가지의 목소리를. 가능하다면 화가이자 동시에 재단사인 자를 찾아가는 편이 좋습니다. 그래서 일련의 의상들을 마련하도록 하세요. 유의해야 할 점은 훌륭하고 튼튼하게 만든 무대장치 몇 가지도 함께 주문해야 한다는 겁니다. 그래야 당신이 검은색 외투로 몸을 휘감고 계단을 내려가면서 혹은 창밖을 내다보면서 고함을, 사자처럼 짧고 굵고 묵직한 포효를 터트릴 수 있을 테니까요. 사람들이 영혼의 포효라고, 인간의 가슴이 터트리는 소리라고 정말로 믿도록 말입니다.

이렇게 포효를 내지를 때 유념해야 할 것은 고상함을 잃어서는 안 되며, 순수한 소리를 내야 하고, 정확하게 내뱉어야 한다는 사실입니다. 그리고 내 염려는 마시고 원한다면 손을 뻗어 털장식 하나를 잡고, 그것을 가만히 땅바닥에 내려놓으셔도 됩니다. 그런 털장식은 우아하게 잘 만들어지기만 했다면 충분히 끔찍하게 보일 수 있습니다. 사람들은 당신이 고통 때문에 머리가 이상해졌다 생각할 겁니다. 비극적인 효과를 강화하기 위해서는 바로 가까이 있는 것뿐만 아니라 아주 멀리 있는 수단도 함께 취할 필요가 있습니다. 당신의 이해를 돕기 위해 설명하자면, 지금 당신이 손가락을 콧구멍 안에 쑤셔놓고 열심히 후벼 파는 행위도 효과가 있을 수 있다는 말입니다. 만약 그 광경을 본다면 상당수의 청중이 눈물을 흘릴 것입니다. 당신과 같은 더없이 고귀하고 음울한 인물이 그처럼 무지막지하고 보잘것없는 행동을 하는 모습을 본다면 말이죠. 거기서 중요한 점은 단지 그 행동을 할 때 당신의 얼굴 표정이고, 조명이 어느 방향에서 당신을 비추는가입니다. 조명 담당의 옆구리를 한 번 찔러서라도 신경을 쓰도록 만드세요. 무엇보다도 당신 얼굴의 표정, 손의 움직임, 팔과 다리 그리고 입의 모양에 최대한 집중해야 합니다.

예전에 내가 당신에게 했던 말을 기억해보세요. 눈을 감고 뜨는 방법, 그 한 가지 행위만으로도 두려움과 아름다움, 슬픔과 사랑, 그 이외 원하는 어떤 감정이라도 드러낼 수 있음을 당신은 알고 있어야 한다고요. 사랑을 표현하는 데 필요한 것은 많지 않습니다. 하지만 그러기 위해서 당신은 일생 동안 단 한 번이라도 사랑이 무엇인지, 사랑에 빠지면 어떤 태도를 취하게 되는지, 솔직하고 순수한 마음으로 느껴본 상태라야만 합니다. 물론 분노나 이름 없는 슬픔 등 모든 이가 살면서 한 번쯤 겪게 되는 감정들의 경우도 다 마찬가지입니다. 그에 곁들여서 당신에게 드리고 싶은 충고는, 최대한 자주 방에서 체조 연습을 할 것, 숲으로 산책을 자주 다닐 것, 폐를 강화시키는 훈련을 할 것, 스포츠를 할 것, 단 종목을 잘 선별해 절도 있게 할 것, 서커스 구경을 갈 것, 광대들의 태도를 익힐 것, 그래서 어떤 재빠른 몸놀림이 영혼의 전율을 가장 효과적으로 표할 수 있는지를 진지하게 연구할 것 등입니다. 무대는 시가 감각으로 구현되는 장소, 시의 열려 있는 목구멍입니다. 당신 다리의 움직임에서 어떤 구체적인 영혼의 상태가 가슴을 도려내는 표현으로 나타날 수 있다는 말입니다. 당신의 얼굴이나 얼굴이 나타내 보여야 할 수천 가지 표정은 말할 것도 없죠. 당신의 머리카락도 당신의 의지에 복종해야 합니다. 당신이 경악을 몸으로 표현할 때 머리카락이 곤두선다면, 은행가든 양념가게 상인이든 할 것 없이 모든 관객들이 당신 앞에서 오싹함을 느낄 테니까요.

당신은 말을 잃고 깊은 생각에 잠긴 채 버릇없는 개구쟁이처럼 코만 후비고 있다가 이제 입을 열기 시작합니다. 그런데 당신이 뭔가 말을 하려고 하니 고통으로 일그러진 입에서 초록빛으로 이글거리는 뱀이 기어 나와 혀를 날름거리는 바람에 당신 자신이 먼저 소스라치게 놀라 사지가 덜덜 떨릴 지경인 그런 식이어야 합니다. 바닥에 떨어진 뱀은 아무런 미동도 없이 가만히 있는 털장식을 휘감으며 꿈틀거리고, 모든 관객들은 마치 하나의 입을 가진 듯이 한 목소리로 비명을 터트립니다. 하지만 이게 끝이 아니죠. 당신은 길고 구부러진 칼로 당신의 눈을 찔러 피가 뿜어져 나오고, 칼끝은 아래 목 기관지 부근에서 불쑥 튀어나옵니다. 그다음 당신은 담배에 불을 붙이고 섬뜩할 만큼 태연자약하게, 마치 뭔가를 비밀스럽게 즐기는 태도를 취합니다. 당신의 온몸에 철철 흐르는 피는 별들로 변하고, 별들은 무대 전체를 뛰어다니며 불타는 광란과 매혹의 춤을 춥니다. 하지만 당신은 입을 벌려 그런 별들을 하나하나 차례로 잡아 삼켜 사라지게 만듭니다. 거기서 당신의 연기예술은 어떤 궁극의 경지에 이르게 되는 것입니다. 무대장치에 그려진 집들이 만취한 주정뱅이처럼 와르르 무너지며 당신을 뒤덮습니다. 먼지 자욱한 파편 아래로 오직 당신의 손 하나만이 비죽 튀어나와 있습니다. 손은 아직도 조금씩 움직이고 있지만 커튼은 이미 내려오기 시작했습니다.

시인들

질문: 소품, 노벨레, 장편소설을 쓰는 작가들은 보통 어떻게 살아가나? 답변을 할 수 있고 해야만 한다면: 상당히 황폐하고 빈곤하게.

다시 한 번 진지하게 묻는다면: 어딘가에 예외가 있지 않을까? 그에 대한 답변: 물론 예외는 있다. 일단 오래된 농가에 살면서, 원래 직업인 글쓰기 이외에도 규모가 상당하며 수확량이 풍부한 목축이나 축산, 건초 사업을 하는 작가들이 있거나 있다고 생각될 경우에 한하여 그렇다. 밤이면 램프 불빛 아래에서 머리에 떠오른 영감을 직접 받아쓰거나 아니면 아내나 속기 여비서에게 불러줘서 깨끗하게 타이핑시키는 작가들. 그렇게 하여 흥미 넘치는 스토리를 한 장 한 장

탄생시켜 속도는 느리지만 그만큼 확실하게 한 권의 책으로 만들고, 마침내는 시장을 장악할 수 있는 작품을 써내고 마는 그런 작가들 말이다.

또 다른 질문을 덧붙인다면: 작가 선생님들은 대개 어디서 어떻게, 다시 말해 어떤 종류의 거주 시설에서 사는가? 그에 대한 답변은 매우 간단명료하다. 많은 작가들이 드높은 곳에 올라앉은 전망이 뛰어난 다락방을 가장 마음에 들어 하는 것이 분명하다. 그곳에서는 가장 탁 트인 세계를 가장 멀리까지 감상할 수 있기 때문이다. 또한 잘 알다시피 작가들은 독립성과 타인의 눈치를 보지 않는 자유를 중시하니 말이다. 그들이 방세를 정확한 기일에 꼬박꼬박 낼 수 있기를 바란다.

내 경험에 의하면 작가들, 시인들, 희곡작가들은 자신의 수학적이고 철학적인 방에 난방을 거의 하지 않는다. "사람은 여름에 땀을 흘리니 겨울에는 반대로 약간은 떨어야 균형이 맞는 법이지." 이것이 그들의 생각이다. 그들은 아주 뛰어난 적응력으로 열기와 냉기를 이겨낸다. 책상에 앉아서 글을 쓰는데 손발이 너무 얼어서 뻣뻣하게 굳어버리는 경우에는 그냥 손가락에 따뜻한 입김을 호호 불어서 덥히면 그만이다. 혹은 관절의 유연성을 회복하기 위해 의자에서 일어서서 이런저런 스트레칭 동작을 해주면 된다. 그러면 금세 충분한 분량의 온기가 보충이 된다. 게다가 체조는 글을 쓰느라 혹사당해 지쳐 있을 것이 분명한 정신에 활력을 준다. 그 밖에도 왕성한 창조의 에너지, 선량한 사고, 즐거운 발상, 그리고 뜨겁게 활활 타오르는 시적 결의는 언제라도 이글거리는 난로와 같은 효력을 발휘할 수 있다.

내가 아는 한 시인은 정말로 황홀할 정도로 아름다운 시를 썼는데, 그는 한동안 어떤 부인의 욕실에서 살았다. 그러면 사람들은 그에게 묻고 싶어지는 것이, 부인이 목욕을 하러 욕실로 들어올 때마다 그가 과연 예의 바르게 적절한 타이밍에 욕실 밖으로 나갔는지 하는 것을 말이다.

분명 욕실의 시인은 자신의 방을 모험과 낭만이 넘치는 방식으로, 옷가지와 수건, 각종 천들, 러그와 양탄자 조각 등으로 아주 화려하게 꾸며놓고 지극히 만족하며 지냈으며 사람들이 아는 한, 그리고 시인 자신이 주장하는 바에 따르면 아랍 스타일로 거주했다고 한다. 아, 꿈같은 환상이여, 이 얼마나 멋지고 매혹적이며 은혜로운 부인이란 말인가.

우리는 작가들이 법률을 휘두르는 혹은 입안하는 정부 관리들만큼이나 잘, 경우에 따라서는 그들보다 더 훌륭하게 구두약을 칠할 줄 알 것이라고 생각한다. 진실을 말하자면, 예전에 한번 어느 정부 관리가 적절한 기회에 내게 털어놓은 적이 있는데, 그는 자신의 구두뿐 아니라 자기 아내의 구두와 장화까지도 정기적으로 손질하고 정돈하고 닦는 일이 너무도 즐겁다고 했다. 만약 정부를 지휘하는 관리들이 구두닦이와 같은 자질구레한 일을 하는 데 하등의 망설임도 없다면, 항구적 가치의 책을 쓰는 모든 작가들은 기쁜 마음으로 생활에 유용한 일을 처리할 것이다. 그런 작업은 신경을 안정시키는 효과가 있기 때문이다.

그러면 작가들은 거미줄 제거 작업에 어느 정도 능숙한가? 이 질문에는 시간만 잡아먹고 귀찮기만 한 조사를 해볼 필요도 없이 즉각 그렇다고 대답해도 될 것 같다. 작가들은 청소부만큼이나 날렵하고 재빠르게 거미줄을 제거한다. 거미줄과 같은 예술조형물을 파괴하고 찢어발기는 일에 있어서 작가들은 진정한 야만성을 발휘한다. 그러한 분쇄 작업은 그들에게 비밀스러운 희열을 안겨주고 기분을 밝게 만든다.

진정한 시인은 먼지를 선호한다. 다들 잘 알다시피, 가장 위대한 시인이 소망하는 자리는 매혹적인 망각과 먼지 속이기 때문이다. 거장인 시인일수록 오래 묵은 고급 와인과 마찬가지 운명이라서 아주 특별한 계기가 있을 때만 먼지 속에서 나와 영광의 자리로 승격된다는 사실을 누구나 다 알고 있다.

아무것도 아닌 것

약간 덜렁대는 편인 한 여인이 자신과 남편이 먹을 좀 괜찮은 저녁거리를 사려고 시내로 갔다. 이미 대다수의 여인들이 저녁 장보기를 마친 다음이어서 시장에는 몇몇 사람들만이 눈에 띌 뿐이었다. 그러니까 별다른 점은 하나도 없는 평범한 풍경이었다. 하지만 나는 이야기를 계속한다. 자신과 남편이 먹을 좀 괜찮은 저녁거리를 사려는 목적으로 덜렁대는 한 여인이 시내로 갔다. 자신과 남편이 먹을 만한 맛있고 좋은 것이 뭐 없을까 싶어서 여인은 여기저기 열심히 두리번거렸지만, 이미 말한 대로 여인은 덜렁대고 산만한 편이라서 좀처럼 결정을 내릴 수 없었고 자신이 무엇을 원하는지조차 알 수가 없었다. '무조건 빨리 요리할 수 있는 것이라야

해, 시간이 얼마 없잖아. 벌써 이렇게 늦었으니까' 하고 그녀는 생각했다. 이런! 그녀는 단지 약간 덜렁댈 뿐이고 약간 산만할 뿐이었다. 실리성과 구체성이란 좋은 미덕이다. 그런데 이 여인은 특별히 뛰어나게 실리적인 편이 아니었고 도리어 살짝 덜렁대고 산만한 편에 가까웠다. 여인은 여기저기 둘러보고 다녔으나 이미 말한 대로 좀처럼 결정을 내리지 못했다. 결단력이란 좋은 미덕이다. 하지만 이 여인은 그런 능력 없이, 그저 자신과 남편이 먹을 좀 괜찮고 맛있는 저녁식사거리를 사고자 할 뿐이었다. 바로 이런 선량한 목적으로 그녀는 시내로 나왔던 것이다. 하지만 그녀는 운이 없었다. 그녀는 할 수가 없었다. 그녀는 여기저기 둘러보았다. 선량한 의지, 선량한 의도 자체는 분명 부족하지 않았으나 단지 살짝 덜렁대고 산만한 까닭에 운이 좋을 수가 없었던 것이다. 산만하다는 것은 결코 좋은 점이 아니었다. 결론을 말하자면, 결국 여인은 기분을 망쳐버린 채 아무것도 사지 못하고 빈손으로 집으로 돌아갔다.

"당신, 맛있고 괜찮은 데다 고급스럽고 특별하며 가격도 타당하고 합리적인 저녁식사거리를 사왔어?" 남편이 집으로 돌아온 예쁘고 착하고 상냥한 아내에게 물었다.

그녀가 대답했다. "아무것도 안 사왔어요."

“그게 무슨 소리야?” 남편이 다시 물었다.

그녀가 말했다. “여기저기 다 둘러봤어요. 그런데 너무 어려워서 도저히 뭘 사야 할지 결정을 내리지 못했어요. 게다가 이미 늦어서 시간도 거의 없었어요. 마음이야 나도 굴뚝같았지만, 내가 좀 덜렁대고 산만하잖아요. 그래서 할 수 없더라고요. 산만하니까 정말 안 좋네요. 내가 약간 덜렁대게 보이잖아요. 그게 문제라니까요. 당신과 내가 먹을 맛있고 괜찮은 저녁거리를 사려고 시내로 나갔죠. 마음이야 나도 굴뚝같았어요. 그래서 여기저기 둘러보고 찾아봤는데, 선택이 보통 어려운 게 아니었어요. 정신은 산만하고 집중도 안 되고, 그러니 아무것도 할 수가 없고 당연히 아무것도 살 수가 없었죠. 우리, 오늘 저녁은 아무것도 아닌 것으로 배를 채우도록 해요. 아무것도 아닌 것만큼 빠른 요리도 없고, 게다가 소화불량에 걸릴 위험도 없잖아요. 설마 그렇다고 기분 나쁜 건 아니죠? 그럴 리는 없을 거라고 믿어요.”

그래서 부부는 그날 저녁은 좀 예외적으로 평소와는 달리 아무것도 먹지 않았고, 착한 남편은 아내에게 전혀 기분 나빠 하지도 않았다. 그러기에 남편은 너무나 기사도정신이 넘쳤고, 너무나 모범적이었으며, 너무나 점잖았다. 심지어 단 한 번도 얼굴을 살짝 찡그려 보인 적조차 없었을 것이다. 그러기에는 너무나 훌륭한 태도가 몸에 배어 있었으니까. 모범적인 남편은 그런 짓을 하는 법이 아니다. 그렇게 그들은 아무것도 먹지 않으면서 매우 흡족해하고 있었다. 아무것도 먹지 않는 것이 부부에게 예외적으로 아주 맛이 좋았기 때문이다. 한 번 정도는 아무것도 안 먹는 것에 만족하자는 아내의 아이디어는 남편의 마음에 쏙 들었다. 남편은 아내의 발상이 참으로 놀라워서 감동했다고 주장하면서 커다란 기쁨을 가장했다. 하지만 영양가가 듬뿍 담긴 잘 만들어진 저녁식사, 예를 들자면 먹음직스럽게 잘 익은 사과무스가 눈앞에서 어른거린다는 말은 굳이 하지 않았다.

사과무스 외에도, 아무것도 아닌 것보다는 더 먹고 싶었던 음식들이 남편에게는 아주 많았을 것이다.

블라디미르

우리는 그를 블라디미르라고 부른다. 그것이 희귀한 이름인 데다가 그가 정말로 희귀한 괴짜이기 때문이다. 그를 우습다고 생각하는 사람들은 그의 시선을 끌거나 그의 말 한마디를 들어보려 애쓰지만 그는 거의 그렇게 하지 않았다. 비록 옷차림은 잘 차려입은 사람들에 미치지 못했지만 그는 그들보다 훨씬 자신감에 넘치며 정말로 좋은 인간이기도 했다. 단지 있지도 않은 결점을 만들어 스스로에게 뒤집어씌우는 실수를 할 뿐이었다. 그는 기본적으로 자기 자신에게 혹독했다. 그것이 그리도 용서하기 어려운 결점인가?

언젠가 그는 한 부부의 집에 살았는데, 부부는 도저히 그를 내보낼 수가 없었다. "이제 우리끼리만 있고 싶으니 그만

나가줘요" 하는 의미가 전달되었지만 그는 그 말을 알아들은 것 같지 않았다. 그저 미소 띤 얼굴로 부인을, 창백한 낯으로 남편을 바라볼 뿐이었다. 그는 기사도정신 그 자체였다. 봉사는 언제나 그에게 존재의 기쁨이자 최고의 개념이었다. 어여쁜 여자들이 가방이나 짐을 들고 있으면 가만히 두고 볼 줄을 몰랐으며, 즉시 달려가 돕고 싶다는 의사 표현을 해야만 했다. 그러기 위해서는 우선 치근대려는 의도가 아님을 밝히고 여자들의 민감한 두려움을 없애주어야만 했다.

블라디미르는 어디서 왔을까? 그야 당연히 그의 부모로부터 왔겠지. 기이하게도 그는 불행할 때 자주 행복을 느끼고, 일이 성공적으로 풀릴 때는 기분이 좋지 않다고 털어놓으며, 또 자신의 존재를 이끄는 추진력이 근면이라고 말하는데 그것 역시 이상하게 들렸다. 이처럼 만족과 불만을 동시에 느끼며 사는 인간은 그 말고는 단 한 명도 없었다. 그는 가장 민첩한 인간이었다가 바로 다음 순간 가장 우물쭈물하는 인간으로 변해버렸다.

어느 날, 한 소녀가 모일 모시에 만나기로 약속하고서는 그를 기다리게 만들었다. 그에게는 매우 놀라운 사건이었다. 다른 여자가 그에게 말했다. "속아 넘어갔는데도 기분이 좋다니, 당신은 부주의함과 맞닿아 있는 재미를 선호하는 것처럼 보이네요."

"잘못 보신 겁니다." 그의 대답은 이것이 전부였다.

그는 어떤 인간에게도 원망을 품지 않았다. "나 또한 지금껏 다른 인간들을 상대로 비열했던 적이 자주 있었기 때문이죠."

그는 부인 전용 카페에 모인 손님들의 표정연기와 말투에서 재미를 느꼈다. 그렇게 예외적으로 높이 평가하는 분야를 제외한다면 심심풀이 오락은 그다지 좋아하는 편이 아니었다. 그는 모든 것에 대해서 생각했고, 자신의 감정이 자신의 정신을 좌지우지하게 허락하지 않는 뛰어난 계산가이기도 했다.

여자들은 그를 하찮게 평가했으나 그에게 전혀 관심이 없지는 않았다. 여자들은 그를 심약한 소심쟁이라고 불렀지만 그 역시 여자들을 마찬가지로 불렀다. 여자들은 그를 상대로 장난을 쳤고 그리고 그를 두려워했다.

자신의 재력을 아마도 좀 지나치게 노련한 방식으로 과시하던 한 여인을, 그는 인간이 아무런 감정을 느끼지 못하는 상대에게 할 수 있는 최대한의 예의를 다해 대했다. 학식이 없는 소녀들을 배움의 열망이 가득한 영혼으로 생각했고, 그 반대의 사람들은 세상의 모든 책을 다 읽어버린 나머지 이제는 차라리 아무것도 모르는 무식함을 소망하는 것으로 보았다. 스스로 참고 견뎌야만 했던 불의에 대해 그는 한 번도 복수하지 않았지만, 그것으로 이미 충분한 복수가 이루어졌다. 말하자면 자신의 바람과는 다른 방식으로 그를 다루었던 사람들을 그냥 놓아버렸는데, 그 말은 한없이 많은 불쾌한 경험들을 떠올리지 않는 일에 익숙해졌다는 뜻이다. 그렇게 함으로써 그는 자신의 영혼을 사나운 광포함에서 구했고, 자신의 생각이 건강에 해로운 혹독함에 시달리지 않도록 했다.

음악이 그를 부드럽게 어루만져주었다. 대개의 사람들에게도 마찬가지일 것이다. 어떤 소녀에게 애정을 받게 되면 그는 그녀가 자신을 묶어버리려는 것처럼 느껴져 그녀를 피했다. 그는 남쪽나라 사람처럼 의심이 많았고, 타인을 불신했으며, 마찬가지로 자기 자신을 불신했다. 그는 자주 질투에 빠졌으나 길게 가는 적은 없었는데, 자존심 덕분에 질투의 공격에서 재빨리 벗어날 수 있었기 때문이다. 정신을 차리자마자 질투할 이유도 의미도 없다는 생각이 든 것이다.

한 친구를 잃게 되었을 때 그는 스스로에게 말했다. "내가 잃은 만큼 그도 똑같이 잃은 셈이야." 그는 한 여인을 흠모했는데, 그녀가 어느 날 한 번의 실수를 저지르자 더는 그녀를 그리워할 수가 없었다. 그녀의 경솔한 반응에 대한 결과로 그는 그녀를 비웃었고, 그 일이 그를 아주 기분 좋게 만들었다. 파트너 여성을 안쓰러워할 수 있으니 더는 자기 자신을 안쓰러워할 필요가 없게 되었다.

그는 시간이 흘러도 젊음을 유지했으며, 그런 강점을 사람들의 동정과 공감을 가장 필요로 하는 이들, 즉 약자와 노인들에 대한 존중을 얻는 데, 그리고 그들을 존중하는 데 사용했다. 그런데 혹시 그에 관해서 너무 좋게 말하고 있는 건 아닌지?

종종 그는 탕아처럼 굴었고 천박하고 상스러운 술집을 드나들기도 했다. 그런 이유로 그를 비난하는 사람도 있지만, 자신들의 환경이 좀처럼 허락하지 않아서 그렇지 만약 기회만 있다면 그들 역시 희희낙락 즐겼을 터이다. 사람들은 그를 모방했지만 그만이 가진 독특함은 따라할 수가 없었다. 여담이지만 모방은 인간의 자연스러운 본성이다.

모사 또한 마찬가지다. 하지만 위대한 가치는 오직 본연의 특색에서만 유래할 따름이다.

콘라트 페르디난트 마이어* 기념일에 바치는 헌사

먼지 한 톨 없이 반짝반짝 청소된 거리를 거의 날아다니다 시피 하는 기자가 단 한 순간도 쉬지 않고 팽팽 돌아가는 자신의 두뇌에 대해 이렇게 기록했다. 모자도 쓰지 않은 내 머리, 스스로 아름답고 동시에 건강하다고 자신하는 내 머리 위 푸름 속에서 비행기들이 날아다닌다. 원자재 운반용 화물차가 한 대 보이고, 한때 카발리아 공작부인의 것이었던 우산을 들고 가는 신사를 알아본 나는 스스로의 지각능력에 어리둥절해진다. 햇살 비추는 거리에서 양손을 바지 주머니에 숨긴 공무원이 눈에 들어온다. 예의를 차려도 답례

* 19세기 스위스의 시인이자 소설가.

를 받지 못할 가능성이 있다고 생각하기 때문에 감히 인사를 건넬 엄두도 내지 못하는 사람들이 있다. 내가 아는 어떤 사람은 내가 그에게 먼저 인사를 건넴으로써 약점을 공공연히 드러내 보일 거라 노골적으로 기대하기도 했었다. 하지만 나는 거의 장엄하다고 할 수 있을 정도의 기민함을 발휘하여 그 일을 피해버렸다. 덕분에 그는 나를 대하는 태도의 신뢰성을 그에 대한 보상으로 바쳐야만 했다. 그의 태도는 나를 높이 평가한다고, 단지 그것을 솔직하게 드러내고 싶지가 않을 뿐이라는 사실을 고백하고 있었으므로. 나로 말하자면, 그냥 이렇게 한다. 내가 존경하는 사람을 만나면 4미터 앞에서, 이 나라에서는 흔히 시가라고 부르는 몽땅한 물건을 입에서 빼고, 모자를 벗고, 눈에 띄지 않는 태도로 우아하게 살짝 허리를 숙여서, 가득 내포된 존경심의 표명에 의심의 여지가 없도록 만든다. 그런데 갑자기 이웃사람에게 말을 건네는 한 신사의 목소리가 들려온다. "이것이야말로 비정상을 선호하는 경향이라고밖에 볼 수 없습니다." 한 여인이 야채와 과일이 가득 담긴 그물바구니를 자전거에 싣고 간다. 한 소녀는 굽 높은 붉은 구두를 신었는데 다리의 흰 스타킹과 무척 인상 깊은 대비를 뽐낸다. 내 관심의 대상인 가정교사 여인이 앉은 호텔 레스토랑 앞에는, 하지만 그렇다고 하여 다른 장소에 내 관심의 대상이 없다는 말은 결코 아니고, 넥타가 든 것으로 보이는 커다란 통을 실은 트럭이 서 있다. 모든 거리와 건물의 파사드에는 부드러운 가을빛이 영롱하다. 포도 경작지 언덕과 호수 가장자리의 저녁풍경이 섬의 떡갈나무 숲속 댄스홀과 함께 내 마음의 생생한 눈앞에 솟아오른다. 아마도 사나흘 동안 어딘가의 시골로 가서 로코코풍 가구로 꾸며진 방을 하나 빌려 지낼지도 모른다. 현재의 과제를 완수하기 전에 그 일을 할 수 있을지 의문이긴 하지만 말이다. "Quatrevingt-quatre(여든넷)." 이 말이 귓가를 맴돈다. 우리 주변에서는 프랑스어가 정말 많이 쓰인다. 어떤 가수가 어떤 배우와 함께 시립극장 앞에서 언쟁을 벌인다. 조그만 아이가 나를 보고 미소를 짓는다. 하지만 아이를 묘사할 때 조그맣다는 표현을 굳이 강조할 필요는 없다. 모든 아이는 다 조그맣기 때문이다. 물론 커다란 아이가 간혹 있기는 하다. 어쩌면 사람들이 간주하는 것보다 훨씬 더 많을지도 모른다.

점심식사를 하면서 나는 자유사상가들이 선호하는 신문에서 철도 사고 기사를 읽었다. 지금도 자세히 기억이 난다. 점심식사를 한 것이 겨우 세 시간 전이기 때문이다. 시 하나가 나를 추적한다. 에너지를 모아서 그것을 종이에 적어놓을 것이다. 소녀들은 시선을 끌고 싶을 때 머리를 매만지는 행동을 한다. 그것은 유혹에 마음과 시간을 빼앗겨보라는 세련된 독촉으로 받아들여질 수 있다. 그러나 시간은 소중하며 최대한 유용하게 써먹어야 한다. 에너지가 고갈된 사람일수록 에너지에 대해 이야기하기를 좋아한다. 나로 말할 것 같으면, 고요한 의지를 갖고 있다고 생각한다. 아, 사내아이의 손을 잡고 가던 그 하녀는 얼마나 어여뻤는지! 그래서 나는 기품이 물씬 풍기는 아이 돌보는 하녀에게 손으로 입맞춤을 날려 보냈다. 그녀는 고개를 움직여 이런 의사를 전달했다. '문제를 만들지 말아주세요.' 사람은 간혹 지나치게 기분이 좋을 때가 있어서 말이다. 요즘 집들은 참으로 아름다우며 그 자리에 못 박힌 듯 서 있는 자제력 그 자체인데, 적당한 말을 찾기가 힘들다. 우아한 살롱에 모여드는 불안의 제조인 중 하나인 어느 총명한 시인이 자신이 숭배하는, 막 장갑을 끼려는 한 여인의 손을 잡았다. 그리고 보나마나 낯뜨거운 내용을 담아 뻔뻔스럽게, 그녀에게 보낸 자신의 시가 마음에 들었는지 물었다. 여인은 얼굴이 빨개지며 대답했다. "시를 받고 참으로 기뻤어요! 하지만 지금은 제발 부탁이니 그냥 가게 놔주세요!" 아주 단순하고 명확한 의사표시였지만 시인은 그녀가 자신을 오다가다 마주친 그저 그런 놈팡이로만 취급하고 있다는 사실이 좀처럼 납득하기 힘들어 보였다. 나는 감히 앞에 나서서, 내가 보기에는 그의 행동이 의심의 여지없이 파렴치하고 무례했다고 똑똑히 주지시켰다. 그가 방해꾼인 나를 쳐다보는 사이에 그의 여신은 달아나버렸다.

도시의 유명인사가 뭔가를 수염 속으로 혼자 중얼거렸다. 사실 그는 수염을 기르지 않았지만, 사람들은 이런 경우에 흔히 수염 속으로 중얼거린다고 말한다. 어떤 관용구들은 우리 사회에서 그렇게 저절로 생겨나기도 한다. 책방 진열장에는 위대한 시인의 책들이 휘황찬란하게 광채를 발했다. 나는 콘라트 페르디난트 마이어를 말하는 것이다. 교양 있는 세계가, 하지만 참을성 없고 불안하다고 말할 수 있는 세계가 그의 탄생 백주년을 경축하고 있다. 교양이란 아직 완수되지 못한 과제인 듯하다. 우리는 교양을 쌓으려고 늘 필사적이지만 결코 자랑스러워할 단계에 이르지 못하며, 더는 배울 것이 없다고는 영영 선언하지 못한다. 우리는 유명 시인의 탄생 백주년에만 교양의 의무를 상기하는 것은 아니고, 교양과 약간 연관이 있다 싶으면 뭐든지 다 사방팔방 떠들고 다니지도 않는다. 원래 교양인이란 항상 교양을 쌓으려고 노력하는 사람, 순전히 교양을 쌓겠다는 그 목적만으로 끊임없이 노력을 기울이는 사람이다. 그 일이 결코 쉽지 않기 때문이다.

비행사

누군가가 자신의 확신을 적절한 방법으로 세상에 알리고자 한다면, 강하고 호전적인 음색으로 "당연하지!"라고 말하면 된다. "당신에게 삼가 호전적인 인사를 아뢰옵니다." 이 인사는 내 호전성 때문에 깜짝 놀라서 뒤로 주춤거렸다고 고백한 누군가에게 내가 써 보낸 편지의 마지막 문구이다. "갑자기 그는 곁에 있는 누군가의 외침을 들었다. '아니, 세상에 그런 일이!'" 일상에서 흔히 일어나는 이런 사건은 소소하고 지엽적인 상황이 중심묘사로 등장하는 시대반영 소설에 으레 나오지 않는가? 만약 내가 여기서 우렁우렁 울리는 큰 소리로 "당연하지!"라고 외친다면 그건 감탄할 만한 에너지로 대양을 가로질러 날아갔던 비행예술가를 생각하기 때문이다. 그리고 나야 당연히 엄청난 어려움을 극복해낸 행운의 비행사를 숭배하는 무수한 대중의 일원일 뿐이고. 만약 사람이 어떤 사실을 전혀 의심하지 않는다면 보통 이런 주장을 하기 마련이다. "그거야 당연하지!" 비행전문가는 비행기에 올라탈 때 눈앞에 놓인 엄청난 과업 앞에서 스스로를 지극히 작고 왜소하게 느꼈으리라. 그건 나에게는 당연한 생각이다. 게다가 아마도 다음과 같이 조심스럽게 추측해 볼 수도 있는데, 그 중요한 순간에 매우 영리한 어떤 상상으로 빠져들면서 스스로를 달랬을 거라고, 자신은 우주의 광대함에 비하면 한낱 갓난아기에 불과하고 비행기는 가만히 조심해서 누워 있기만 하면 되는 요람이라고 말이다. 내 생각으로는 환상적인 비행 업적을 달성해내는 동안 그는 특별히 생생하게 어머니를 떠올렸을 것 같다. 내 느낌으로는 이것이 확실하다. 그런데 다음과 같은 질문이 불쑥 떠오른다. 혹시 이 대서양 횡단 비행가, '오늘의 영웅'을 이미 한참 전에 영향력을 잃고 기억에서 사라진 뱃사람의 후예로 보아야 하는 건 아닌지, 더구나 그는 날아가기 전에 이 모험을 스스로를 가르치고 훈련하는 교육으로 받아들이자는 계율까지 만들지 않았던가? 분명 다른 누구보다도 특히 시인들이, 페가수스라는 이름의 날렵한 말에 올라타고 있는데도 겸손한 속도로 날아다니는 일이 많다. 왜냐하면 원래 불리한 우연은 인간의 어떤 특정 무리나 단체 중에서 가장 탁월한 인물 혹은 가장 하찮은 구성원에게 엄습해오기 때문이다. 오늘 나는 스스로에게 이런 말을 했다. 무작정 천진난만하게 삶을 기쁘게만 받아들이는 사람이야말로 천하의 등신이라고.

평소의 매우 까다로운 내 언어습관으로 볼 때 참 이상하게도 불쑥 튀어나온 저 낯선 단어에 대해서 보충설명을 할 의무가 있다는 생각이 든다. 그것은 열등한 사람을 가리킨다. 등신이라는 말에서 우리는 모든 상상 가능한 우둔함이 총체적으로 뭉뚱그려진 사회구성원, 한 인간 개체의 몸뚱이를 연상한다. 뛰어나게 눈부신 걸음걸이로, 왜냐하면 딱 알맞은 속도였으니까, 나는 오늘, 잠시 딴 얘기를 하자면, 내가 관심을 갖고 있는 노동이 어느 정도의 진보를 이루었는지 문의하기 위해 구두수선집으로 들어섰다. 등신이란 말 대신에 손님 접대와 예절로 명성이 높은 나라에서는, 그리고 나 또한 감사하게도 그런 나라 중의 하나에서 살고 있는데, 특징이 좀 더 잘 드러나는 어휘인 "바보천치"를 즐겨 사용하기도 한다. 첫 번째나 두 번째나 예의 바른 어법과는 거리가 멀고 그 말을 사용하는 자의 교양 없음을 백일하에 드러내준다. 그는 한 마리 극락조처럼 유유히, 항상 고요하고 잔잔하지만은 않은, 역사적인 명칭으로는 바다라고 불리는 넓게 펼쳐진 초록의 양탄자 위를 날아갔다. 이 바보 혹은 등신은, 이 정도라면 아마도 등신이라고 불러도 무방하리라고 생각하는데, 무모함과 별반 차이 없는 대담함으로 부정할 수 없는 생명의 존귀함을 걸고 도박을 벌였고, 그것은 곧 자신의 생명을 일어날 수 있는 모든 돌연한 사고에 스스로 내맡긴 것이며, 그 의미는 어떤 방식으로 말하자면 거의 무례할 정도로 생명을 하찮게 업신여겼다는 뜻으로 보인다. 인간 역사의 중요한 업적이라는 의무를 완수하려고 노력하는 사람이 그 어떤 경우라도 자기 자신을 스스로 충분히 보호하고 조심하지 않는다면 그는 결국 어떤 면에서 보더라도 등신 혹은 바보천지와 하등 차이가 없으며, 도리어 가장 한심한 등신에 속한다고 생각해도 그리 틀리지 않는다. 반면에 다르게 생각하면 그는 자기 스스로에게 삶의 희열과 위대함을 불어넣었다가 내뿜는 그런 사람일지도 모른다. 건강한 에고이즘의 원칙인 즐거움이 무시되는 바로 그 지점에서 처음에 경멸당한 그 요소가 더 풍요롭고 더 순수하게 솟아나기 때문이다. 나는 근심 없이 태평스러운 자나 자신을 챙기지 않는 자들이 장기적으로 보면 결국 자기 자신을 더 챙기는 것이라고 믿는다. 물론 나는 이 표현에 들어간 모순을 충분히 인정할 용의가 있으며, 그 모순이야말로 심오한 핵심 의미라는 말도 전하고 싶다.

예를 들어 자기가 대단한 인물인 것처럼 거들먹거리는 사람을 가리켜서 통속적인 표현으로 머리통에 "새가 들어 있다"고 한다. 따지고 보면 누구나 다 자기 자신이 중요한 것이 사실이다. 하지만 그것을 노골적으로 드러내는 행위는 다른 사람들이 보기에 좋지 않다.

위에서 언급한 것보다는 더 나은 의미의 한 마리 새를, 나는 이번 산문으로 당신에게 날려 보내려 한다.

그라이펜 호수

막 깨어난 싱그러운 아침, 나는 유명 호수가 있는 대도시를 출발하여 거의 아무에게도 알려지지 않은 작은 호수를 향해 걷기 시작한다. 가는 도중에는 오직 평범한 사람이 평범한 산책길에서 마주칠 수 있는 것들만을 마주쳤다. 스케이트를 타는 몇몇 부지런한 사람들을 만나 "안녕하세요!" 하고 인사했고, 이것이 전부이다. 예쁜 꽃들을 유심히 쳐다보았고, 이것이 전부이다. 또 나 자신과 즐겁게 대화를 시작했고, 이것이 전부이다. 풍경의 독특함에는 주의를 기울이지 않았는데, 길을 걸으면서 이곳은 더 이상 나에게 독특할 것이 없다고 생각했기 때문이다. 나는 평소 늘 걷는 그대로 걷는다. 널따랗고 커다란 집들, 망각과 안식으로 초대하는 정원, 물소리가 찰랑거리는 분수, 아름다운 나무들, 장원과 여관 등이 있는 첫 번째 마을을 벌써 지나쳤지만, 지금은 모두 잊었고 아무것도 기억나지 않는다. 나는 몰아의 상태로 계속해서 걸었고, 고요한 전나무 우듬지의 뾰쪽한 초록 위로 호수의 반짝임이 보이기 시작할 때야 주변을 인식한다. 저것은 나의 호수다, 하고 나는 생각한다. 내가 가야 하는 나의 호수, 나를 끌어당기는 나의 호수. 그것이 어떻게 나를 끌어당기는지, 왜 나를 끌어당기는지, 애정을 가진 독자라면 설명하지 않아도 알 것이다. 내 글을 계속 읽기 원하는 독자라면, 길과 풀밭, 숲, 숲속 시냇물과 들판을 뛰어넘어 작은 호수까지 따라와, 그곳에 나와 함께 가만히 서서, 예상하지 못한 채 조우한 아름다움, 오직 남몰래 비밀스럽게 예감하기만 했던 호수의 아름다움을 말없이 감탄하고 또 감탄할 줄 아는 독자라면 말이다. 하지만 예부터 내려온 열광의 언어로 아름다움이 스스로 말하도록 우리는 입을 다문다. 희고 드넓은 고요가 초록빛 투명한 고요에 둘러싸여 있다. 그것은 호수 그리고 호수를 둘러싼 숲이다. 그것은 하늘, 창백하게 푸르고 살짝 우울에 잠긴 하늘이다. 그것은 물, 하늘을 그대로 닮아서 물이 오직 하늘이고 하늘은 오직 푸른 물인 듯이 보이는 그런 물이다. 달콤하고 푸르며 고요한 아침이다. 아름답고 아름다운 아침. 나는 한마디도 하지 않는다. 그럼에도 불구하고 참으로 많은 말을 한 것만 같다. 무슨 말을 해야 할지 나는 모른다. 모든 것이 너무도 아름답기 때문이다. 모든 것이 오직 순수한 아름다움 그 자체로 거기에 있기 때문이다. 하늘에서 타오르는 태양빛이 호수를 비추면, 호수는 태양이 되고 주변을 감싸고 있는 삶의 나른한 그림자가 그 안에서 조용히 흔들린다. 어떤 교란도 없다. 모든 것은 사랑스럽고 아름다우며, 첨예하게 근접하여, 정의할 수 없는 머나먼 거리에 머문다. 세상의 온갖 색채가 어울리며 매혹에 가득 찬, 매혹의 아침 세계를 만들어낸다. 저 멀리에 소박한 아펜첼러 봉우리들이 우뚝 솟아 있지만 차가운 불협화음을 자아내지는 않는다. 산들은 드높고 먼 흐릿한 초록으로, 사방에서 싱그럽게 피어나며 세상을 눈부시고 따사롭게 만드는 초록의 일종으로 보일 뿐이다. 이곳은 얼마나 부드러운가, 얼마나 고요한가, 얼마나 순결한가. 거의 아무에게도 알려지지 않은 이 작은 호수는, 주변의 부드러움과 고요함과 순결함에 의해 스스로 부드럽고 고요하고 순결하다. 진실로 묘사는 이렇게 말한다. 이것은 매혹되고 사로잡힌 묘사이다. 이외의 또 무엇을 말해야 하는가? 뭔가를 또다시 말해야 한다면, 나는 이 풍경이 말하는 바를 그대로 말할 수밖에 없다. 그것이야말로 내 진심에서 우러나온 묘사이기 때문이다. 호수 수면에 보이는 것이라곤 오직 이리저리 헤엄치는 오리 한 마리뿐이다. 얼른 옷을 벗어던진 나는 오리가 하는 일을 함께 하기 시작한다. 기쁨으로 충만한 채 멀리멀리 헤엄쳐 간다. 호흡이 힘들어지고 팔에 기운이 빠지고 다리가 뻣뻣해올 때까지. 오직 순수한 기쁨으로, 온몸에 마지막 남은 최후의 힘까지 모조리 다 소진해버리고 싶은 크나큰 욕망이여. 머리 위에는 애정 없이 그냥 피상적으로 형용되는 하늘이 펼쳐져 있고, 내 아래에는 감미로운 침묵의 심연이 입을 벌린다. 죽음의 두려움에 사로잡혀 터질 듯한 가슴으로 심연 위를 간신히 헤엄쳐서 다시 육지로 올라온 나는 몸을 덜덜 떨고 웃음을 터트리면서, 숨을 쉴 수가, 거의 숨을 쉴 수가 없다. 그라이펜 호숫가 낡은 성이 건너다보이지만, 그것은 나에게 아무런 역사적인 감흥을 일깨우지 못한다. 그보다는 도리어 바로 이 장소에서 보내게 될 저녁과 밤이 기쁠 뿐이며, 하루의 마지막 빛이 호수의 수면에 어룽거리는 순간, 혹은 수많은 별들의 장막이 공중에서 너울거릴 때, 이곳이 과연 어떤 모습으로 보일지 상상해보는 것만으로도 황홀하다. 그리고 나는 다시 물속으로 들어가, 멀리 헤엄쳐 나간다.

한 남자가 한 남자에게 보내는 편지

당신은 내게 편지를 써서 일자리가 없을뿐더러 수입 없는 상태로 오래 지내는 것이 불안해 걱정이 많다고 했습니다. 나는 당신보다 나이가 좀 더 많기도 하니 내 경험을 바탕으로 약간의 조언을 드릴 수 있습니다. 두려워하지 마세요. 다른 생각도 하지 마세요. 당신이 궁핍을 겪어야 한다면 궁핍을 겪을 수 있다는 사실을 자랑스러워하세요. 수프 한 그릇, 빵 한 조각, 와인 한 잔만으로 버틸 수 있는 그런 삶을 사세요. 할 수 있습니다. 담배는 피우지 마십시오. 담배는 당신이 간신히 지켜내고 있는 그나마의 육체적 힘도 앗아갈 테니까요. 당신 앞에는 무한한 자유가 펼쳐져 있습니다. 당신을 둘러싸고 향기를 내뿜는 대지는 당신의 것입니다. 당신의 것이 되기를 원합니다. 그러니 대지를 즐기세요. 겁내는 자는 아무것도 즐기지 못합니다. 그러니 두려움을 떨쳐버리세요. 거친 행동은 하지 마시고, 그 누구에게도, 심지어 진짜 악랄한 악당에게도 욕을 해서는 안 됩니다. 그보다는 차라리 더 힘세고 덜 신중한 자들이 증오할 만한 것들을 사랑하려고 하세요. 내가 하는 이 말을 믿어야 합니다. 증오는 인간의 정신력을 파괴적인 방식으로 망가뜨립니다. 그러니 모든 것을 똑같이 사랑하시기 바랍니다. 그런 낭비는 아무에게도 해가 되지 않으니까요. 아침에 일찍 일어나고, 오래 앉아 있지 말고, 수면은 정확하고 빠르게 하세요. 할 수 있습니다. 더위가 괴로우면 지나치게 그것을 의식하지 말고 대신 전혀 알아차리지 못한 척 행동하세요. 숲속에서 신선한 샘물을 마주치게 되면 한 모금 떠 마시는 일을 잊어선 안 됩니다. 누군가 당신에게 예의를 갖춰 선물을 한다면, 그냥 받아들이면 됩니다. 하지만 반드시 예의를 갖춰서 받으세요. 모든 순간을 음미하고, 자기 자신을 점검하고, 학식 높은 사람들의 지적인 말보다는 당신 자신의 마음과 가장 많은 대화를 나눠야 합니다. 가능하면 학자들은 피하도록 하세요. 아주 드문 예외를 제외하면 그들은 대개 비정하기 때문입니다. 웃고 장난칠 기회를 최대한 많이 만들기를 바랍니다. 그 결과 당신은 더 아름답고 더 진지한 사람이 될 것입니다. 설사 힘든 일이 많더라도 만사를 항상 밝게 받아들이세요. 우아하게 차려입으세요. 그러면 존중과 사랑을 얻습니다. 돈을 들일 필요는 없습니다. 단지 감각적으로 신경을 쓰면 됩니다. 그리고 여자들 말인데요, 대부분의 여자들을 멀리하시기 바랍니다. 무시하는 태도를 훈련하면 됩니다. 대신 항상 열정을 습관화하세요. 그것이 바로 멋진 남자의 증표입니다. 가장 열정적인 남자가 최고의 남자입니다. 그걸 배워야 해요. 사람은 뭐든지 배울 수 있습니다. 다음에 또 편지를 쓰겠습니다.

지몬은 스무 살의 청년이었다. 그는 가난했지만 자신의 처지를 개선하기 위한 그 어떤 행동도 하지 않았다.

젬파하 전투

어느 뜨거운 여름 한낮, 원정을 떠나온 부대가 루체른 지방의 먼지투성이 시골길을 행군하고 있었다. 환한 햇살이, 실은 환한 정도가 아니라 뜨겁게 이글거리는 햇살이, 온몸을 뒤덮고 춤추듯 흔들리는 갑옷, 흔들거리며 걷는 군마들, 투구와 그 아래 드러난 얼굴의 일부, 말들의 머리와 꼬리, 치장으로 매단 온갖 장식과 술, 그리고 스키처럼 커다란 등자 위로 번득이며 내리쬐었다. 번쩍이는 행렬의 왼쪽과 오른쪽으로는 과일나무 수천 그루가 들어선 드넓은 초원이 펼쳐졌고, 초원이 끝나는 아득히 먼 곳에서는 푸른 향기를 풍기며 어슴푸레하게 보이는 언덕들이 마치 은은하게 살짝 그려진 무대장식처럼 손을 흔들며 누군가를 부르고 있는 것만 같았다.

대기를 가득 채운 것은 찌는 듯한 오전의 더위, 초원의 더위, 풀과 건초의 더위, 그리고 먼지의 더위뿐이었다. 먼지가 종종 짙은 구름처럼 자욱하게 날아올라서 원정대를 완전히 푹 싸버리듯 뒤덮었기 때문이다. 발을 질질 끌면서, 무겁게 땅을 디디면서, 둔중한 기마부대는 터덜터덜 전진했다. 행렬은 현란한 색의 기다란 뱀처럼 보이다가, 어떨 때는 엄청난 몸집의 도마뱀, 또는 거대한 천, 사람을 비롯하여 색색의 도형 무늬가 가득 들어가고 부인들이 걸치는, 내 상상으로는 약간 나이 들고 위엄 있으며 긴 옷자락을 늘어뜨리고 다니는 일에 익숙한 부인들이 걸치고 다니는 그런 천처럼 보였다. 이 행렬, 쿵쿵거리고 쟁그랑거리는, 비열하고도 아름다운 덜그럭거림을 포함하는 모든 방식과 양상 속에 유일하게 이질적으로 톡 끼어 있는 "내 상상으로는"이라는 말은 뭔가 건방지고, 매우 자신감이 넘치며, 어딘지 비범해 보이면서, 옆으로 느리게 밀쳐내는 느낌이었다. 기사들은 이야기를 주고받으며 강철 투구의 입구멍을 통해 가능한 한 최대로 활기차게 말로 교전을 벌인다. 웃음소리가 울려 퍼지고, 이런 명랑한 소음은 무기와 쇠사슬, 황금 장식물이 일으키는 맑고 높은 쟁강거림과 아주 잘 어울렸다. 아침햇살은 함석과 값비싼 금속 위를 부드럽게 애무했고, 휘파람소리가 태양을 향해 드높이 솟아올랐다. 간혹 우쭐우쭐 걸어서 따라오는 수많은 하인들 중 하나가 말을 타고 가는 자신의 주인에게 맛있는 고급 간식을 은제 포크에 꽂아서 흔들거리는 안장 위로 올려주기도 했다. 기사들은 와인을 마구 마셔댔고, 닭고기를 씹다가 먹을 수 없는 부위는 그대로 뱉어버렸으며, 만사가 경솔하고 경박하며 부주의했다. 그도 그럴 것이 이것은 진짜 기사들이 치를 만한 심각한 전쟁이 전혀 아니며, 오직 처벌하고 강간하고 피를 뿌리고 조롱하는 한판 놀이를 벌이러 가는 길이라고 다들 생각했으니, 이미 잘려 나간 목들이 산을 이루고 너른 초원이 온통 피로 물든 광경을 눈앞에서 보고 있는 셈이나 마찬가지였다. 그들 중에는 화려한 옷을 잘 차려입고, 푸르고 불확실한 하늘에서 날아 내려온 남자 천사처럼 말 위에 앉아 있는 눈부시게 수려한 귀족 청년들도 많았다. 청년들 상당수는 불편하다는 이유로 투구를 벗어 수행사환에게 들고 가게 했고, 순결과 무모함으로 더욱 비범하게 빛나는 아름다운 얼굴은 환한 햇빛 속에 고스란히 드러났다. 그들은 최신의 농담을 주고받았고 매혹적인 여자들에 대한 새로운 소식을 나누었다. 진지한 태도를 유지하는 자가 최고의 놀림감이 되었다. 생각이 많은 표정은 오늘날 어느 정도 점잖지 못한, 기사도에 걸맞지 않은 것으로 취급되는 듯했다. 헬멧을 벗어버린 젊은 기사들의 머리카락은 햇빛에 반짝였고, 마치 교태 넘치는 여자들에게 달려가 구애의 노래를 부르는 데 그것이 결정적인 역할을 한다고 믿는 듯 아낌없이 듬뿍 바른 기름과 향유, 화장수 향기가 풍겼다. 강철 장갑을 벗어버린 손은 전쟁을 치르러 가는 남자의 손이라기보다는 험한 일이라고는 전혀 모르는 채 곱게만 다듬어져서 희고 가느다란 것이 마치 소녀의 손처럼 보였다. 이 신나는 원정군 가운데 심각한 자는 단 한 명뿐이었다. 이미 그의 외모가, 섬세한 황금색 세공이 들어간 새까만 갑옷이 그것을 걸친 사람의 생각을 말해주고 있었다. 그는 오스트리아의 레오폴트 공작이었다. 이 남자는 단 한 마디도 하지 않았다. 그저 근심스러운 상념에 푹 빠진 듯 보였다. 그의 표정은 마치 건방진 파리 한 마리가 눈 주변을 계속해서 날아다니는 바람에 고통스러워 어쩔 줄 모르는 것 같았다. 아마도 파리는 그 자신의 불길한 예감일 터이다. 입가에 경멸과 슬픔이 묘하게 뒤섞인 미소가 줄곧 떠나지 않았으니까. 그는 고개를 푹 숙이고 있었다. 지금 즐거움에 넘실대는 대지 전체가 그에게는 분노의 뇌우로 들끓는 듯했다. 어쩌면 그것은 뇌우가 아니고, 지금 그들이 건너가는 로이스 강의 나무다리를 디디는 요란한 말발굽소리인 것일까? 그게 무엇이든, 재앙을 알리는 불길한 기운이 공작의 전신을 으스스하게 덮치고 있었다.

소도시 젬파하 인근에서 원정대는 멈추었다. 오후 2시쯤이었다. 아니, 어쩌면 3시였는지도 모른다. 하지만 기사들에게 몇 시인지는 아무런 의미도 없었다. 그들의 기분은 오후 8시라도 된 것 같았으니까. 실제로 그렇다고 해도 아무 의심 없이 믿었을 것이다. 다들 지루해서 죽을 지경이었고 전쟁을 대비하는 아주 사소한 규정조차 비웃어 넘겨버렸다. 모든 것이 따분하기 짝이 없었다. 기사들이 일제히 말에서 뛰어내려 서둘러 쉴 자리를 찾는 모습은 마치 공격 작전을 연습하는 것처럼 보였다. 웃음소리도 더 이상 들리지 않았는데, 오는 동안 너무 웃어버려서 지금은 오직 피곤할 뿐이고 하품만 자꾸 나왔다. 말들조차 이제는 사람들이 하품 말고는 아무것도 하고 싶어 하지 않음을 알아차릴 정도였다. 걸어오던 하인들은 주인이 먹다 남긴 음식과 와인을, 그들이 집어먹을 만큼 뭔가가 남아 있는 경우에 말끔히 먹고 마셨다. 이 얼마나 한심한 원정인지! 저 오합지졸 도시 쪼가리가 아직도 고집스레 저항하고 있다니, 천하의 멍청이들 같으니!

그때 견디기 힘든 더위와 지루함을 뚫고 갑자기 뿔나팔소리가 울려 퍼졌다. 뭔가를 알리는 특정한 신호, 몇몇 주의 깊은 귀들이 그것을 들었다. 이게 무슨 소리지? 들어봐, 또 들린다! 그렇다, 정말로 뿔나팔소리가 또 들려왔고 더구나 이번에는 처음보다 가까운 곳에서 들려왔음을 대체로 인정할 수밖에 없었다. “좋은 일은 뭐든지 세 개씩 한꺼번에 오는 법이지” 하고 누군가가 무모하게 입바른 농담을 했다. “그러니 이제 한 번만 더 울리면 되는 거라고!” 한동안 아무 소리도 없이 조용했다. 사람들은 살짝 불안해졌다. 그런데 다시 아무런 예고도 없이 참으로 끔찍하게도, 소리가 마치 날개를 단 듯이, 미쳐 날뛰는 괴물을 타고 불을 활활 뿜으며 찢어지는 괴성을 지르며 다시 한 번 더 시작되니, 길게 이어지는 고함소리. 우리가 왔다! 그것은 정말로, 조용하던 지하세계가 갑자기 단단한 땅을 뚫고 분출해 나오겠다고 들끓는 듯한, 깊고 어두운 심연이 눈앞에서 열리는 듯한 그런 소리였다. 어두컴컴한 하늘에서 빛을 비추는 태양은 아직 타오르고는 있지만, 아직도 이글거리기는 하지만, 그것은 이제 하늘의 빛이 아니라 어두운 지옥불처럼 보였다. 사람들은 여전히 웃고 있었다. 공포에 사로잡혔는데도 불구하고 얼굴에는 웃음을 지어야 할 것 같은 그런 상황이 있는 법이다. 많은 사람들이 모여 있는 원정대 전체의 분위기도 혼자인 한 개인의 기분 상태와 크게 다르지는 않았기 때문이다. 온통 눈이 멀 정도로 번득이는 열기가 장악한 주변 풍경에서 뚜뚜 나팔소리가 계속 퍼지며 메아리치고 있는 것만 같았다. 풍경 자체가 뿔나팔이 되어버린 것이다. 그리고 곧이어 메아리가 울리는 그 공간을 향하여, 마치 나팔소리로 깨어난 군대가 보이지 않는 입구를 통해 한꺼번에 쏟아져 내리듯이 엄청나게 밀려왔다. 이제 풍경은 그 윤곽을 잃었다. 하늘과 한여름 대지는 하나로 단단하게 붙어버렸고, 계절은 사라지고. 전체가 하나의 장소로, 칼과 칼이 부딪히는 전쟁의 활극장으로, 살육의 공간으로 변할 준비를 갖추었다. 전장에서 자연은 항상 전멸한다. 전장을 지배하는 것은 주사위이며, 무기의 성질, 한 편의 군대, 그리고 다른 편의 군대이다. 앞으로 돌진해오는, 어느 면으로 보나 잔뜩 독이 오른 것이 분명한 군대가 점점 가까이 다가오고 있었다. 기사들도 물러서지 않았다. 그들은 갑자기 한마음으로 굳게 결속한 듯했다. 창병은 창을 똑바로 앞으로 겨냥했는데, 적군이 그에게 달려들면 저절로 창 위에 올라탄 채 계속 전진하게 될 것 같았다. 기사들은 서로서로 몸을 촘촘하게 밀착하고 그저 단순히 창으로 눈앞의 허공을 찌르는 자세로 서 있을 뿐 그 자리에서 꼼짝 않고 있었는데, 마치 그러고 있으면 지금 물밀듯 진격해오는 적군의 가슴팍이 그대로 정면으로 와서 꽂힐 거라고 믿는 듯했다. 이쪽에 있는 것은 아둔한 창들의 벽이고, 저쪽에 있는 것은 허름한 옷으로 몸을 절반쯤 가린 인간들이었다. 이쪽은 고루하기 짝이 없는 전쟁 기술로 무장했고, 저쪽의 인간들은 오직 불타는 분노로 무장했을 뿐이었다. 그들은 태풍처럼 돌진해오면서 한 명, 또 한 명, 끊임없이, 오직 이 오욕의 고통을 끝장내겠다는 일념으로, 조금도 겁내지 않고, 창끝을 향해 용맹한 야수처럼 분노와 원한으로 떨면서 온몸을 던지듯 달려들었다. 그리고 그들은 당연히 투구와 깃털 달린 강철갑옷으로 무장한 적군에게 몽둥이질 한 번 해보지 못하고, 처참하게도 가슴에서 피를 철철 흘리며, 고귀한 귀족의 말이 싸놓은 말똥에 얼굴을 처박은 채 하나하나 땅바닥에 쓰러져 시체의 산을 이루었다. 그것이 거의 헐벗다시피 한 그들 대부분의 운명이었다. 그들의 피로 붉게 물든 창들이 그 광경을 지켜보며 조롱하듯 웃고 있었다.

아니다. 이렇게 해서는 아무 소용이 없었다. '인간'의 편에 서 있는 자들은 뭔가 전략이 필요하다고 보았다. 기술에 맞서기 위해서는, 똑같은 기술 아니면 더 고귀한 생각이 요구되었다. 이 고귀한 생각이 키가 큰 한 남자의 형상을 입고, 기묘하게도 마치 초월적인 힘에 의해 앞으로 밀쳐진 듯 불쑥 앞으로 나서며 자신의 동포들에게 말했다. “내 아내와 아이들을 부탁하네. 내가 길을 뚫어볼 테니 뒤를 따라오게.” 그러고는 겁먹고 움츠러들려는 본능에 순응하지 않기 위해 더 더욱 재빠르게 번개처럼 몸을 날려 네 개, 다섯 개, 그 이상의 더 많은 창을 향해 뛰어들어 용감하게 손으로 잡아챘으며, 버틸 수 있는 한 최대로 안간힘을 쓰며 그가 맞붙잡고 있던 그 수많은 창끝이 결국 아래로, 그의 가슴을 향해 내리꽂혔을 때 그는 더 이상 껴안을 수 없을 정도로 많은 창다발을 가슴에 껴안고 품은 자세로, 자신의 몸에 단 한 개의 창이라도 더 받아들인 후에 죽음을 맞기 위하여, 그렇게 바닥에 쓰러졌다. 그의 몸은 다리가 되었고, 그의 동포들이 그의 몸을, 바로 그렇게 밟고 지나가기를 원했던 그의 고귀한 생각을 밟고 갔다. 이제 산과 계곡의 쾌활한 거주민들은 제정신을 잃을 만큼 불타는 분노에 휩싸여, 엉거주춤 형성된 상대편의 창벽을 향하여 돌진했다. 그것은 무엇과도 비교할 수 없는 광경이었다. 이제 그들은 사나운 호랑이가 무력한 암소 무리를 공격하듯이 거침없이 날뛰며 찢어발기고 두들겨 부쉈다. 서로 너무 촘촘하게 몰려 있던 기사들은 제자리에서 몸을 피할 공간도 없었기에 아무 대책 없이 당할 수밖에 없었다. 말 위에 있던 것들은 무조건 종잇장처럼 내동댕이쳐졌고, 그러면 마치 두 손으로 움켜쥔 공기주머니처럼 퍽 하는 소리와 함께 짜부라지고 말았다. 이제 목동들이 손에 든 무기는 무시무시한 위력을 보였고 그들의 허술한 옷차림은 날렵하게 몸을 놀리기에 딱 적당한 장비가 된 반면, 기사들의 육중한 갑옷은 무겁기만 한 부담으로 변했다. 몽둥이가 머리를 스치면 겉보기에는 그냥 스치기만 한 것 같은데 이미 머리는 박살이 나 있었다. 타격은 계속되었고 말들도 여기저기서 널브러졌다. 분노의 위력은 점점 더 강해지기만 했으며 공작도 죽임을 당했다. 그가 죽임을 당하지 않았다면 그것이야말로 기적이었으리라. 후려치는 자들은 당연히 그래야 한다는 듯 고함도 함께 내질렀는데, 그것은 죽이는 행위 자체만으로는 너무도 부족하며 파괴를 위해서는 그만큼의 무엇이 더 필요하다는 외침인 듯했다.

뜨거운 열기와 후끈한 습기, 진동하는 피 냄새, 오물과 먼지, 고함소리와 비명소리가 뒤섞여 야만과 지옥의 아수라장을 이루었다. 죽는 자들은 자신의 죽음을 느낄 사이도 없이 순식간에 죽어갔다. 고귀하게 번쩍거리는 자신들의 오만한 갑옷이 옥죄는 바람에 그 속에서 질식한 경우도 많았다. 이런 죽음을 보면 뭐라고 평했을까? 누구나 다 휘파람을 불며 조롱했으리라. 만약 휘파람을 불 만한 자가 남아 있었다면 말이다. 수백 명의 잘생긴 귀족들이 인근 젬파하 호수의 물에 빠져서, 아니, 호수의 물이 목구멍까지 차오르는 바람에 죽었다. 그들이 개나 고양이처럼 물속으로 집어 던져졌기 때문이다. 끝이 뾰쪽한 우아한 신발을 신은 기사들은 서로 엎치락뒤치락 나자빠지고 나뒹굴었다. 정말로 창피스러운 일이었다. 아름다운 모양의 강철흉갑은 멸망의 약속을 공고히 할 뿐이었고, 그 불길한 예감은 무서우리만큼 정확하게 맞아떨어졌다. 자신들의 고향땅 아르가우나 슈바벤 어딘가에 성과 영지와 농노를 소유했으며, 아리따운 아내와 머슴, 하녀와 과수원, 경작지와 숲, 공물을 비롯하여 최고의 특권을 가진 것이 다 무슨 소용인가? 그것은 지금 더러운 진흙구덩이에 처박힌 채 단단하게 찍어 누르는 어느 튼튼한 목동의 무릎과 한 뼘의 땅바닥 사이에서 죽어가는 일을 더욱 비참하고 쓰라리게 만들 뿐이었다. 화려하고 멋진 말들도 공포에 질려 달아나면서 주인을 짓밟아댔음은 물론이다. 많은 수의 귀족들이 급하게 말에서 내리려다가 한심한 유행을 따라 디자인된 신발이 등자에 걸리는 바람에 대롱대롱 매달려버린 탓이다. 그래서 그들은 피가 흐르는 뒤통수로 초원에 입 맞추면서 돌아다니게 되었고, 그들의 두 눈동자는 생명이 완전히 꺼져버리기 직전까지 머리 위에서 격노의 화염으로 활활 타오르는 하늘을 응시하고 있었다. 물론 목동들의 희생도 컸다. 하지만 가슴팍과 팔의 살갗을 훤히 드러낸 그들 한 명당 강철로 온몸을 칭칭 휘감은 기사들의 희생은 십여 명이나 되었다. 젬파하 전투가 주는 교훈은 자기 몸을 칭칭 감고 다니면 바보라는 것이다. 그 얼간이들이 몸을 자유롭게 움직일 수만 있었다면. 그래, 그들도 몸을 움직이는 것 정도야 할 수 있었겠지. 실제로 몇 명은 그렇게 했다. 그리하여 마침내 온몸으로 겪었던 최악의 끔찍함으로부터 달아날 수 있었으니 말이다. "내가 노예와 싸우다니, 이런 수치가 있나!" 눈부신 금발의 고수머리를 구불구불 늘어뜨린 한 아름다운 젊은이가 이렇게 외치는 순간 몽둥이가 그의 조각처럼 수려한 얼굴을 후려갈기는 바람에 바닥에 쓰러졌다. 치명상을 입고 죽어가던 그는 반쯤 이지러진 입으로 풀잎을 깨물었다. 무기를 손에서 놓쳐버린 몇몇 목동은 레슬링 선수처럼 머리와 목을 이용하여 아래에서 위로 적에게 타격을 가하거나, 공격을 피하면서 기사의 목덜미로 덤벼들어 숨이 끊어질 때까지 목을 졸라댔다.

어느새 저녁이 되었다. 나무와 덤불은 희미한 저녁빛 속에 은은하게 빛났고, 태양은 검은 산기슭 언덕 사이로 슬프고도 아름다운 죽은 남자처럼 가라앉았다. 잔혹한 전투는 끝이 났다. 세계의 배경에는 눈처럼 새하얗고 창백한 알프스가 아름답고 차가운 이마를 드리우고 있었다. 이제 죽은 자들을 모아야 했고, 이 일을 위해 사람들은 조용히 돌아다녔다. 죽은 자들이 바닥에 흘린 것들도 모두 주워서 살아남은 자들이 파놓은 공동무덤으로 가지고 갔다. 깃발과 갑옷은 따로 모았는데 금세 산더미처럼 드높이 쌓였다. 돈과 귀중품도 한군데 모았다. 강하면서도 단순한 이 남자들 대부분이 침묵을 지켰고, 선해졌다. 그들은 노획한 보석더미를 가슴 아픈 애수와 경멸로 응시했으며, 초원을 돌아다니면서 맞아죽은 자의 얼굴을 바라보았고, 불명예로 더럽혀진 얼굴 표정이 어떤지 보고 싶을 때는 그 얼굴의 피를 닦아내주었다. 자그마한 수풀 아래에서 두 명의 청년이 발견되었다. 너무도 젊고 새하얀 얼굴의 그들은 죽음의 순간까지도 입술에 미소를 띤 채 땅바닥에서 함께 끌어안은 자세였다. 한 명은 가슴을 맞았으며, 다른 한 명은 몸통이 터져 있었다. 밤이 깊을 때까지 작업은 끝나지 않았다. 작업은 횃불을 밝히고 계속되었다. 마침내 아르놀트 폰 빙켈리트의 시체를 발견했을 때는 모두가 벌벌 떨고 있었다. 그를 묻어주면서 사람들은 어두운 목소리로 가락이 단순한 자신들의 노래를 불렀다. 더 이상의 의례는 차릴 수가 없었다. 목사는 있지도 않았다. 게다가 이 상황에서 목사가 무슨 큰 의미가 있겠는가? 승리를 쟁취한 것에 대해 감사의 기도 올리기, 이런 일은 교회의 불빛 아래가 아니라도 얼마든지 할 수 있다. 일을 마친 그들은 고향으로 돌아갔다. 그리고 며칠 뒤 예전과 다름없이 산등성이와 계곡 여기저기에서, 예전과 마찬가지로 노동을 하고 일을 나가고 살림을 꾸려갔으며, 생업을 살피고 반드시 해야 하는 일들을 처리하면서 단지 가끔 그날의 전투에 대해서 한두 마디 입에 올리곤 했다. 많은 얘기들을 나누지는 않았다. 그들이 특별히 칭송받은 것도 아니었다(뭐, 루체른에 입성할 때야 어느 정도 환영받기는 했지만). 그렇게 그들의 행위는 세월의 뒤편으로 잊혀져갔다. 당시 서기 1386년에도 일상의 걱정거리는 한두 가지가 아니었고, 삶은 팍팍하고 거칠기가 이루 말할 수 없었기 때문이다. 아무리 영웅적인 위대한 승리를 거두었다 해도 고달픈 노동으로 가득한 하루하루가 사라지는 것은 아니었다. 삶이 전투*가 있던 그날에 못 박혀버리는 것도 아니었다. 단지 한참 세월이 흐른 후에야 역사는 잠시의 휴식을 취하게 된다. 하지만 그것도 길지 않은 것이, 절대권자인 삶은 역사마저도 재촉하여 서둘러 앞으로 나아가게 만들기 때문이다.

* 1386년 7월 8일 스위스 중부 루체른 주의 작은 마을 젬파하에서 있었던 이 전투는 아르놀트 폰 빙겔리트가 이끄는 스위스 자유연합 소속의 농민군 1500명이 합스부르크공 레오폴트 3세가 이끄는 오스트리아의 정예 기사단 4000명을 격파하여 스위스 독립의 기념비적인 전투로 남아 있다. 전설처럼 내려오는 이야기에 따르면 빙겔리트는 합스부르크 기사들의 창을 향해 스스로 뛰어들어 가슴을 찌른 창들을 부둥켜 안고 농민군에게 공격의 길을 열어주었다고 한다.

프리츠

내 이름은 프리츠. 혹시 이름이 달랐다면 내 인생은 좀 더 나아지지 않았을까? 나는 쥐라 주 외곽 출신인데 그만 영영 아무 곳 출신도 아니었다면 더욱 좋았을 뻔했다. 아버지는 수레바퀴 장인이었다. 혹시 아버지가 수레바퀴 장인이 아니었다면 내 인생은 좀 더 나아지지 않았을까? 나는 이상한 질문에 자꾸 빠져든다. 도대체 나는 왜 태어났을까? 단 한 번도 생명으로 태어나고 싶다는 소망을 말한 기억이 없다. 하지만 사람들은 아직 태어나지도 않은 나의 소망 따위는 전혀 신경 쓰지 않았다. 시간이 흐른 후 나는

신학교

에 갔는데, 아마도 가지 않은 편이 더 나았을 것이다. 잘 알다시피 신학교 학생들은 거들먹거린다. 내가 거들먹거리지 않았다면 더 좋았을 텐데 안타깝게도 나는 사실 상당히 거들먹거리는 편이었다. 나는 시를 쓰기 시작했는데 아마도 그러지 않은 편이 더 좋았을 것이다. 더 나중에 어떤 사람들이 나에게 온정 이상의 관심을 보이기 시작했는데 아마도 가능하면 그러지 않은 편이 더 좋았을 것이다. 하지만 그들은 어쨌든 실제로 그렇게 했고, 그 덕분에 나는 나 자신을 막 떠오르는 천재라고 앞으로 위대해질 선택된 자라고 믿게 되었다. 여기서 아무 소용없는 헛된 질문을 하지 않을 수가 없다. 만약 나를 천재라고 여기지 않았다면 내 인생은 좀 더 나아지지 않았을까? 사람들이 장학금을 주었고 나는 여행길에 올랐다. 만약 내가 장학금을 받지 못해서 여행을 떠날 수 없었다면, 그편이 더 현명하고 합리적인 결과가 아니었을까? 그런데 나는 어디로 여행을 떠났던가? 그건 바로

로마

였고, 나는 낡아서 허물어져가는 한 팔라초에서 로마의 영주를 만나게 되었다. 로마로 여행을 가지 않았더라면, 낡아서 허물어져가는 궁전에 발을 들여놓지 않았더라면, 일생 동안 단 한 번도 로마의 영주를 만나는 일이 없었더라면 내 인생은 좀 더 나아지지 않았을까? 또다시 존재의 근간을 흔드는 일련의 질문들. 나는 다시 길을 떠나

암스테르담

으로 갔고, 그곳에 간 김에 렘브란트 덕에 유명해진 유대인 구역을 찾아갔다. 암스테르담으로 가서 이미 언급한 화가 때문에 유명해진 구역을 찾은 것은 아마도 아무 쓸모 없는 불필요한 행동이었을 것이다. 그리고 나는 다시 이탈리아로 가서 피사 등의 도시를 둘러보았다. 왜 나는 하필이면 피사 등의 도시를 구경했을까? 그게 반드시 필요한 일이었나? 라벤나는 이탈리아 건축예술을 연구하기에 적격인 도시이다. 테오도리크 궁전과 유명인 누구누구의 묘석이 기억난다. 하지만 나는 테오도리크 궁전과 유명인 누구누구의 묘석을 내가 기억하고 싶은 방식으로만 기억하고 있고, 따라서 음험한 함정과도 같은 질문은 여전히 입을 딱 벌리고 있다. 위에서 말

한 그런 연구를 하려면 반드시 꼭 라벤나로 가야만 했을까? 라벤나와 같은 도시를 영원히 보지 않았더라면 내 인생은 좀 더 나아지지 않았을까? 이제 베네치아를 지나

취리히

로 향했고, 알다시피 그곳에서는 훌륭한 강연이 많이 열린다. 나는 취리히에서 내 시를 외워 암송하거나, 내 시가 인쇄된 책을 보며 부드럽고 우아하게 그리고 깔끔하게 낭독했다. 하지만 낭독하기 전에 시를 다시 한 번 그럴듯하게 다듬고 비누칠하여 반짝반짝 광채가 나게 만들었고, 덕분에 박수소리는 더더욱 요란하게 커졌다. 정신을 잃을 정도로 감동한 청중들이 꽃다발과 보석류를 내 얼굴을 향해 집어 던지다시피 했다는 말은 과장이 아니다. 하지만 만약 내가 취리히에서 은총의 열매를 따고 월계수 이파리를 줍지 않았다면, 그랬다면 내 인생은 좀 더 나아지지 않았을까? 거대한 보폭으로 나는 성큼성큼 걸어 거대한 산맥으로 들어섰고, 그곳에서 출발하여

으로, 중세풍의 성곽이 가득 들어찬 그 도시로 갔다. 하지만 내가 거대한 보폭으로 성큼성큼 걸어서 거대한 산맥으로 가지 않았다면, 거대한 보폭이든 다른 종류의 보폭이든 그 어떤 식으로든 거대한 산맥으로 가지 않고 또 거기서 출발하여 튀링겐으로 가는 일이 없었다면, 그러면 내 인생은 좀 더 나아지지 않았을까? 내가 우려한 대로 도시에 들어찬 엄청난 수의 중세풍 성곽은 나에게 그리 큰 효용이 없었다. 물론 멀지 않은 곳에 바이마르나 예나, 아이제나흐 같은 도시가 있어서 루터와 같은 뛰어난 인물의 정신을 느끼고 눈부신 성찰의 빛을 받기는 했다. 괴테의 가르텐하우스는 발길 닿지 않은 곳이 없을 만큼 그야말로 샅샅이 들쑤셨다. 나는 영원히 여성적인 것이 나에게 강력한 영향을 미치도록 두었다. 예나는 실러라는 이름의 쓸모 있는 사람을 기억나게 하는 도시였다. 그런데 괴테의 가르텐하스를 뒤지고 다녀서 내가 무슨 유익을 얻을 것이며, 예나에서 어떤 유용한 사내를 기억한다고 해서 그것이 어떠한 성과를 가져다준다는 말인가? 영원히 여성적인 것이 발휘하는 막강한 영향력이 실제로 나를 더 나은 인간으로 만든다는 말인가? 그리고 루터와 같은 눈부신 인물에 대해 성찰한다고 해서 그 빛으로 인하여 실제 내게서 빛이 뿜어져 나오기라도 한단 말인가? 다시금 나를 산산이 부수어버리는 일련의 질문들. 아마도 나는 이미 말한 가르텐하우스를 찾지 않는 편이 나았을 것이고, 루터에 대해서 아무런 성찰도 얻지 않는 편이 더 나았을 것이다. 그러나 어쨌든 이미 말한 가르텐하우스는 방문해버렸고, 성찰의 빛은 나를 비추어버렸고, 이미 말한 영향력은 막강했는데, 아마도 막강하지 않았더라면 더 나았을 것이다. 가방에 인기몰이용 작품인 희곡을 넣고 나는

베를린

으로 향했다. 그곳에서 손쉽게 성공을 거두고 희곡작가로서 명성을 얻기 위하여. 그러나 희곡작가의 명성은 헛된 꿈이었고 인기몰이용 작품은 아무런 인기도 몰아오지 않았다. 아마도 전혀 인기를 끌지 못했던 인기몰이용 희곡작품을 들고 손쉽게 성공을 거두고 희곡작가로서 명성을 얻기 위해 베를린으로 가지 않았더라면, 그러면 내 인생은 좀 더 나아졌을 것이다. 거기서 나는 전혀 인기를 끌지 못했던 내 인기몰이용 희곡작품을 무시하면서 거들떠보지도 않았던 유명한 사

람들, 높은 사람들을 수도 없이 만났다. 그래서 겪은 이야기들은 차라리 안 하고 말겠다. 피상적인 관심이나마 받아보려고 유명한 사람들, 높은 사람들을 만나러 달려가지 않았더라면 내 인생은 좀 더 나아졌을 것이다. 내 희망이 꺾이고, 내 미래가 산산이 부서지고, 내 성공의 꿈이 무너져 내리고, 내 소망이 너덜너덜 찢기고, 내 발아래 땅이 화염에 휩싸이고, 내 실패가 활짝 꽃피고, 그 상태로 차가운 땅바닥에 쓰러진 나 자신을 발견할 무렵, 어느 날 정처 없이 거리를 헤매며 방황하던 나는 아름답고 기품 있는 한

숙녀

와 마주쳤는데, 전혀 예상치 못하게도 그녀는 나에게 혹시 자신이 오랫동안 헛되이 찾고 있던 짐 꾸리는 전문일꾼이 아니냐고 물었다. 그래서 나는 보수만 좋다면 일당을 받고 얼마든지 성실하게 짐 꾸리는 일을 할 용의가 있다고, 짐다발이나 커다란 가방도 장난감처럼 가볍게 휘두르고, 뭐든지 위로 들어 올리는 일에는 전문가라고, 그리고 특히 밀치는 힘이 유난히 좋다고, 거기다 꽉 붙잡고 단단히 싸매는 일에는 당할 자가 없으며, 끈을 묶고 매듭짓는 방법은 특별교육

까지 받았다고 대답했다. 숙녀는 환하게 흡족한 미소를 지으며 내 장황한 설명을 귀 기울여 듣더니 말했다. "맡기고 싶은 일은 보수도 좋고 쾌적한

기밀취급담당

이에요. 충분한 보수에 장기적인 일감이 아주 많답니다." 그래서 나는 대답하기를, 충분한 보수를 받는 장기적인 일감을 정말 오래전부터 간절하게 찾아왔으며, 보수가 좋고 쾌적한 기밀취급담당 일자리는 나에게 무조건 필요한, 바로 딱 알맞은 것이라고 했다. 그러자 그녀는 오직 절대적으로 이글이글 불타는

낙관주의자들

만이, 뭐든지 다 하려는 의지로 불타는 낙관주의자들만이 고려대상이 될 것이라고 했고, 거기에 대해서 나는 내가 뭐든 다 해치우려는 의지로 이글이글 불타기로 진즉에 작정한 사람이며, 그런 내 열정은 그녀의 마음에 들 것이고, 아마 그녀는 상상도 못할 정도로 만족할 거라고, 나는 그 정도로 의

심의 여지없이 명백한 낙관주의자라고 대답했다. 그러자 그녀는 질문을 던졌다. "혹시 당신 이름이 프리츠 아닌가요?" 그래서 나는 내 이름이 대충 그러하다고, 그런데 이 분야에서는 아무것도 주장하고 싶지 않은 것이, 잘 알다시피 오해의 여지란 우리 삶의 어디에나 항상 존재하는 법이니까, 하고 대답했다. 그러자 그녀는 자신이 끊임없이 이어지는 다양하고 변덕스러운 발상의 총체라고 했다. 그래서 나는 그녀의 머리에서 나오는 발상은 뭐든 다 사랑한다고, 심지어 숭배하고 싶을 정도라고 말했다. "그럼 이리 오세요!" 그녀가 말했다. 아마도 그녀는 그렇게 말하지 않는 편이 더 나았을 것이다. 하지만 어쨌든 그녀는 그 말을 해버렸고, 나는 그녀를 따르지 않는 편이 더 나았을 텐데도 불구하고 그녀를 따랐다. 마찬가지로 나는 뭐든 다 해치우려는 의지로 이글이글 불타기로 진즉에 작정한 사람이며, 그런 내 열정은 아마 그녀는 상상도 못할 정도일 거라고, 그리고 그녀의 머리에서 나오는 발상은 뭐든 다 사랑한다고, 심지어 숭배하고 싶을 정도라는 말은 하지 않았다면 더 나았겠지만, 어쨌든 나는 이미 말을 다 해버린 상태였으므로 그녀를 따라 집으로 갔고, 도착하자마자 그녀는 가장 먼저 나를 자신의

에 안았다. 그녀는 놀랄 정도로 풍만한 젖가슴을 갖고 있었다. 만약 그녀가 조금만 덜 풍만한 젖가슴을 가졌더라면 좀 더 나았을 것이다. 하지만 어쨌든 이미 그녀의 젖가슴은 절대적으로 풍만하기 짝이 없었고, 게다가 도저히 움직일 수 없는 사실은, 그녀가 온힘을 다해 나를 자신의 엄청난 풍만함의 총체 속으로 끌어안고 있었다는 것이다. 코가 완전히 납작해지도록 꽉 눌려서 숨을 쉴 수 없을 정도였다. 그제야 나는 무서운 충격과 동시에 깨달았다. 절대적으로 뭐든지 다 즐겁게 하려고 덤비는 낙관주의자의 의미가 무엇인지를. 아마도 나는, 절대적으로 뭐든지 다 즐겁게 하려고 덤비는 낙관주의자가 아니었으면 더 나았을 것이다. 왜냐하면 일단 이 상태라면 절대적으로 숨이 막혀 죽어갈 것이 분명해 보이고, 그 이외에도 나를 다루는 사랑스러움의 총체가 너무도 막대한 나머지 절대적으로 코가 완전히 납작하게 짜부라질 것이 분명했기 때문이다. 절대적으로 이런 상황만 아니었다면 더 나았을 텐데. 어쨌든 나는 그 정도까지는 약속을 지켰고, 내가 했던 말을 그 정도까지는 준수했으니, 완전히 짜부라지고 구겨진 얼굴과 그 와중에 적어도 서너 번은 부러지고 꺾인 코를 혼신의 힘을 다해 간신히 어느 정도 제자리에 돌려놓게 되자마자 날렵하게 잡아채어 용감하게 움켜쥐었으니, 아마 잠시 동안은 그러지 말고 그냥 놔두는 편이 보나마나 훨씬 더 나았음이 분명하지만, 어쨌든 나는 이미 움켜쥔 채 공격을 시작했고, 그 과정에서 적어도 마찰 분야에서만은 최고의 전문가임을 입증해 보였다. 나는 그녀에게 적절하겠다고 추측되는 것은 뭐든지 다 시도하려는 의지로 불탔고, 실제로 그녀의 반응은 적절한 것 이상이었다. 내가 그 어떤 상황에서도 이글이글 불타는 낙관주의자임을 그녀에게 납득시키고 그녀에게 최대한으로 봉사하려는 의향이 차고 넘친다는 것을 입증하기 위해 내가 수행해야 하는 과제가 진행되는 동안, 나는 광대하게 넓어 보이는 우뚝 솟은 그녀의 몸 앞에 무릎을 꿇고 앉아, 둔하게 생겼지만 그럭저럭 아름다운 그녀의

손

을 열렬하게, 절대적으로 뜨거운 입맞춤으로 마구 뒤덮었다. 사실 그녀의 손은 상당히 거칠었지만 그런 조건은 내 몸을 관통하는 황홀함을 조금도 약화시키지 않았는데, 그건 순

전히 내가 낙관주의자였기 때문에, 그건 순전히 지금껏 이미 여러 번이나 강조해서 말했듯이 절대적인 낙관주의자였기 때문이다. 하지만 아마도 그 통통한 손에 입 맞추지 않았더라면 더 나았을 것이고, 상당히 커다란 그 몸뚱이 앞에 무릎 꿇지 않았더라면 더 좋았겠지만, 어쨌든 이미 나는 입을 맞추었고, 무릎도 꿇어버렸고, 불가사의한 그녀 옷의

솔기

가, 열고 닫는 용도의 단추가 달린 솔기 부분이 그녀의 몸 위에서 발끝으로 스르르 떨어지는 것을 보고 말았으니, 아마도 안 보았더라면 더 나았을 것이 분명한 연극의 한 장면처럼, 왜냐하면 나는 솔기에, 단추에 달라붙어 매달려 있었으므로 그때부터 계속해서 단추를 열었다 잠갔다 하기를 끊임없이 되풀이해야만 했으므로, 아마도 이런 이야기는 굳이 너무 자세하게 늘어놓지 않는 편이 낫겠지만, 어쨌든 말을 시작해버렸으므로 나는 열심히 절대적으로 매달려 있었으니, 이때의 모험에 관해서는 나중에 두꺼운 책으로 써낼 수도 있겠다. 그런데 생각해보면 그런 목적으로는 나는 결코 펜을 잡지 않는 편이 더 나을 것 같으므로, 내가 여기서 할 수 있는

최선은 단 한 줄도 더 진행하지 말고 쓰기를 그만 딱 멈추는 것이다.

그거면 됐다!

나는 언제 어디서 태어났고, 어디어디에서 교육을 받았고, 제대로 학교도 다녔고, 직업은 무엇무엇이고, 이름은 이러저러하고, 생각은 많이 하지 않는다. 성별로 구분하자면 남자이고, 국가의 입장에서 보자면 훌륭한 시민이고, 계층으로 따지면 상류층에 속한다. 모범적인 시민으로서 나는 깔끔하고 조용하고 호감 가는 사회 구성원이고, 지나치지 않은 한도 내에서 맥주를 즐기며, 생각은 많이 하지 않는다. 내가 미식을 선호하는 것은 명백하고, 관념과는 거리가 멀다는 것도 명백하다. 예리한 사고는 나와 가장 무관하다. 관념과 한없이 멀기 때문에, 그래서 나는 모범적인 시민인 것이다. 모범적인 시민은 생각을 많이 하지 않는다. 모범적인 시민은 음식을 먹고, 그거면 됐다!

나는 머리를 쥐어짜지 않는다. 그런 일은 다른 사람에게 맡긴다. 머리를 쥐어짜다보면 남의 미움을 받게 되어 있다. 생각이 많은 사람은 까다롭고 인정이 없다. 이미 율리우스 카이사르도 통통한 손가락을 들어 비쩍 마르고 눈자위가 퀭한 카시우스를 가리키지 않았던가. 카이사르가 그를 두려워한 건 카시우스가 가진 관념이 무엇인지 눈치 챘기 때문이다. 모범적인 시민은 두려움이나 의심을 불러일으키지 말아야 한다. 그러므로 생각을 너무 많이 하는 것은 모범 시민이 할 일이 아니다. 생각이 많으면, 사랑을 잃는다. 굳이 나서서 사랑을 잃다니 그런 일을 왜 한단 말인가. 코를 골면서 한숨 자는 편이 생각하고 시를 쓰는 것보다 훨씬 낫다. 나는 언제 어디서 태어났고, 어디어디에서 학교도 다녔고, 가끔 이런 저런 신문이나 잡지를 읽으며, 이러저러한 직업을 갖고, 나이는 어느 정도이고, 모범적인 시민으로 보이며, 먹는 것을 즐기는 걸로 보인다. 나는 머리를 쥐어짜지 않는다. 그런 일은 다른 사람에게 맡긴다. 머리를 쥐어짜는 것은 내 스타일이 아니다. 생각을 너무 많이 하면 두통이 오는데, 굳이 나서서 두통을 일으킬 필요가 어디 있겠는가. 코 골면서 한숨 자는 편이 두통보다 훨씬 낫다. 지나치지 않은 한도 내에서 맥주를 즐기는 편이 생각하고 시를 쓰는 것보다 훨씬 더 낫다. 관념은 나와는 아주 멀며, 그 어떤 경우에도 나는 머리를 쥐어짜고 싶지 않다. 그런 일은 국가를 이끌어가는 높은 사람들이 하면 되니까. 내가 모범적인 시민인 것은 조용히 살기 위해서, 머리를 쥐어짜지 않기 위해서, 관념과는 철저히 무관해지기 위해서, 너무 많은 생각을 기피하고 질색하면서 살 수 있기 위해서이다. 나는 예리한 생각이 무섭다. 예리하게 생각을 하면 눈앞이 파랗게 초록으로 변한다. 그러느니 차라리 맥주 한잔을 마시겠다. 예리한 생각일랑 국가 지도층에게 넘겨버린다. 지도층 인사들은 나를 대신해서, 자기들이 하고 싶은 만큼 오래, 자기들 머리가 짜부라질 때까지 충분히 예리한 생각을 할 수 있다. 나는 머리를 쥐어짜기만 하면 항상 눈앞이 파랗게 초록으로 변한다. 그건 좋지 않은 증상이므로 나는 가능한 한 머리를 가장 덜 쥐어짜는 방향으로, 산뜻하게 머리 없이 생각 없이 산다. 국가 지도자들이야 생각을 너무 많이 해서 눈앞이 파랗게 초록으로 변하고 아예 머리가 짜부라진다고 해도 그건 그들 일이니 나와는 상관이 없다. 우리 같은 사람들은 덕분에 아무런 걱정 없이, 지나치지 않은 한도 내에서 맥주나 마시고, 맛난 음식을 먹으며, 밤에는 안락한 잠자리에서, 코를 골며 한숨 자는 편이 머리를 쥐어짜는 편보다 낫고 시를 쓰거나 생각에 잠기는 것보다 더 낫다는 전제하에 부드럽게 코를 골면 된다. 머리를 쥐어짜면 미움을 받을 뿐이며, 의견과 견해를 밝히면 부정적인 인상을 준다. 하지만 모범적인 시민은 부정적인 인상을 주어서는 안 되고 긍정적이고 좋은 인상을 주어야만 한다. 머리를 쥐어짜는 어려운 생각들은 아무런 미련 없이 몽땅 국가 지도층에게 넘겨버리면 된다. 우리 같은 사회의 평범한 구성원, 탄탄한 모범 시민이자 소위 소시민들은 지나치지 않은 한도 내에서 맥주나 마시고 제일 좋고 맛난 음식을 먹을 수만 있다면, 그거면 됐다!

나라를 다스리는 지도층 인사들은 자신들 눈앞이 파랗게 초록으로 변하고 머리가 짜부라질 때까지 생각에 생각을 거듭하겠지. 하지만 모범 시민은 일생 동안 두통 따위와는 무관하며, 한잔의 술로 건강한 정신과 입맛을 유지할 수 있고 밤이면 부드럽게 코를 골면서 숙면을 취하게 된다. 내 이름은 이러저러하고, 언제 어디서 태어났고, 어디어디서 반듯하게 학교를 다녔으며, 의무교육을 제대로 받았고, 가끔씩 이런저런 신문이나 잡지를 읽으며, 직업은 무엇무엇이고, 어느 정도 나이를 먹었으며, 너무 많은 생각으로 머리를 쥐어짜는 일은 하지 않는다. 머리를 쥐어짜서 생각하는 일은, 그런 일에 책임을 느끼는 국가와 사회 지도층 인사들에게 기꺼이 맡겨버린다. 우리 같은 사람들은 하등의 책임감을 가질 필요가 없다. 대신 지나치지 않은 한도 내에서 맥주나 마시고 너무 많은 생각을 피한다. 대신 그렇게 참으로 특이한 오락거리는, 그런 일에 책임감을 느끼는 자들에게로 넘겨버린다. 나는 여기저기서 학교를 다녔고 그동안 이미 충분히 머리를 쥐어짜는 일을 강요당했으므로, 이후로는 두 번 다시 조금이라도 머리를 혹사시키지 않았고 그럴 만한 계기도 만들지 않았다. 나는 언제 어디서 태어났고, 이러이러한 이름을 가졌고, 그 어떤 일에도 책임이 없는데, 나 같은 사람이 나 하나뿐인 것은 결코 아니다. 나처럼 지나치지 않은 한도 내에서 맥주 한잔을 즐기고, 나처럼 적게 생각하고, 머리를 쥐어짤 일이 나처럼 적은 사람, 머리 아픈 일들은 전부 다른 이에게, 예를 들자면 국가 지도층 인사 같은 자들에게 넘겨버리는 사람들이 다행스럽게도 참으로 많다. 예리한 사고는 나처럼 조용히 살아가는 사회 구성원에게는 너무도 부적합하다. 다행스럽게도 나 혼자에게만 부적합한 것이 아니라, 나처럼 맛난 음식을 사랑하고 생각을 싫어하는 사람들, 어느어느 정도 나이를 먹은 사람들, 어디어디에서 교육을 받은 사람들, 나처럼 흠잡을 데 없는 사회 구성원들, 나처럼 모범 시민들,

그들 모두에게 예리한 생각이란 나에게와 마찬가지로 아득히 멀고도 멀 뿐이며, 더 이상 다른 말은 할 필요도 없고, 그거면 됐다!

설강화

지금 막 나는 한 통의 편지를 썼다. 죽을힘을 다해서건 아니건, 어쨌든 내가 소설을 한 편 완성했음을 알리는 내용이다. 장대한 그 원고가 당당히 행군을 기다리며 내 서랍 속에 들어 있고, 제목은 자기 자리에 적혀 있으며, 원고를 싸서 보낼 포장지도 준비되었다고. 게다가 나는 새 모자까지 하나 구입했지만 당분간은 일요일에만 쓰고 다닐 예정이다.

최근에 한 목사가 나를 찾아왔다. 나는 그가 외모에서 자신의 직업과 관련한 냄새를 전혀 풍기지 않는 점이 참 멋있고 괜찮다고 느꼈다. 목사는 문학에 재능이 있는 어떤 교사 이야기를 했다. 나는 조만간 봄의 들판을 걸어 마을학교에서 아이들을 가르치며 틈틈이 시를 쓴다는 그 사람을 찾아가보리라 마음먹었다. 숭고한 일에 열중하면서 심오한 일을 체험하며 사는 교사의 삶이 아름답고도 자연스럽다고 느껴졌다. 그는 직업적으로 이미 진지한 요소와 관련을 맺고 있는 것이다. 바로 영혼이라는 요소! 그러자 내가 그동안 몇 번이나, 정확히 몇 번인지는 기억할 수 없지만 반복해서 읽었으며 앞으로도 아마 여러 번 더 읽게 될 것이 분명한 그 놀라운 책《아우엔탈의 즐거운 교사 마리아 부츠의 일생, 일종의 전원시, 장 파울》이 생각난다. 그러니까 지금 내가 말하고자 하는 본론은, 다시 봄이 시작되었다는 것이다. 이제 곧 여기저기서 울림이 아름다운 봄의 시를 쓸 수 있으리라. 난로에 불을 지필 생각을 더는 안 해도 된다니, 이 얼마나 신나는 일인가. 두꺼운 겨울 외투는 머지않아 그 역할을 다하게 될 것이다. 그런 무거운 옷을 걸치지 않고서도 어디든지 돌아다닐 수 있게 된다면 누군들 기쁘지 않겠는가. 감사하게도 이 세상에는 모두가 한마음으로 즐겁게 동의할 수 있는 일들이 있다.

나는 설강화를 보았다. 정원에서, 그리고 시장으로 가는 한 농부 아낙네의 마차에서. 그 자리에서 당장 한 다발을 사고 싶었지만, 곧 저리도 여리고 섬세한 존재를 원하기에는 나라는 인간이 너무도 우악스럽고 투박하다는 생각이 들었다. 어여쁜 설강화는 세상 모두가 사랑하는 것의 도래를 최초로 알려오는 수줍은 사자이다. 누구나 다 봄이 오리라는 느낌을 사랑한다.

그것은 모든 이를 위한 무대이며 입장료는 단 한 푼도 들지 않는다. 우리 위로 펼쳐진 하늘과 자연은 더러운 정치를 벌이는 법 없이, 낡지도 손상되지도 않은 항상 신선한 최상의 상태인 자신의 아름다움을 우리 모두에게, 전혀 차별을 두지 않고 선사한다. 설강화여, 너희는 무슨 말을 하고 있는가? 그들은 아직도 겨울을 이야기한다. 하지만 그 안에는 봄이 깃들어 있다. 그들은 지나간 시간을 이야기하지만 그것은 당돌하고 쾌활한 새로움을 품고 있다. 그들은 추위를 이야기하지만 그것은 곧 따스함에 대한 이야기이기도 하다. 그들은 눈(雪)을 이야기하면서 동시에 초록과 파릇하게 돋는 새싹을 말한다. 그들은 이것과 저것을 동시에 이야기한다. 그들은 말한다. 아직도 그늘과 높은 산에는 눈이 많이 쌓여 있지만 양지바른 곳에는 이미 눈이 녹고 있다고. 황량함이 다 지나가려면 한참 더 남았다. 사월은 아직 너무 멀다. 그러나 소망은 결국 승리할 것이다. 따스한 온기가 세상 구석구석에 스며들 것이다.

설강화는 모든 것들을 속삭인다. 설강화는 깊은 산속 친절한 난쟁이들의 집을 찾아간 백설공주를 연상시킨다. 설강화는 장미를 연상시키는데, 그것은 그 둘이 다르기 때문이다. 세상만물은 대척점에 있는 것을 연상시킨다.

꿋꿋하게 참고 견뎌라. 좋은 날은 그다음에 오리라. 좋은 날은 항상 우리 생각보다 가까이에 있다. 인내심이 장미를 피운다. 최근에 설강화를 보았을 때, 나는 이런 훌륭한 옛 격언들이 떠올랐다.

겨울

겨울에는 안개가 퍼진다. 안개 속을 걷는 사람은 싸늘한 냉기에 질려 무의식중에 몸을 떤다. 태양이 나타나 우리에게 영광을 나누어주는 일은 무척 드물다. 만약 그런 일이 생기면 아름다운 여인이 매혹적인 자태로 등장할 때처럼 뭔가 은혜라도 받은 기분이 든다.

겨울은 추위로써 능력을 과시한다. 바라건대 모든 방에 난롯불이 타오르고 모든 이의 몸에 외투가 걸쳐지기를. 모피와 실내화가 중요해지고, 불이 매력을 되찾으며, 누구나 온기를 원하게 된다. 겨울은 긴 밤을 가지며, 짧은 낮과 앙상한 나무를 갖는다. 초록 이파리는 더는 보이지 않는다. 반면 얼어붙은 호수와 강물이 보인다. 그것은 무척 즐거운 일을 가능하게 하는데, 바로 스케이트 타기이다. 눈이 내리면 눈싸움을 할 수 있다. 특히 아이들에게 신나는 놀이이다. 하지만 어른들은 식탁에 둘러앉아 시가를 피우며 카드놀이를 하거나 심각한 대화에 더 마음을 뺏긴다. 그 밖에 많은 사람들이 좋아하는 썰매타기도 있다.

겨울에도 간혹 햇살이 눈부신 환한 날이 있다. 얼어붙은 땅바닥을 디디면 얼음 부스러지는 소리가 난다. 눈이 내린 뒤라면 온통 부드럽고 폭신한 양탄자 위를 걷는 듯하다. 눈 쌓인 풍경은 그만의 독특한 아름다움이 있다. 온 세상이 화려한 축제처럼 보인다. 크리스마스는 특히 아이들에게 가장 신나는 시기이다. 크리스마스트리가 휘황하게 불빛을 발한다. 트리의 촛불이 방 안을 경건하고도 찬란한 광채로 가득 채운다. 얼마나 가슴 두근거리는지! 전나무 가지에는 맛난 간식거리가 매달려 있다. 예를 들면 천사 모양 초콜릿, 설탕 바른 소시지, 레컬리*, 은박지에 싼 호두, 새빨간 사과. 트리를 둘러싸고 가족들이 모두 모인다. 아이들은 학교에서 배운 시를 암송한다. 부모님은 아이들에게 선물을 보여주면서 이런 말을 한다. "지금까지 그랬던 것처럼 앞으로도 계속 착하

* 꿀로 굳혀 만드는 바젤 지방의 전통 비스킷.

게 굴어야 한다." 그러면서 아이에게 입 맞추면 아이는 부모님에게 다시 답례의 입맞춤을 한다. 그러면 이 아름답고 감동스러운 자리에 모인 사람들 모두는, 아마도 잠시 동안 눈물을 흘리며 서로서로 감사의 인사를 나누는데, 왜 그러는지 자신들도 이유를 모르긴 하지만 그래야 한다고 생각하고 그러면서 다들 마냥 행복하다. 보라, 겨울의 한가운데서 사랑이 꽃피는 광경을, 환한 미소가 빛나는 광경을. 따스함과 부드러움이 은은한 광채를 발하고 모든 희망과 선량함이 너에게 미소를 보내고 있구나.

눈은 한꺼번에 몽땅 쏟아지지 않고 서서히 내린다. 눈송이들이 하나씩 하나씩 지상에 내려와 쌓이는 것이다. 파리에서는 눈송이들이 하나씩 떨어져 허공을 날아다닌다. 파리는 모스크바처럼 눈이 많이 내리지 않기 때문이다. 모스크바에서는 한때 나폴레옹이 퇴각을 시작했다. 그러는 편이 나아 보였기 때문이다. 과거 셰익스피어가 살았던 런던에도 눈이 내린다. 셰익스피어는《겨울 이야기》를 썼다. 진지함과 유머가 동시에 빛을 발하는 그 작품에는 어떤 상봉 장면이 있는데, 거기 참석한 주인공 중 한 명이 "여러 왕조에 걸쳐 풍상에 시달린 분수처럼" 그 자리에 서 있었다고 원전에 나온다.

눈이 내리는 광경은 정말 멋진 장관이 아닌가? 간혹 한번씩 눈이 크게 쏟아지는 것은 분명 나쁘지는 않을 듯하다. 몇 년 전 어느 날 저녁, 내가 베를린 프리드리히 거리에서 경험한 눈보라는 아직도 기억 속에 지워지지 않는 깊은 인상으로 남아 있다.

얼마 전에는 이런 꿈을 꾸었다. 나는 둥글고 섬세한 얼음판 위를 날고 있었다. 얼음은 유리창처럼 얇고 투명했으며 표면은 마치 유리로 된 파도 모양으로 솟아올랐다가 하강하고 있었다. 얼음판 아래서 봄의 꽃들이 자라고 있었다. 보이지 않는 수호천사의 손에 들려진 듯이 나는 이리저리 둥실 떠다녔고, 아무런 중력의 구속을 받지 않는 자유로운 움직임에 즐거워했다. 호수 한가운데 사원이 하나 있는데, 다가가 보니 그것은 사원이 아니라 식당 겸 술집이었다. 안으로 들어선 나는 커피와 케이크를 주문해서 먹고 마신 후 담배 한 개비를 피웠다. 그런 다음 밖으로 나와 조금 전의 연습을 계속하려고 하자 수면의 얼음이 깨져버렸고, 나는 반갑게 맞아주는 꽃들 사이로 깊이깊이 가라앉았다.

겨울 다음에는 언제나 봄이 기다리고 있으니, 이 얼마나 좋은 일인가.

부엉이

다 허물어진 담장에 앉아 부엉이가 혼잣말을 중얼거렸다. 오, 끔찍한 존재여. 누군가는 소스라치게 경악하며 비명을 지를 테지만 나는 조용히 견디고만 있구나. 눈을 내리깔고, 구석에 웅크린 채로. 내 안팎 전체는 회색 베일을 쓰고 축 늘어진 상태지만 머리 위에는 그래도 별이 빛나니, 그것을 알고 있다는 사실만으로도 나는 강해진다. 덥수룩한 깃털이 내 온몸을 덮고 있다. 낮에는 자고 밤에는 깨어난다. 내 모습이 어떤가 보기 위해 거울은 필요하지 않다. 그냥 느낌으로 알 수 있다. 보나마나 괴상망측한 얼굴이겠지.

다들 나를 흉하다고 한다. 환하게 미소 짓는 내 마음의 광채를 안다면 나를 보자마자 놀라서 물러서지는 않을 텐데.

하지만 그들은 내면을 보지 못하고 오직 내 겉모습, 껍데기만 볼 뿐이니까. 나도 한때는 젊고 괜찮았다고, 그렇게 말할 수도 있다. 하지만 그건 마치 지나간 과거를 그리워하는 듯이 들린다. 그런 일은 하기 싫다. 크게 성장하려고 노력했던 부엉이는 시간의 흐름과 변화를 차분하게 견뎌내면서 그 어떤 순간에도 자신으로 현존하는 법을 안다.

그들은 내게 말한다. '철학'이라고. 하지만 이른 죽음은 나중에 오는 죽음을 무효로 만든다. 죽음은 부엉이에게 전혀 새롭지 않다. 부엉이는 죽음을 잘 안다. 말하자면 나는 교양 있는 지식인이고, 안경을 썼고, 나에게 관심을 가진 사람이 있어서 종종 나를 찾아오기도 한다는 의미다. 그 사람은 나를 조화롭다고 생각한다. 그의 말로는 자신을 실망시키지 않은 유일한 존재가 바로 나라는 것이다. 그런데 나는 실망시키지 않을 뿐 아니라 매혹시키지도 않는다. 그는 나를 깊이 연구하고, 내 날개를 쓰다듬고, 종종 과자점에서 뭔가를 사오기도 한다. 그렇게 하면 아무리 진지하고 학구적인 여자라도 기뻐할 거라고 믿으면서. 그의 생각은 옳다. 나는 부엉이도 소화할 수 있을 만큼 부드럽고 감미로운 작품을 쓴 시인의 시를 읽는다. 그의 스타일은 달콤하고, 베일에 가려 어렴풋하고, 아련하며, 한마디로 말해서 나에게 맞는다. 한때 나는 사랑스러웠고, 소리 내어 웃었고, 기분이 구슬프게 가라앉는 날이면 유쾌한 농담을 했으며, 젊은 신사들의 머리를 혼란스럽게 뒤흔들었다. 이제 모든 것이 달라졌다. 나는 구멍투성이 구두를 신고, 늙었으며, 말없이 앉아 있다.

두드림

나는 엉망으로 두들겨 맞고 부서졌다. 머리가 아프다.

어제와 그저께, 그그저께도 하숙집 여주인은 두들겨댔다.

"왜 두드리는지 여쭤봐도 될까요?" 나는 그녀에게 물었다. 내 소심한 요청은 다음과 같은 답변으로 묵살되었다.

"참으로 불손하시네요."

예의를 갖춘 질문이 파렴치한 짓으로 받아들여졌다.

사람은 어디서나 요란하게 굴어야만 할 듯하다.

두드리는 일은 참으로 즐겁다. 하지만 그걸 듣는 일은 그다지 즐겁지 않다. 두드리는 사람은 두드리는 소리가 들리지 않으니까. 내 말은, 소리야 물론 들리지만 별로 신경 쓰이지는 않는다는 뜻이다. 소란을 피우는 사람에게는 소란이 흥겨운 일이다. 나도 경험이 있어서 잘 안다. 야단법석을 피우고 있으면 자신이 뭔가 썩 대담한 일을 하는 것만 같다.

두드리는 소리가 또 들린다.

아마도 양탄자를 손질하는 소리 같다. 나는 저렇듯 아무렇지도 않게 두들겨 맞으면서 단련되는 것들이 부럽다.

예전에 어느 교사가 아이들 몇몇을 무릎에 올리고 흠씬 두들겨준 적이 있다. 술집이란 어른들만 가는 곳이라고 똑똑히 일러주기 위해서였다. 나도 징계 대상이 된 무리 중 한 명이었다.

벽에 액자를 걸려면 먼저 못을 박아야 한다. 이때도 두드림이 발생한다.

"두드리는 소리가 시끄러워서 견딜 수가 없습니다."

"그건 당신 사정이지 내 사정이 아니잖아요."

"좋습니다. 그러면 찍소리 없이 짜증을 억눌러야 한단 말이군요."

"그게 뭐가 어때서요."

참으로 품위 있는 대화다. 그렇지 않은가?

탁탁! 탁탁! 귀를 틀어막고만 싶다.

나도 한때 백작의 하인으로 일하면서 페르시아 양탄자를 두드린 적이 있다. 하지만 그 소리는 풍요로운 전원풍경을 향해서 울려 퍼졌을 뿐이다.

옷이나 매트리스도 두드려야 한다.

그러니 현대 도시는 사방에서 두드리는 소리 천지이다. 불가피한 것에 화를 낸다면, 그자가 천치일 뿐이다.

"알겠습니다. 마음껏 편하게 두드리시죠."

"뭐예요, 그 말은. 비꼬는 거예요?"

"맞습니다. 약간은요."

내가 까다롭나요?

사람들은 내게 중요 작가의 소설을 유심히 보라고 한다.

나는 출판사에서 편지를 받는다.

상류층 여자들이 나를 기억하고 있다.

나는 예의범절을 알지만, 순식간에 털어내버리고 다시 그것을 챙겨든다.

간혹 나는 내가 기이하고 낯설다.

의사들은 나에게, 정말로 나를 돌봐주는 사람이 아무도 없는지 지대한 관심을 가지고 묻는다. 그런 상황이 마치 비정상적이기라도 한 것처럼.

모두가 나를 무시한다는 사실을 이제 곧 나 스스로도 믿게 된다. 그런데 그게 뭐가 문제란 말인가. 그럴수록 나는 더욱 심도 깊게 '살아'왔는데.

매일 정오가 되면 점심식사로 '나의' 신문을 읽는다. 이 사실이 나에게 자기 이야기도 좀 해달라고 간청한다. 나에게 자신을 알려달라고 사정할 사람이 달리 누가 있겠는가?

내가 뭔가를 '완전히 잊었'던가?

내 거주지를 또다시 옮겼다. 언제 다시 프랑스어 책을 읽을 수 있을까? 너무 그립다.

'교양'이란 도대체 무슨 뜻인가? 나는 왜 도대체 혼자서 이런 질문들을 떠올리는 걸까?

방을 구하는 일련의 행위를 나는 좋아한다. 그런 계기가 아니라면 절대로 구경할 일이 없을 다른 사람들의 집 내부를 들여다볼 수가 있다.

예를 들어 나는 적당한 작업실 겸 주거공간을 찾아다니다가 바로크시대의 저택 내부를 구경한 적도 있다. 복도 양옆으로는 오래된 그림이 가득 걸려 있었다.

당연히 나는 예나 지금이나 다락방에 지대한 관심이 있다. 그 밖에도 내 관심사는 아주 다양하다.

조만간 나는 정중한 태도로 생계를 위한 일자리를 구하러 다닐 것인가? 이런 의문도 심각하게 든다.

가난한 가족의 집에서 아주 마음에 드는 방을 발견했는데 아쉽게도 난방이 안 되었다. 작은 창밖으로 펼쳐지는 자연풍경은 보자마자 당장 마음에 들었다. 사실 그 방은 곁에 딸린 창고로나 쓸 수 있는 수준이었다.

방을 둘러보면서 동시에 나는 여주인도 세심하게 관찰했다. 경우에 따라서 그녀가 나에게 좀 더 '친밀한' 관심을 불러일으키게 될지 소망해본 것이다.

창밖으로는 약간 떨어진 언덕 위에 국민영양연구소 건물이 내다보였다. 경제적 현안을 연구하는 곳이다. 그 아름다운 건물에는 예전에 어떤 문예학 교수가 살았다. 누군가에게서 그렇게 들었던 기억이 났다. 내가 아는 한 여자가 거기서 관리인으로 일했다. 그녀를 알게 된 것은 그녀가 하숙집을 운영할 때였다.

"이 책상은 너무 작군요. 나는 글을 많이 쓰기 때문에 공간이 더 필요한데요." 나는 하숙집 여주인의 외모를 아주 세밀하게 관찰한 다음 이런 말과 함께 작별인사를 하고 그곳을 떠났다.

그다음으로 어둡긴 하지만 따스한 뒷마당의 방을 보았다. 방을 보여준 여자에게 나는 말했다. "아마 이곳으로 돌아올 것 같군요. 화살이 지금 제 몸을 관통했거든요."

"세상에! 그게 무슨 소린가요? 화살이라니, 무슨 화살 말인가요?" 깜짝 놀란 여자가 물었다.

"사랑의 화살요." 나는 태연한 어조로 내뱉듯이, 화살 따위는 신경 쓰지도 않는다는 듯이 대꾸했다.

"세상에는 매정한 여자들도 많아요." 이렇게 대꾸하는 여자에게 나는 다시 말했다. "누구나 다 자기 일에만 신경 쓰는 법이니까요."

그리고 나는 떠났다. 참으로 기이하면서 내게는 무척 중요해 보이는 질문이 나를 사로잡았다. "교양이란 무엇으로 이루어졌는가? 그리고 두 번째 질문, 가장 중요하다고 생각되는 질문도 머리에서 떠나지 않았는데, 그것은 말하자면 인민의 의미에 대한 것이었다. 이 문제들을 어떻게 해결할 수 있을까?

그리고 이 의사, 다른 일을 하면서 재빠르게 슬쩍 나를 약간 '보살펴'주었던 의사가 나에게 읽으라고 준 책이 내 책상을 자신의 존재로 위엄 있게 장식한다.

그리고 어느 가게에서 나를 뚫어져라 쳐다보았던 '그 아름다운 여인'. 마치 시선으로 "당신을 알아요. 조심하세요!"라고 말하듯이.

그녀의 얼굴은 선이 고우면서 참으로 어여뻤고 뿐만 아니라 발도 아주 고왔다. 사연은 이러했다. 나는 가게에 앉아서 무언가를 기다리고 있었다. 그때 나는 그 여인이 나를 어디에선가 이미 보았을 거라고, 그래서 나를 여기서 다시 알아본 것이며 나에 대해 뭔가 구체적인 생각을 하고 있다고 여겼다. 물론 이 모두는 내가 제멋대로 상상한 착각일 수도 있다. 사람이란 좋아하는 일에 대해서라면 흔히 착각하기 마련이니까.

이른 아침이면 우리가 사는 다정한 이 도시는 일을 하러 가는 어여쁜 젊은 여인들로 넘친다.

내 상황은 점차로 '심각해'지고 있다. 나도 잘 안다.

나는 소설을 한 편 쓰려고 생각했다. 당연히 심리적인 내용이 될 것이며 그 안에서 생명의 문제를 다루려고 한다.

작가이기도 한 교사에게서 매우 예리하면서 사려 깊은 편지를 두 통 받았다.

오, 내 생활의 모든 영역에 빈틈없이 퍼져 있는 느림 속의 재빠름이여, 그에 반하여 내 광범위한 근면함을 온통 장악한 나태함이여.

진정 나는 이제껏 단 한 번도 자각하지 못한 '인민의 자식'일까? 이 얼마나 소름 끼치는 일인가!

그러나 나는 언제나 황금의 상태에서 둥둥 떠다닌다. 그 말은 겸손하게 표현하자면 자신감이 있다는 뜻이다. 다른 이들은 항상 그렇지는 않다. 예를 들면 방을 구하러 갔던 집의 매우 친절했던 여주인.

방은 참으로 마음에 들었다. 햇빛이 환하게 들었고 무척 밝았다. 나는 방을 보자마자 생각했다. '여기서 살고 싶다.' 세면대는 새것으로 눈처럼 새하얗고, 편안해 보이는 낮잠의자는 필요에 따라 다른 용도로 사용할 수 있을 것 같았다.

"이 방은 진정 한 편의 시와 같군요, 친애하는 부인." 나는 여주인에게 말했다. "내 마음은 이미 이곳에 자리를 잡고 들어앉아버렸습니다."

그녀는 대답했다. "이런 말을 하게 되어 나도 죄송하고 당신에게도 분명 유감이겠지만, 그래도 지금 이 자리에서 당장 결정할 수는 없답니다. 당신은 무척 까다로운 사람 같아요. 맞죠?"

나는 대답했다. "네, 맞습니다."

"그럴 것 같아서 하는 말인데 생각할 시간을 조금만 주셨으면 해요. 나중에 전화 주세요. 그래 주실 거죠? 그때 답을 드릴게요."

나는 경이로운 방과 작별을 고했다. 그때 생각을 하면 지금도 웃음이 터져 나올 지경이다. 어떻게든 도망칠 시간을 벌어보려고 애쓰던 그 여인.

지금 나로 말할 것 같으면, 매우 번듯하고 심지어 꽤 세련된 곳에서 살고 있다. 주변환경도 아주 흡족하다. 사람은 어떤 장소에서라도 거의 대부분 문제없이 살 수 있다는 것이 내 생각이다. 게다가 상업계의 어떤 중요인물이 나를 아는 사람, 나를 존중해주는 누군가에게 내 하찮음에 대해 문의했고, 내 짐작에 여주인은 기대하던 답변을 얻었을 거라고 생각한다.

아직은 나도 뭔가를 도모해볼 가능성이 있다고 믿는다. 덧붙이고 싶은 말은, 한 여배우가 편지를 보내왔는데 그녀는 우울한 기분으로 집에 왔다가 나를 생각하자 마음이 밝아졌다고, 그렇게 썼다.

파리의 신문

권력의 향기가 물씬 풍기는 파리 신문들을 읽은 이후로 나도 따라서 고상해지는 바람에, 인사를 받아도 답례를 하지 않고 그런 자신에게 놀라지도 않는다. 한 손에 〈탕〉을 들고 있으면 덩달아 얼마나 우아한 존재가 된 느낌인지. 그러면 원칙대로 반듯하게 사는 사람들 따위는 거들떠보지도 않게 된다. 파리 신문을 보면 연극이 필요 없다.

심지어 최고급 레스토랑도 더 이상 자발적으로 들어가지 않는다. 그 정도로 까다로워진 것이다. 맥주도 더 이상 한 모금도 마시지 않는다. 내 귀는 우아한 프랑스어만을 허용한다. 진정한 숙녀인 어느 부인을 숭배한 적도 있었다. 그런데 요즘은 그녀가 뭔가 좀 엉성하다고 생각한다. 〈피가로〉 때문에 눈이 너무 높아져버린 탓이다. 또 〈마탱〉은 나를 반쯤 바보로 만들지 않았던가? 위기의 시대인 오늘날 내 동료들이 글을 쓰느라 피곤에 지쳐 있을 때, 나는 파리 신문들 덕분에 오만방자해졌다. 파리 여행을 계획했으나 그건 이미 이루어진 것이나 다름없다. 신문을 읽으면서 프랑스의 수도 파리를 속속들이 다 알아버렸으니까. 품위 있는 사람들과의 사교는 참으로 멋지다. 승자들의 신문은 최고 수준의 인간관계를 만들어준다. 나는 독일어 인쇄물은 쳐다보지도 않는다. 독일어를 읽는 법조차 잊어버렸다. 그렇다고 한들 무슨 손해가 있겠는가?

툰의 클라이스트*

클라이스트는 툰 인근의 아래 섬에 있는 한 농가에 하숙을 정했다. 백년 이상의 시간이 흘렀으므로 자세히는 알 수 없지만, 지금 내가 상상해보건대 10여 미터 되는 조그만 다리를 건넌 다음 초인종이 매달린 밧줄을 잡아당겼을 것이다. 그리고 집 안에서 누군가가 도마뱀처럼 계단을 기어 내려와 방문객을 확인하려 문을 열었을 것이다. “방을 빌릴 수 있습니까?” 결론만 짧게 말하자면, 클라이스트는 놀라울 만큼 싼 가격에 넘겨받은 이 집의 방 세 개에서 편안히 지낼 수 있었다. “매력적인 한 베른 소녀가 살림살이를 맡아 해준다.” 아

* 하인리히 폰 클라이스트. 19세기 독일의 극작가이자 소설가.

름다운 시, 어린아이, 영웅적인 행위, 이 세 가지가 그의 눈 앞에서 어른거린다. 그런데 그는 몸이 좀 아프다. "도대체 뭐가 문제인 거지, 뭐가 문제냐고? 이곳은 참으로 아름답기만 한데."

당연히 그는 글을 쓴다. 가끔씩은 마차를 타고 베른으로 나가서 문인 친구들을 만나 작품을 낭독한다. 당연히 사람들은 그를 엄청나게 칭송하지만 그의 글에 나오는 인물들 전부를 약간은 기이하다고 느낀다. 《깨어진 항아리》가 쓰였다. 그런데 도대체 그게 어떻단 말인가? 봄이 되었다. 툰을 둘러싼 풀밭은 꽃들로 뒤덮여 천지는 꽃향기로 가득하고, 벌들은 잉잉대며 사방으로 움직이고 소리를 내고 느긋하게 빈둥댄다. 햇빛 아래는 미쳐버릴 듯이 뜨겁다. 글을 쓰기 위해 책상에 앉아 있으면 붉게 이글거리며 감각을 마비시키는 열기가 머리끝까지 솟구친다. 클라이스트는 자신의 작업을 저주한다. 스위스로 왔을 때 그는 원래 농부가 되고 싶었다. 멋진 생각이었다. 포츠담에서는 뭐든 다 쉽게 생각된다. 시인이란 원래 그런 생각은 쉽게 잘하는 법이다. 그는 자주 창가에 앉는다.

내 생각으로는 아침 10시경. 그는 혼자다. 그는 목소리를 들었으면 하고 바란다. 그런데 어떤 목소리? 하나의 손, 그리고? 하나의 육체, 무엇을 위한? 백색의 향기가 베일처럼 온 천지에 드리운 대기 어딘가에 비현실적인 마법의 산들에 둘러싸인 고독한 호수가 있다. 불안의 느낌으로 눈부시게 번득이면서. 물을 제외한 대지 전체가 온통 그야말로 정원이다. 아치형 다리와 테라스에서 진한 향기를 풍기며 아래로 늘어진 꽃들이 푸르스름한 허공 여기저기에 매달린 채 흔들리는 것만 같다. 충만한 빛과 태양 아래서 새들의 희미한 노랫소리가 들려온다. 새들은 황홀한 취기에 싸였으며, 졸린 상태이다.

클라이스트는 팔꿈치에 머리를 괴고 풍경을 오래오래 바라보면서 자기 자신을 잊으려 한다. 머나먼 북쪽 고향이 떠오른다. 어머니의 얼굴이 눈앞에 또렷해지며 늙은 목소리가 들리는 듯하여, 그는 욕설을 내뱉고 벌떡 일어서서 집을 나와 정원으로 내달린다. 작은 배에 올라타고 아침의 호수 한가운데로 저어 나간다. 태양의 입맞춤은 이 세상 유일의, 줄어들지도 사라지지도 않는 입맞춤이다. 움직임 없는 공기. 아주 약한 미풍조차 없다. 산들은 능숙한 화가가 그린 무대장치처럼 보인다. 어쩌면 이 지역 전체는 그저 앨범일 뿐이고, 산들은 앨범의 여주인이 추억을 기념하기 위해 세련된 아마추어의 솜씨를 발휘하여 시구와 더불어 빈 공간에 그려

넣은 스케치가 아닐까. 이 앨범의 표지는 연한 초록빛이다. 그것이 맞다. 호숫가에 가까운 산줄기들은 그렇게 절반 정도는 초록빛이고, 그렇게 높고, 그렇게 흐릿하고, 그렇게 엷은 안개에 싸여 있다. 라, 라, 라. 그는 옷을 벗고 물속으로 들어간다. 이름도 없이 얼마나 아름다운가. 그는 헤엄치면서 호숫가를 산책하는 여인들의 웃음소리를 듣는다. 배는 초록빛과 푸른빛이 어우러진 수면을 느리게 배회한다. 자연은 단 하나뿐인 위대한 어루만짐이다. 환희를 주고, 동시에 고통을 주는.

때때로, 특히 날씨가 좋은 저녁이면 이곳은 마치 세상의 끝과도 같다. 알프스의 봉우리들은 드높이 위치한 천국의 오를 수 없는 입구처럼 보인다. 자신의 작은 섬으로 간 그는 한 걸음 한 걸음 굴곡진 길을 걸어간다. 집안일을 돕는 소녀가 덤불에 빨래를 널고 있고, 노랗게, 병자처럼 해쓱하고 아름다운 광선이 음악의 선율이 되어 덤불 사이를 어른거린다. 눈 덮인 산의 낯빛은 지극히 창백하며 아무도 건드릴 수 없는 최후의 아름다움으로 충만하다. 갈대 사이를 헤엄치는 백조들은 저녁빛 속에서 신비하고 아름답다. 대기는 병들었다. 클라이스트는 잔인한 전장으로, 살육의 도가니로 배치받기를 원한다. 그는 스스로를 처량한 잉여자인 양 느낀다.

그는 산책을 한다. 왜, 그는 미소 띤 얼굴로 스스로에게 질문한다. 할 일이 없고 충돌할 사람도 없고 집어 던질 것도 없는 이가 왜 하필이면 그 자신이란 말인가? 그는 자신의 내면에서 습기와 힘이 조용히 통곡하는 소리를 듣는다. 그의 영혼은 육체를 혹사하고 싶은 갈망으로 떨린다. 그는 진초록빛 담쟁이가 맹렬하게 엉켜 있는 오래된 회색빛 높은 돌담 사이를 걸어 성이 있는 언덕으로 올라간다. 드높이 자리한 창들마다 저녁빛이 영롱하게 반사된다. 위쪽 바위절벽의 가장자리에 정자가 있다. 그는 거기 앉아서, 성스럽게 반짝이는 고요한 풍경 속으로 자신의 영혼을 내던진다. 만약 그가 편안함을 느낄 수 있다면 스스로 무척 놀랄 일이다. 신문이라도 읽을까? 그러면 어떨까? 존경받는 바보 관리를 하나 골라 한심한 정치 얘기나 공익 관련 대화를 해볼까? 그렇다, 그는 불행하지 않다. 쓸쓸할 수 있는 자야말로 행복하다고, 그는 남몰래 생각한다. 당연하고도 힘차게, 쓸쓸한 자는. 그에게는 선천적으로 타고난 미세한 뉘앙스가 있어서 주변을 그늘지게 만들어버린다. 그는 지나치게 민감하고 조심스럽게 불신이 가득하며 결단력이 없어서 끝내 불행할 수밖에 없다. 그는 비명을 지르고 울고 싶다. 하늘에 계신 신이여, 도대체 나는 왜 이런 건가요, 그는 어둠이 깔리기 시작한 언덕길을 빠르게 달려 내려간다. 밤은 그를 기분 좋게 만든다. 방에 도착하여 책상에 앉은 그는 광폭한 기세로 일하려고 마음먹는다. 램프의 불빛은 그가 머무는 지역의 이미지를 거두어가고 그의 머리를 맑게 만든다. 이제 그는 글을 쓴다.

비가 내리는 날이면 무서울 만큼 춥고 공허하다. 이 지역은 그를 덜덜 떨게 만든다. 애처롭게 우는 초록의 수풀은 태양빛을 그리워하며 빗방울을 떨어뜨린다. 더러운 빛깔의 으스스한 구름이, 이마를 건드리는 거대하고 건방진 치명적인 손처럼 산머리를 스친다. 날씨 앞에 납작 엎드려 기어 다니는 듯 보이는 대지는 저절로 움츠러들려는 형국이다. 호수는 엄격하고 침침하며, 물결은 사악한 말을 뱉어낸다. 소름끼치는 경고처럼 사나운 바람이 휘몰아쳐 와서 그 어디로도 되돌아가지 못한다. 바람은 산 절벽에서 산 절벽으로 울려 퍼진다. 날은 어둡고, 세상은 작고도 작다. 모든 것이 바로 코앞에서 보인다. 통나무라도 집어 들고 사방으로 난동을 부리고 싶다. 꺼져버려, 꺼지라고.

그리고 다시 태양이 나온다. 일요일이다. 종소리가 들린다. 높은 언덕 위의 교회당에서 사람들이 나온다. 가슴을 동여맨, 은장식이 달린 좁다란 검은 보디스 차림의 소녀와 여인들, 소박하고 근엄하게 차려입은 남자들. 손에는 기도서를 들고, 표정은 모든 근심이 씻겨나간 듯 평안하고 아름다우니 걱정과 불화로 인한 주름은 펴지고 모든 힘겨움을 잊었다. 그리고 종소리. 울려 퍼지고 반향과 파장으로 펄쩍 뛰어오르는 소리. 일요일의 햇살 속에 잠긴 작은 도시 전체가 반짝이고 환하게 빛나고 푸르게 물든 가운데 울려 퍼지는 종소리. 사람들은 여기저기 흩어진다. 기묘한 감정에 사로잡힌 클라이스트는 교회 앞 계단에 서서 내려가는 사람들의 뒷모습을 응시한다. 많은 농부들이 높은 신분과 자유로움에 익숙한 타고난 공주와 같은 자세로 계단을 내려가고 있다. 잘생기고 힘이 넘쳐나는 시골 청년들, 그런데 평지 시골이 아니라, 편평한 대지의 청년들이 아니라, 믿기 힘든 모양으로 산속 깊숙이 파고들어간, 많은 경우 마치 비정상적으로 기다란 괴물 인간의 팔처럼 좁다란 계곡이 배출한 청년들. 그들은 산의 청년들이고, 그들의 경작지와 들판은 깊은 함몰을 향해 꺼진 위태로운 비탈에 위치하며, 그들의 빈약한 평지에는 향기롭고 열기 가득한 풀들이 소름 끼치게 까마득한 심연 바로 가장자리에서 자라난다. 그리고 아랫마을의 널찍한 길 위에 선 자가 저런 가파른 곳에서 과연 사람이 살 수 있나 하는 생각에 위를 올려다보면, 주근깨처럼 목장에 바싹 달라붙어 있는 그들의 집이 보인다.

클라이스트는 일요일을 좋아한다. 그리고 푸른 앞치마와 농부 아낙네들의 의상이 온갖 것들과 함께 길거리와 골목길을 가득 메우는 장날도 좋아한다. 그곳 골목길에는 인도 가장자리나 아치형 석조지붕 아래나 가벼운 가판대 아래에 물건들이 그득하게 쌓인다. 상인들은 농부 특유의 아첨 섞인 태도로 호객을 하며 자신들의 값싼 귀중품들을 살 고객을 소리쳐 부른다. 그런 장날에는 대개 태양빛도 가장 밝고, 가장 덥고, 가장 눅눅하기 마련이다. 클라이스트는 각양각색의 유쾌한 인파 속에서 이리저리 떠밀리며 돌아다닌다. 사방에 진한 치즈 냄새가 진동한다. 어느 정도 괜찮아 보이는 상점으로 매우 진중한 인상의, 가끔은 예쁜 시골 여인들이 물건을 사려고 조심스럽게 들어선다. 입에 담배파이프를 문 남자들이 많다. 돼지와 송아지, 암소를 끌고 지나간다. 한 남자가 서서 크게 웃으며 분홍색 새끼돼지를 막대기로 때리면서 몰고 있다. 돼지는 움직이려 하지 않는다. 그러자 남자는 새끼돼지를 팔에 끼어 들고 가버린다. 사람들의 체취가 옷을 뚫고 풍겨 나온다. 여관 겸 식당에서는 춤추고 먹고 마시는 소음이 흘러나온다. 자유를 만끽하는 그 소음과 소리들! 종종 마차가 통과하지 못하는 일도 생긴다. 말들은 물건을 거래하고 잡담을 나누는 사람들에게 둘러싸인다. 번득이는 햇살은 온갖 물건들과 얼굴과 수건과 바구니, 그리고 상품들 위를 정통으로 비춘다. 모든 것이 움직이고 있으니, 태양광선의 번득임 또한 당연하게도 아름답게 어우러지며 끊임없이 움직인다. 클라이스트는 기도하고 싶다. 그는 이런 인간들의 왕성한 활동이 그 어떤 음악보다도 아름다우며 그 어떤 영혼보다 고귀하다고 생각한다. 그는 골목길로 내려가는 층계참에 앉고 싶다. 그는 계속해서 계단을 내려가, 치마를 높이 걷어 올린 여자들 곁을 지나, 그림 속 항아리를 이고 가는 이탈리아 여자들처럼 머리에 바구니를 얹고 흔들림 없이 귀족적인 자태로 걷는 소녀들을 지나, 큰 소리로 떠들어대는 남자들 곁을 지나, 주정꾼을 지나, 경찰관을 지나, 어린 사내아이 특유의 장난을 벌이며 돌아다니는 학생들을 지나, 서늘한 냄새를 풍기는 그늘진 장소를 지나, 밧줄과 지팡이, 음식들 곁을 지나, 가짜 귀금속류를 지나, 주둥이와 코와 모자와 말들, 베일과 침대시트와 모직양말과 소시지와 공 모양의 버터와 치즈조각을 지나, 혼잡한 군중들을 벗어나 아래 다리의 난간에 기대서서 도도하게 흘러가는 짙푸른 강물을 내려다본다. 그의 머리 위에는 성의 탑들이 갈색빛 도는 불꽃이 되어 번쩍이며 넘실댄다. 이곳은 절반쯤은 이탈리아다.

평일에는 때때로 도시 전체가 태양과 고요의 마법에 걸린 듯하다. 그는 희게 반짝이는 벽에 날카로운 모서리의 활자로 연도가 적힌, 기이한 낡은 시청 건물 앞에 말없이 서 있다. 이처럼 모든 것이 버려졌다. 사람들의 기억에서 사라진 오래된 민요의 가락처럼. 삶은 거의 없다, 아니 완전히 없다. 그는 판자로 덮인 계단을 걸어 과거 백작의 소유였던 성으로 올라간다. 판자에서는 오랜 세월의 냄새, 이미 이 계단을 딛고 앞서간 자들의 운명의 냄새가 난다. 위로 올라간 그는 전망을 감상할 생각으로 살짝 휘어진 널찍한 초록색 벤치에 앉는다. 하지만 그는 눈을 감는다. 그러자 놀랍게도 모든 것이 잠에 취한 듯, 먼지에 싸인 듯, 활기 없이 희부옇게 보인다. 바로 곁에 있는 사물도 아주 먼 곳, 흰 베일로 덮인 아득한 꿈속에서 어른거리는 듯 보인다. 모든 것이 뜨거운 구름에 휩싸여 있다. 여름, 그런데 도대체 어떤 여름인가? 나는 살아 있지 않다, 그는 외친다. 눈을, 손을, 다리를, 그리고 호흡을 어디로 향해야 할지 그는 알지 못한다. 꿈. 아무것도 없는. 나는 꿈을 원하지 않는다. 마침내 그는 중얼거린다, 나는 너무도 고독하게 살고 있구나. 자신이 이 세상을 얼마나 무감각한 태도로 살아가는지를 느끼자, 그는 온몸에 소름이 돋는다.

그리고 여름 저녁이 다가온다. 클라이스트는 높은 교회 담장 위에 앉아 있다. 대기 중에는 습기가 가득하고 견딜 수 없을 정도로 후텁지근하다. 그는 셔츠 단추를 열어서 가슴을 드러낸다. 노랗고 불그스름하게 반짝이는 호수가 막강한 신의 손에 의해 심연으로 내동댕이쳐진 것처럼 저 아래쪽에 놓여 있다. 밑바닥에서부터 용솟음쳐 올라오는 광채로 호수 전체가 뜨겁게 이글거린다. 호수는 활활 불타고 있다. 알프스의 산들이 살아나 환상의 동작으로 이마를 물속에 담근다. 그의 백조들은 아래쪽 그의 고요한 섬 주변을 빙빙 돌고, 어둡고 향기로운 열락에 잠긴 나무들의 우듬지가 노래하듯 상층부를 부유한다. 무엇의 상층부를? 아무것도 아니다, 아무것도 아니다. 클라이스트는 그 모든 것을 마신다. 그에게는 어둡게 반짝이는 호수 전체가 알려지지 않은 어느 잠자는 키 큰 여인의 몸 위에 걸쳐진 장신구이다. 보리수와 전나무, 꽃들의 향기가 난다. 아주 조용하고, 거의 알아차리기 힘든 작은 방울소리가 나고, 그는 그것을 듣는다. 그리고 보기도 한다. 그것은 새롭다. 그는 포착할 수 없는 것, 불가해한 것을 원한다. 호수 아래쪽에서 보트 한 대가 흔들린다. 클라이스트는 그것을 보지 못한다. 하지만 보트에 실린 램프가 이리저리 흔들리는 것은 본다. 그는 여전히 앉아 있다. 마치 아름다운 심연이라는 죽음의 이미지 속으로 뛰어들 준비가 된 사람처럼 상체를 앞으로 수그린 채. 그는 단지 눈동자만을 갖기 원한다. 단 한 개의 눈동자만을 원한다. 아니, 그게 아니다, 전혀 아니다. 공기는 다리가 되어야 한다. 이 전체 풍경의 이미지는 하나의 등받이, 몸을 기대기 위한 등받이다. 관능적이고 황홀하며 피곤에 지친. 밤이 되었지만 아직은 내려갈 생각이 없다. 그는 덤불 아래 숨겨진 무덤을 향해 몸을 던진다. 박쥐들이 그의 주변을 어지럽게 난다. 뾰쪽한 나무들이 조용히 불어오는 실바람 줄기를 타고 속삭인다. 죽은 자들의 해골이 누워 있는 무덤 위 풀의 향기가 짙디짙다. 그는 고통스러울 만큼 행복하다. 너무도 행복하여 숨이 막힐 듯이, 바싹 말라버릴 듯이 고통스럽다. 그렇게 외롭다. 죽은 자들이 살아나 이 고독한 남자와 반시간 정도만 대화를 나눠준다면 좋을 텐데. 여름밤에는 연인이 있어야 한다. 하얗게 빛나는 젖가슴과 입술을 생각하며 클라이스트는 서둘러 언덕을 내려온다. 호숫가로 달려가 그대로 물속으로 돌진한다. 옷을 입은 채로, 큰 소리로 웃으면서, 눈물을 흘리면서.

몇 주일이 흐른다. 클라이스트는 원고를, 한 편, 두 편, 세 편의 원고를 찢어버린다. 그는 최고의 걸작을 원한다. 훌륭하고도 훌륭한 것을. 그건 어떤가. 잘 모르겠다고? 휴지통 속으로. 더 새로운 것, 더 격렬한 것, 더 아름다운 것을. 그는 젬파하 전투를 소재로 삼고, 오스트리아의 레오폴트 대공을 중심인물로 잡는다. 대공의 기이한 운명이 그를 매혹시킨다. 그러다보니 로베르 기스카르가 생각난다. 그는 기스카르를 뛰어난 인물로 그려내고 싶다. 합리적인 이성으로 충분히 고려할 줄 아는, 단순한 감정의 소유자라는 것은 얼마나 큰 행운인가. 그는 산산이 부서진 바윗덩이가 요란한 굉음을 울리면서 자신의 삶의 절벽에서 굴러 떨어지는 모습을 본다. 그는 나서서 돕는다. 이제 운명은 결정되었다. 그는 시인의 불운에 전 생애를 온전히 맡기고자 한다. 이것이 최고다. 나는 최대한 빠른 속도로 나락으로 떨어지겠다!

그의 작품이 그를 향해 얼굴을 일그러뜨린다. 이것은 실패다. 가을이 될 무렵 클라이스트는 병에 걸린다. 그는 자신의 몸 위로 덮이는 부드러움이 경이롭다. 그를 집으로 데려가려고 누이가 툰으로 왔다. 뺨에는 깊은 구덩이가 패었다. 얼굴에는 영혼을 갈가리 물어뜯긴 자의 표정과 색채가 완연하다. 눈동자는 그 위의 눈썹과 마찬가지로 생명의 기운이 하나도 없다. 끝이 뾰쪽한 덩어리로 뭉친 머리카락이 수많은 생각으로 일그러진 이마 위로 흘러내렸다. 그런 생각들이 자신을 더러운 지옥 구덩이로 끌고 갔다고, 그는 스스로 믿고 있다. 머릿속에서 울리는 시는 이제 까마귀들의 요란한 까옥거림인 것만 같으니, 그는 자신의 모든 기억을 말끔히 잡아 뽑고만 싶다. 삶을 송두리째 털어내고 싶다. 하지만 그 전에 우선 삶의 껍데기부터 부서뜨렸으면 좋겠다. 그의 분노는 그의 고통이며, 그의 조소는 그의 비탄이다. 도대체 뭐가 문제인 거냐, 하인리히. 누이가 그를 쓰다듬는다. 아무것도 아니야, 아무것도 아니야. 무엇이 문제인지 말을 해야 한다는 것이 궁극적인 문제이다. 그의 원고는 부모에게서 야비하게 버림받은 아이처럼 방바닥에 놓여 있다. 그는 누이에게 손을 내밀고, 그녀를 오래오래 아무 말 없이 바라보는 것으로 만족한다. 표정 없이 멍한 시선이다. 누이는 전율한다.

그리고 그들을 떠난다. 클라이스트의 살림을 돌봐주던 소녀는 그들에게 adieu(안녕)를 말한다. 눈부신 가을 아침이다. 마차는 다리 위를 지나고, 사람들을 지나고, 거칠게 포장된 골목길을 지나고, 사람들은 창밖을 내다보며, 하늘에는, 나무 아래에는 온통 노랗게 변한 이파리들, 모든 것은 깨끗하고, 가을의 분위기, 그리고 또 무엇이 있나? 마부의 입에는 파이프가 물려 있다. 모든 것이 평소와 같다. 클라이스트는 마차 한구석에 웅크리고 앉아 있다. 툰 성의 탑들이 언덕 뒤편으로 사라진다. 나중에 아주 멀리 떨어진 곳에서 클라이스트의 누이는 다시 한 번 더 아름다운 호수를 본다. 날이 조금

싸늘하다. 집들이 나타난다. 순식간에. 이런 산악 지방에 저토록 고급스러운 별장이라니? 계속 앞으로. 모든 풍경이 빠르게 날아서 시선을 스치며 뒤쪽으로 가라앉아버린다. 모든 것이 춤추고, 회전하고, 그리고 사라진다. 이미 많은 것들이 가을의 베일에 싸여 있다. 구름 사이로 약간의 태양빛이 스며 나오자 모든 사물은 일제히 살짝 황금빛으로 물든다. 이처럼 반짝이는 황금을 더러운 진창에서만 발견할 수 있다니. 높은 언덕, 바위절벽, 계곡, 교회, 마을, 입을 벌린 구경꾼, 아이들, 나무, 바람, 구름, 그래서 뭐? 이것들이 뭐가 특별한가? 내던져버려도 좋은 그저 그런 평범함이 아닌가? 클라이스트는 아무것도 보지 않는다. 그는 구름과 이미지를 꿈꾸며 사랑에 겨운, 조심스럽게 쓰다듬는 인간의 손을 꿈꾼다. 좀 어떠냐고 누이가 묻는다. 클라이스트는 입술을 비틀어 누이에게 약간이나마 미소를 지어 보이고자 한다. 어느 정도는 성공한다. 하지만 무척 힘들게. 미소를 짓는 일이 입술에 얹힌 거대한 바윗덩이를 밀쳐내는 것처럼 힘들다.

누이는 용기를 내어 앞으로의 실제적인 활동에 대해서 말을 꺼낸다. 그는 고개를 끄덕인다. 그도 수긍하고 있다. 음률과도 같은 환한 광선이 그의 감각을 둘러싸고 가물거린다. 솔직히 말하자면, 그는 지금 아주 상태가 좋다. 물론 아프지만 동시에 편안하기도 하다. 조금 고통스러운 건 분명 사실이다. 하지만 가슴은 아니고, 그렇다고 폐도 아니고, 머리도 아니다. 뭐라고, 정말? 아무 데도 안 아프다고? 아프긴 해, 약간은, 어딘가 분명 아픈 것 같아, 단지 분명히 어디라고 짚어서 말하기가 어려운 거지. 이것은 곧 더는 말해봐야 의미가 없다는 뜻이다. 그는 뭔가 말을 하고, 그러다보면 어린아이처럼 마냥 들뜬 행복감을 느끼는 순간이 오고, 그러면 누이의 얼굴은 곧바로 엄격하게 꾸짖는 표정으로 바뀐다. 그가 삶을 너무 가볍게 장난치듯이 살고 있음을 조금이라도 일깨워주려는 목적이다. 누이는 클라이스트 집안의 딸이며, 동생이 항상 집어치우고 싶어 했던 그런 교육을 기꺼이 즐겼다. 물론 누이는 동생의 건강이 나아졌다니 기쁘기 그지없다. 계속 앞으로. 이것은 마차 여행이므로. 종국에는 우편마차가 달려가게 해주어야만 한다. 그리고 최후의 순간에 우리는 이렇게 말하는 것을 스스로에게 용인한다. 클라이스트가 살았던 집 앞에 대리석 현판이 걸리고 어떤 사람이 여기 살면서 글을 썼노라고 알리는 글귀가 적힌다고. 알프스를 구경하러 온 관광객들은 그것을 읽는다. 툰의 아이들은 그것을 읽고, 암호와 같은 철자를 한 자 한 자 뜯어보고, 그리고 눈동자에 의문을 담은 채 서로 마주 본다. 유대인도 읽을 수 있고 기독

교인도 읽을 수 있다. 시간만 있다면 가능하다. 타야 할 기차가 당장 떠나려는 참이 아니라면 말이다. 터키인도 읽을 수 있고, 관심만 있다면 심지어 제비도 읽을 수 있다. 물론 나도, 나도 지나가면서 한 번씩 얼마든지 읽을 수 있다. 툰은 베른 고지대로 들어가는 초입에 있으며 매년 수천 명의 외지인이 찾는다. 나는 그 지역을 조금은 안다고 할 수 있다. 거기 있는 양조 주식회사 직원으로 일했기 때문이다. 그곳은 내가 이 글에서 묘사한 것보다 훨씬 더 아름답다. 호수는 두 배나 더 푸르고, 하늘은 세 배나 더 아름답다. 툰에서는 산업 박람회도 열렸다. 언제인지는 잘 모르겠다. 아마도 4년 전일 것이다.

신경과민

이미 나는 너덜너덜해지고, 사정없이 찔리고, 으깨지고, 짓밟히고, 구멍투성이가 되었다. 절구가 나를 자근자근 짓이겼다. 그래서 벌써 약간은 가루로 부스러지고 약간은 붕괴되어 버렸다. 그래 맞다, 맞아! 나는 침몰하고 있으며 약간은 말라 죽어간다. 이미 약간은 데었고 그리고 타버렸다. 그래 맞다, 맞아! 그렇게 된다. 삶이 그렇게 만든다. 아직 늙었다고는 할 수 없지만, 아직 여든이 된 것은 아니지만, 그렇다고 열여섯 살도 아니다. 내가 약간은 나이가 들었고 낡았다는 것은 분명하다. 삶이 그렇게 만든다. 그럼 이미 약간은 퇴물인 셈인가? 흠! 뭐 그렇다고 치자! 하지만 아무리 그래도 여든이 되려면 아직 한참 남은 것도 사실이다. 장담하건대 내게는 끈질긴 면이 있다. 더는 젊지 않지만 아직 늙지도 않았다. 절대 아니다. 이미 약간은 늙어가는 중이고 시들어가는 중이지만, 심각한 정도는 아니란 말이다. 아마도 이미 약간은 신경과민이 되었고 약간은 퇴물이긴 하겠지만, 그래도 아직 완전히 늙어빠진 영감은 아니란 말이다. 세월이 흐르면서 사람이 좀 부스러지는 것은 그저 자연현상일 뿐 결정적인 결함이라고는 할 수 없다. 게다가 내 신경과민은 결코 심각한 수준이 아니며 단지 성격이 좀 괴팍해졌을 뿐이다. 종종 나는 약간 기괴하게 굴고 변덕이 심한데, 단지 그 때문에 완전히 끝장났다는 평가를 받아서는 곤란하다. 내 성격이 아주 강하고 고집불통이라는 말을 자꾸만 한다고 해서 벌써 끝장난 인생이라고 인정한다는 뜻은 아니다. 나는 버텨내고 저항한다. 나는 상당히 대담하다. 하지만 그래도 약간은 신경과민인 편인데, 약간 그렇다는 데는 의심의 여지가 없고, 약간 그런 증상이 있는 것은 분명하며, 약간 그렇다고 볼 가능성도 있다. 나는 약간은 신경과민이기를 원한다. 아니, 원하지 않는다, 그런 걸 원하는 사람이 어디 있겠나, 나는 그럴까봐 걱정이 된다. 그래, 나는 걱정된다. 분명 이 경우에는 걱정된다는 말이 원한다는 말보다 타당하다. 그러나 나는 신경과민을 두려워하지는 않는다. 절대로, 결단코 두렵지는 않다. 나는 괴팍할

지언정 괴팍함을 두려워하지는 않는다. 나는 내 괴팍함이 조금도 두렵지 않다. "당신은 신경과민이군요" 하고 누군가가 나에게 말한다면, 나는 얼음처럼 싸늘하게 대답하리라. "존경하는 선생님, 나도 잘 알고 있습니다. 내가 약간은 너덜거리고 신경과민이라는 것을 잘 알고 있단 말입니다." 그런 다음 나는 상대편이 좀 화가 날 정도로 아주 세련되게 아주 냉담하게 미소를 지으리라. 그런 상황에서 화를 내지 않는 자는 아직 끝장난 것이 아니다. 내 신경과민에 대해서 내가 화내지 않으면 아직도 내 신경은 분명 튼튼하다고 볼 수 있다. 이것은 태양처럼 환하고 명백한 사실이다. 내가 괴팍하다는 것, 내가 약간은 신경과민이라는 것을 나는 명백하게 알고 있지만 참으로 기쁘게도 내가 얼음처럼 싸늘하다는 것, 비록 약간은 늙고 부스러지고 시들기는 했지만 그건 단지 자연현상이며, 따라서 충분히 납득할 수 있고 어쨌든 그럼에도 불구하고 나는 흥이 넘치는 성향이라는 것 역시 마찬가지로 명백하게 잘 알고 있다. "자네는 신경과민이야." 누군가가 나에게 와서 이렇게 말할 수 있다. "맞아, 난 심하게 신경과민이야." 나는 이렇게 대답할 것이고, 엄청난 거짓을 말한 기쁨에 남몰래 웃을 것이다. "우리 모두 약간은 신경과민이지." 나는 이렇게 대답할지도 모르고, 그러면 엄청난 진실을 말한 기쁨에 가슴이 벅차서 웃을 것이다. 웃는 자는 아직 완전히 신경과민에 걸린 것이 아니며, 진실을 감당할 수 있는 자 역시 아직 완전히 신경과민에 걸린 것이 아니다. 거슬리는 말을 듣고도 명랑함을 잃지 않는 자도 아직 완전히 신경과민에 걸린 것이 아니다. 누군가가 내게 "우와, 너 진짜 최고로 신경과민이야" 하고 말한다면, 나는 매우 정중하고 예의 바르게 대꾸할 것이다. "그래, 나는 진짜 최고로 신경과민이야. 나도 알고 있어." 그것으로 이 화제는 종결될 것이다. 괴팍함, 사람은 괴팍해야 하고 스스로의 괴팍함과 더불어 살아갈 용기를 가져야 한다. 그것이 가장 멋지게 살아가는 방법이다. 스스로의 약간 기괴한 면을 두려워할 필요는 없다. 두려움은 그 자체로 우둔하다. "당신은 못 말리게 신경과민이군요!"

"맞습니다. 누구라도 좋으니 나에게 그렇게 말해주세요! 나는 감사할 따름입니다."

대충 이런 식으로 대꾸하면서 나는 정중하고도 친숙한 재미를 느낄 것이다. 원래 예의 바르고 온화하고 반듯한 사람이라면, 못 말리게 신경과민이라는 말을 듣는다 해도 그것을 곧이곧대로 믿을 필요는 없기 때문이다.

최후의 산문

아마도 이것은 내 최후의 산문이 될 듯하다. 이 글을 마지막으로 나, 양치기 소년은 이제 산문을 써서 투고하는 일을 멈추어야 할 것 같다. 모든 사정을 고려해봤을 때 너무도 어려운 것이 분명한 이 분야에서 은퇴를 선언할 최적의 시기가 도래했음을 인정할 수밖에 없기 때문이다. 앞으로도 계속해서 평화롭게 빵을 먹을 수 있도록 기쁜 심정으로 다른 일거리를 찾아볼 생각이다.

지난 10년 동안 나는 무엇을 했던가? 이 질문에 대답하려면 우선 한숨부터 내쉬어야 한다. 두 번째로는 조금 훌쩍거려야 하고 세 번째로는 새 챕터를, 혹은 새로운 단락을 시작해야 한다.

지난 10년 동안 나는 끊임없이 거의 별 쓸모 없는 자잘한 산문들을 써왔다. 얼마나 어려운 시기였는지! 수백 번이나 나는 이렇게 외치곤 했다. “다시는 이따위 글을 써 보내지 않을 것이다!” 하지만 매번 바로 그날 혹은 다음 날 이미 다음번 산문을 쓰고 그걸 보내고 있었는데, 왜 그런 행동을 반복했는지는 나 자신도 도무지 이해할 수 없을 따름이다.

산문 투고 분야에서는 나를 따라올 자가 없다. 유일무이한 이 업적은 그것의 우스꽝스러움에 걸맞게 광고탑에 커다란 벽보로 붙어 있으므로 지나가는 사람들은 누구나 내 순정을 알아보고 감탄할 수 있다. 이와 비슷한 일은 두 번 다시 일어나기 힘들 정도이다. 마음에 드는 수준의 산문작품을 생산하고 투고하는 일이라면 나는 엄청난 열성을 다했으며, 하루 종일 이루 형용할 수 없는 인내심을 발휘했다. 시계공의, 재단사와 구두수선공의 작업실인 내 방을 떠난 원고는 비둘기장에서 놓여난 비둘기처럼, 벌통을 떠나는 벌떼처럼 그렇게 사방팔방으로 흩어졌다. 정신없이 잉잉거리며 날아다니는 모기와 파리떼조차 내가 전국 사방으로 날려 보낸 산문들보다는 덜 분주했을 것이다.

도서관장들은 내가 보낸 산더미 같은 스케치, 연구논문, 산문들을 어떻게 처리했을까? 그들은 그것을 읽고 냄새 맡고 쏘아본 다음 한참을 고민하다가 서류함이나 서랍 속에 차곡차곡 넣어두고 적절한 기회가 올 때까지 보관했다.

그러면 적절한 기회가 곧 돌아왔던가? 절대 아니다! 기회는 결코 서둘러 오지 않았다. 기회의 기미가 보일 때까지는 몇 년이 걸리곤 했으며, 그사이 불운한 남자는 자신의 지붕 밑 골방에서 머리카락을 쥐어뜯고 있었다.

기쁨에 넘쳐서 쓰고 얼른 날려 보낸 글들은 보이지도 않는 구석에 처박혔고 서서히 찌그러지고 오그라들었다. 구절과 문장이 적힌 페이지들이 답답한 서랍 속에서 바싹 마르고 시들어 비참하게 명을 거두었다. 내 머릿속에 순간적으로 떠올랐던 날렵한 생각들이 늙고 흐릿해지고 창백하게 빛이 바래갔다.

초록으로 피어나던 젊고 싱싱한, 붉고 둥근 뺨을 가졌던 어느 산문은 6년이나 황량하기 짝이 없는 장소에 유폐되어 있던 바람에 나중에는 완전히 앙상해져버렸다. 그래서 마침내 그것이 드디어 세상에 나오게 되었을 때, 즉 출판되었을 때 나는 감격의 눈물을 쏟을 수밖에 없었다. 마치 감정이 북받치는 불쌍한 아비처럼 말이다.

산문을 써서 일단 모든 편집자에게 다 보내보자고, 혹시 그들이 원하는 내용일지도 모르고, 어쩌면 그 매체에 적절하게 어울리는 형식일지도 모른다는 희망을 품은 사람이 무슨 일을 겪었을지 상상해보라. 만약 누군가가 산문을 쓰고 싶다면서 나에게 조언을 구한다면, 나는 그가 품고 있는 계획 그 자체가 불행이라고 대답할 것이다.

내가 희망에 차서 매일매일 써서 보냈던 낮의 산문과 밤의 산문, 희극 산문과 비극 산문, 감동 산문과 장식용 산문, 문의 산문과 계단의 산문, 보석 산문과 예술 산문들은 대부분 아무런 쓸모 없는 산문으로 판명났고, 거의 아무 곳에도 적합하지 않았고, 그 어떤 편집자가 원하는 내용도 아니었고, 어떤 매체에도 적절하게 어울리지 않았다.

그래서 나는 놀란 나머지 거짓된 희망에서 화들짝 깨어났을까? 전혀 아니다! 매번 새로운 작품을 써서 넘겨야겠다는 용기를 새롭게 다졌고, 완성하고 보내기를 반복했다. 10년 동안 나는 지치는 법 없이 다른 이들의 서랍과 골방, 창고를 원자재 비축물로 그득그득 채워왔다. 덕분에 창고의 주인님들은 허리가 부러져라 웃어댔을 테지만.

나는 타인의 결함을 내 산문작품들로 메워온 것이다. 그 생각만 하면 이성이 마비되는 느낌이다. 장관님들은 내 산문을 가득 실은 마차가 도착하는 것을 보면 온몸을 흔들며 웃음을 터트렸다. 나는 그것들을 실어 보내기 위해 화물열차

하나가 통째로 필요했다. 내가 실어 보낸 것들은 자비롭게도 받아들여지기는 했다.

다른 사람들은 모두 불 보듯 훤히 알고 있는 사실을 나 혼자 전혀 알지 못했으니, 나는 멍청한 것 한참 이상이었다. 나는 발가벗고 알몸으로 돌아다니는데 안 그래도 말쑥한 다른 사람들은 모두 집 안에 화려하고 값비싼 재물을 가득 쌓아두고 있었다. 내 서랍은 깨끗하게 텅 비었는데 다른 사람들의 서랍을 채워주느라 그동안 나는 바빴던 것이다. 하품 날 정도로 지루한 나 자신의 공허를 걱정하는 대신에 안 그래도 매력 넘치고 세련된 사람들의 윤택을 위해 그토록 열심이었다. 신들은 문턱이 닳도록 우체국을 들락거리는 이 한심한 인간이 얼마나 우스웠을까? 웃다가 몸이 터져버릴까봐 걱정한 적도 있을 것이다. 한편으로는 무모한 용기이며 다른 한편으로는 눈물. 한편으로는 거인이며 다른 한편으로는 난쟁이. 여기서는 주인이며 저기서는 노예.

내 자식들이 잘 있는지, 여전히 예쁘고 건강한지, 혹은 아직도 살아 있기는 한 건지 내가 수줍게 문의하면 위압적인 목소리로 대답이 돌아오곤 했다. "그건 당신하고는 상관없는 일이잖소." 아버지가 되어 자식들의 안위를 상관하지 말라니, 내가 이마에 땀방울이 맺히도록 애써서 만들어낸 귀여운 것들이, 이제는 내가 감히 말도 꺼낼 수 없는 상품이 되어 버렸던 것이다.

한번은 이런 소식을 받았다. "당신의 산문작품이 분실되었습니다. 너무 기분 나빠 할 필요는 없으며 새로운 작품을 보내주시면 됩니다. 우리는 새 작품을 또 잃어버릴 겁니다. 그래야 당신이 또다시 새 작품을 보낼 수 있을 테니까요. 부지런히 쓰셔야 합니다. 불필요한 불쾌감은 이를 악물고 삼켜버리세요. 어쨌든 미안하게 되었습니다."

화가 나서 이렇게 소리를 지른다고 하여 무슨 소용이 있겠는가. "다시는 한 줄도 쓰지 않고, 아무 데도 보내지 않을 테다!" 그러면서도 나는 바로 그날 혹은 다음 날에 새로운 산문을 멋지게 써서 보냄으로써 온화한 인성의 소유자라는 내 명성에 다시금 광채를 더했던 것이다. 당나귀의 등에는 신의 이름으로 짐이 실리고, 이 세상에 양들이 존재하는 한 늑대에게는 행복한 날들이 계속된다. 하지만 나는 겸허하게 몸을 낮추고 입을 다물겠다. 부지런히 새로운 산문을, 짧고 아기자기한 글들을 계속해서 쓰겠다. 산문작품 투고에 목숨을 걸겠다는 누군가가 나에게 조언을 구한다면 나는 그의 계획이 우스꽝스럽다고 말해주겠다.

"언제 한번 내게 크게 당할 겁니다! 당신에게 복수할 테니까요. 당신이 몸을 떨며 용서를 구하는 법을 배울 때까지 말이죠." 어느 날 마치 삶이 카드놀이인 것처럼 안녕과 재앙을 주관하는 한 데르비시 현자가 나에게 이런 편지를 보냈다.

어떤 한 작품이 갖은 노고 끝에 완성되어 앙상하고 가엾은, 관대한 아량을 애걸하는 짧고 연약한 그 산문이 마침내 출간되고 나면 작가는 새로운 어려움에 직면한다. 즉 아무리 높이 평가해도 부족한 독자라는 존재와 만나야 하기 때문이다. 내 펜이 만들어낸 산물에 관심을 갖는 사람들과는 절대 대면하고 싶지 않다. 뭐라도 좋으니 차라리 아무 상관 없는 다른 것들과 대면하고 싶다. 어떤 사람은 내게 이런 말도 했다. "이 따위 허섭스레기를 들고 독자 앞에 서다니 부끄럽지도 않습니까?" 산문 투고로 빵을 벌려는 사람이 수확하는 보답은 보통 이런 식이다.

더 이상 거짓된 희망에 매달리지 않아도 된다면 나는 그 무엇에라도 기쁜 마음으로 순응하겠다. 마침내 나는 자유다. 나는 환호한다. 환호하지 않는다면 나는 웃는다. 웃지 않는다면 나는 안도의 숨을 내쉰다. 안도의 숨을 내쉬지 않는다면 나는 양손을 비빈다. 어떤 구체적인 계획을 가진 자가 나에게 조언을 구한다면 나는 그것과 관련된 조언을 구하는 모든 사람에게 해주는 말을 그에게도 똑같이 해주겠다.

당연한 일이지만 나는 매년 기분이 들뜨는 봄이면 즐거운 봄의 산문을, 가을이면 갈색으로 물든 가을 산문을, 크리스마스 시즌이면 크리스마스 산문이나 흰 눈이 흩날리는 산문을 써왔다. 이제 앞으로는 절대 그런 짓을 하지 않을 것이며 지난 10년간 내가 해왔던 짓은 두 번 다시 반복하지 않을 생각이다. 마침내 엄청나게 방대한 지불을 한 다음에야 나는 종결선을 그었고, 내가 영영 따라잡을 수 없었던 어떤 역할을 행사하기를 멈췄다.

만약 내가 진실을, 불복종을 투고하려고 한다면 이렇게 꾸짖는 소리를 들어야만 했다. "당신은 여기나 저기나 어차피 자유는 없다는 사실을 모른단 말입니까? 누구나 다 서로를 매처럼 지켜보고 있는 게 현실이니까. 그러니 유념하세요. 당신이 편하게 살아갈 수 있다는 사실만으로 감사해야 한단 말입니다."

내 상황은 나쁘다. 그 점은 의심의 여지가 없다. 예전에는 일이 더 간단했고 필요할 때마다 광고를 내면 그만이었다. "젊은이가 일거리를 찾습니다." 그런데 요즘은 이렇게 광고를 내야 할 판이다. "아쉽게도 더 이상 젊은이가 아니고 젊기는커녕 늙수레하고 이런저런 풍파에 시달린 남자에게 자비를 베풀어 잠자리를 제공해주실 분을 찾습니다." 시대는 변하고 시간은 4월의 눈처럼 빠르게 사라진다. 나는 가난하고 더 이상 젊은이가 아니다. 내가 가진 것이라고는 딱 이런 산문을 끼적일 만큼의 능력뿐이다.

"따각, 따각, 따각, 나는 왜 이 모양인가? 그래도 분별력은 있지 않았던가? 나는 앞으로 어떻게 되려는 건가? 잔심부름꾼 정도? 그런 비슷한 불가피한 운명을 머릿속에 강하게 그려본다. 하나, 둘, 셋, 넷, 다섯, 여섯. 잠과 깨어남 사이 영원히 지속될 듯한 소리를 듣는다. 오, 나는 비명을 지른다. 그 어느 때보다도 더 많이, 나는 내 무의미함의 총량을 의식한다. 아니다, 인간은 그 정도로 위대하지 않다. 인간은 그냥 불쌍하고 무력하다. 그러니 이제 그만하자."

스물하나에서 서른여덟 군데의 편집부에 나는 산문 〈따각, 따각, 따각〉이 그들의 편집 방향과 맞지 않을까 희망하면서 투고를 했다. 하지만 그 희망은 스물하나에서 서른여덟 번이나 거짓으로 판명나버렸고, 그 소름 끼치는 작품은 그 어떤 호응도 얻지 못했다.

서른 명에서 마흔 명에 이르는 초인들이 분명히 뛰어난 그 작품을 수록하기를 거부했다. 단순한 거부가 아니라 아주 단호하게 물리쳤으며 번개 같은 속도로 내게 되돌려 보냈다.

그런 독재자 중 한 명이 이런 답장을 보내왔다. "세상에,

당신 머릿속에는 대체 뭐가 든 겁니까?" 또 다른 독재자는 이랬다. "당신의 마술작품을 차라리 《베네치아의 밤》에 보내시지 그랬나요? 분명 그들은 기뻐할 텐데 말입니다. 하지만 우리 잡지는 당신의 따각, 따각, 따가닥이나 당신의 다섯, 여섯 어쩌고는 제발 피하고 싶습니다."

그래서 나는 〈따각, 따각, 따각〉을 그가 말한 잡지사로 보냈다. 그런데 그쪽에서는 아주 예의 바른 감사의 인사와 함께 이런 답신을 보내왔다. "아아, 이토록 매혹적인 작품은 우리 잡지 같은 곳과 어울리지 않는다는 사실을 믿어주셨으면 합니다." '어느 잡지에서 마음에 안 든다고 해도 다른 잡지에서는 원할 수도 있지 않겠는가.' 이렇게 생각한 나는 그 작품을 쿠바로 보냈다. 그곳에서는 전혀 관심의 표명이 없었다. 그러니 이제 나는 한구석에 틀어박혀 끽소리 내지 않는 것만이 최선임을 알게 되었다.

꽃의 날*

현대의 과학연구 저술자는 모든 생명이 푸르게 차려입고 으스대며 돌아다니는 꽃의 날이 오면 자신이 순결무구한 이 시대의 아이임을 더없이 명백하게 확신할 수 있었다. 사실 나는 꽃의 날에 일어나는 각양각색의 점잖거나 짓궂은 모든 바보짓을 사랑과 환희의 마음으로 즐겼다. 그러니 생각해보면 정말로 한심한 짓거리도 분명 많이 했을 것이다. 그런 장난에 끼지 않는 몇몇 도도하고 엄숙한 자들에게서 엄격한 눈초리를 받긴 했지만 나는 마냥 행복했을 뿐이고, 마냥 황

* 1910년부터 제1차 세계대전 발발 전까지 독일의 여러 도시에서 열렸던 축제. 특정한 날에 특정한 꽃을 주제로 삼아 자선의 목적으로 조화를 나누어주고 기부금을 걷기도 했다.

홀해했을 뿐이고, 그런 상태로 얼굴이 빨개지지만 고백할 수 박에 없는데, 선술집과 선술집을 순례하면서 뮌츠 거리에서 모츠 거리에 이르기까지 애국심에 겨워 꽃을 사 모으고 다녔다. 머리끝부터 발끝까지 온통 파란색으로 감싼 내 모습은 무척 우아할 뿐만 아니라 스스로도 품격 있는 상류층 신사 같다는 느낌이었다. 얼마나 감미로운 기분인지 몰랐다. 또한 왼쪽으로 그리고 오른쪽으로, 기품 넘치는 동작으로 동전을, 건실하고 솔직하고 근면하고 정직하고 행실 바르고 훌륭한 동전을 던질 자격이 있다는 것, 그렇게 함으로써 훌륭한 일을 행할 수 있다는, 멋질 뿐만 아니라 경우에 따라서는 고귀하기까지 한 생각은 내 마음에 황홀함의 안개를 피워 올렸으며 내 기분을 행복감으로 둥둥 뜨게 만들었다. 나 같은 가난뱅이에게 무슨 일이 일어나봤자 뭐가 달라지겠는가. 내 영혼은 흡족하고 평온하기만 하구나. 그 어떤 말을 고르고 골라도 이 충만한 상태를 다 묘사하기에는 불충분하다. 나는 한 손에 방금 꺾은, 특별한 인상을 줄 만큼 커다랗고 풍성한 꽃다발을 종이에 싸서 들었고 강렬한 향기에 숨이 막힐 것만 같았다. 설명을 덧붙이자면 나는 이미 그런 꽃 십여 송이가 7페니히라는 사실도 알아둔 상태였다. 명령을 받으면 항상 "좋아요"라고 말하는, 정직한 만큼이나 머리가 둔한 한

웨이터가 은밀한 속삭임과 함께 내게 털어놓은 것이다. 나는 웨이터 혹은 그와 비슷한 인민들과 언제나 친하게 지내는 편이다. 이건 그냥 덧붙이는 말일 뿐이다.

하지만 꽃의 날이 갖는 사회 전반에 걸친 고귀한 목적이 어떤 정신을 바탕으로 하는지 인정할 줄 모른다면 나는 단지 그저 그런 무신경한 인간에 불과할 것이다. 그래서 최대한 재빠른 걸음으로 날듯이 뛰어와서 커다랗게 소리 높여 외친다. 그렇다. 꽃의 날은 천상의 날이다. 결코 웃기는 날이 아니고 내가 느끼는 바로는 참으로 고귀하고 진지한 성격의 기념일이다. 물론 세상 일이 항상 그렇듯이 영혼의 단춧구멍에 기쁨의 꽃을 꽂고 다니는 평화롭고 화기애애한 꽃의 날 풍습을 경멸하고 비웃는 철부지 청년이나 제멋대로인 사람들이 안타깝지만 몇 명은 꼭 있다. 하지만 그런 사람들도 머지않아서 진정 품격 있고 고귀한 가치를 배우게 되기를 바란다. 다행히도 감히 내 입으로 이렇게 말할 수 있는데, 꽃의 날이면 나는 만발한 꽃처럼 충만하고 흐드러져 화려하게 빛나며, 꽃처럼 아름답게 꾸미고 치장한 사람들 가운데서도 가장 활짝 핀 꽃이 된다. 한마디로 그 식물의 날 나는 가녀리게 흔들리는 한 송이 식물이 되고, 매혹적인 제비꽃의 날이 다가오면 스스로 수줍게 몸을 감춘 한 송이 제비꽃의 모습으로 변한다는 사실을 스스로 잘 알고 있다. 어떤 숭고한 목적에 부합하기 위해서라면 나는 심지어 데이지로 변할 수도 있다. 하지만 그런 다음에는 위로 활짝 올라간 입술이든 음울하게 꾹 다문 입술이든 간에 누구나 마찬가지로 노란색 꽃을 입술 사이에 물거나 꽂고 있어주었으면 하고 기원한다. 뿐만 아니라 귀도 꽃을 꽂기에 아주 적절한 장소이다. 꽃의 날에 나는 세 개의 귀 뒤편으로 국화꽃을 한 송이씩 꽂았더니 아주 멋지게 잘 어울렸다. 장미도 무척 매혹적인데, 이제 조만간 장미의 날도 도래할 것이다. 그 독특한 날은 오직 나에게만 다가온다. 나는 집을 온통 장미로 꾸미고 자신의 시대를 진정으로 이해하는 사람답게 콧구멍에 장미 한 송이를 꽂으리라. 데이지의 날 역시 마찬가지로 잔뜩 들뜬 마음이 될 것이다. 그 어떤 의상을 걸치더라도 그래서 머슴이나 노예, 하인의 낙인이 찍히더라도 나는 마냥 행복할 것이다.

개성이라곤 없는 이상한 성격의 사람들도 이 세상에는 있어야 한다. 하지만 나는 내 약간의 삶 속에서, 내가 살아 있고 내가 할 수 있는 한 기쁨을 누리고 싶으며, 이 사실이 중요하다. 한 사람이 즐거우면 어떤 바보짓이라도 진정으로 즐겁게 저지를 수 있으니까. 그런데 이제 가장 황홀한 화제, 여자들 얘기를 좀 해보겠다. 여자들을 위해서, 오직 여자들만을 위해서 사랑이 충만한 꽃의 날이 생겨나고, 구상되고, 노래되었다. 만약 남자가 꽃에 탐닉한다면 약간은 이상해 보일 수 있다. 하지만 반면에 여자가 꽃을 머리에 꽂거나 남자에게 꽃을 가져다주는 일은 어느 경우에나 무척 잘 어울린다. 그런 숙녀나 그런 처녀의 꽃은 그냥 살짝 암시하는 작은 몸짓만 취해도, 나는 그 즉시 그녀의 발아래 몸을 던지고 행복감에 온몸을 떨며 가격을 묻고는 그 자리에서 몽땅 꽃을 사 버릴 것이다. 그리고 창백해진 얼굴로 장난스러운 작은 손에 뜨거운 입맞춤을 토해내고, 내 일생 전부를 그녀를 위해 바칠 준비를 할 것이다. 그렇다. 꽃의 날이면 나는 이와 비슷한 행동을 하게 된다. 간혹 기운을 차리기 위해서 가판대로 달려가 다진 고기를 얹은 빵을 그 자리에서 꿀꺽 삼킬 때를 제외하고는 말이다. 나는 다진 고기에 열광한다. 하지만 꽃에도 마찬가지로 열광한다. 나는 많은 것에 열광할 수 있다. 어쨌든 누구나 시민의 의무를 다해야 하고 누구도 꽃의 날을 맞아 얼굴을 찌푸려서는 안 되며 미소만 지으면서 아무것도 하지 않을 권리가 있다고 느껴서도 안 된다. 그러나 그런 자들이 있는 것도 사실이고, 사람은 사실을 존중해야 한다. 정말 그런가?

키나스트

키나스트라고 불리는 사람이 있었다. 그는 그 무엇과도 아무런 관련을 맺고 싶어 하지 않았다. 이미 청소년 시절부터 그의 불쾌하고 기분 나쁜 성향은 하늘을 찌를 정도였다. 어려서는 부모에게, 나이가 들어서는 주변 다른 사람들에게 끊임없이 심려를 끼쳤다. 하루의 어떤 시간에 대화를 나누더라도 그의 입에서 친절하고 우애 있는 말이 튀어나오리라 기대해서는 안 되었다. 얼굴에는 뭐든지 부정적으로 받아들이는 악의에 찬 표정이 가득하고, 행동은 하나같이 신경에 거슬리는 것뿐이었다. 키나스트와 같은 그런 녀석들은 점잖고 유순하게 사람을 대하면 하늘에서 벌이라도 내리는 줄로 생각한다. 하지만 그런 걱정은 전혀 할 필요가 없는 것이, 키나스트는 전혀 점잖지도 유순하지도 않았기 때문이다. 그는 점잖음과 유순함을 알고 싶어 하지도 않았다. "천하의 멍청이." 자신과 친하게 지내고 싶어 하는 사람이 있으면 그는 무조건 이렇게 소리쳤다. "정말 미안하지만 나는 시간이 없습니다." 누군가 청할 것이 있어서 다가가기만 하면 그는 화난 얼굴로 이렇게 웅얼거렸다. 그에게 뭔가를 부탁하러 간 사람들은 사기 피해자들이었는데, 그가 도무지 상대를 해주지 않았기 때문에 별 도움을 얻지 못했다. 그는 정말로 아무것도 알고 싶어 하지 않았다. 예컨대 공공의 이익을 위하는 일처럼 좋은 일을 해달라는 부탁을 받으면 키나스트는 냉담하게 딱 잘라서 말했다. "안녕히 가시오, 선생." 이 말은 '제발 부탁인데 날 귀찮게 하지 마시오'라는 뜻이었다. 그의 관심사는 오직 자신의 이익뿐이었고, 그의 눈은 오직 자신의 영리를 최고로 높이는 일에만 단단히 못 박혀 있었다. 그 밖의 다른 모든 것은 그에게 별다른 의미가, 아니 전적으로 아무런 의미가 없었다. 그런 일에 대해서는 단연코 전혀 알고 싶어 하지 않았다. 만약 누군가가 봉사를 좀 해보라고 하면, 아니 더 나아가서 희생을 권유하기라도 하면 그는 콧방귀를 낄 뿐이었다. "그런 일은 안 일어납니다." 이 말은 '제발 부탁인데 그따위 일로 날 귀찮게 하지 마시오'라는 뜻이었다.

혹은 '제발 나를 지금까지 그랬던 것처럼 계속 가만히 내버려두시겠습니까? 그래만 주신다면 참으로 기쁠 텐데요'라는 뜻이었다. 혹은 아주 간단히 말하자면 '좋은 저녁 보내시오'라는 뜻이었다. 지역, 교회, 조국은 그에게 아무것도 아닌 듯했다. 그의 눈으로 보자면 지역문제에 신경 쓰는 것은 머리 나쁜 미련퉁이였고, 교회에 뭔가를 청구하는 것은 양*이나 하는 짓이었다. 그리고 조국에 헌신하는 자들을 그는 손톱만큼도 이해하지 못했다. 아버지 조국과 어머니 고향을 사랑하는 마음으로 가슴이 활활 타오르는 친애하는 독자여, 키나스트 같은 인간을 어떻게 생각하는지 말해보라, 이런 인간을 어떻게 했으면 좋겠는가? 이런 자들은 두말할 필요도 없이 즉석에서 아주 정성 들여 늘씬하게 두들겨 패주는 것이 지당하고도 숭고한 과업이 아니겠는가? 하지만 진정하라! 그런 자들도 영원히 자기 마음대로 활개치고 살지는 못하는 법이다. 어느 날 누군가가, 아직 한 번도 "좋은 하루 보내세요", "좋은 저녁 보내세요", "천하의 멍청이", "그럴 능력이 없군요", "지금 너무 바빠요" 그리고 심지어는 "훼방 놓지 마세요"라는 말로 쫓겨나본 적이 없는 게 분명한 어떤 사

* 독일어로 '양(羊)'을 의미하는 Schaf에는 '멍청이'라는 뜻이 함께 담겨 있다.

람이 키나스트의 방문을 두드렸다. "가자, 당신을 데리러 왔어" 하고 그 기이한 낯선 사람이 말했다. "당신 정말 멋있군요. 그런데 무슨 생각을 하는 거요? 설마 내가 당신 때문에 시간을 낭비하리라고 생각한 거요? 그런 일은 절대 안 일어납니다! 지금까지 그랬던 것처럼 나를 계속 가만히 내버려두시겠습니까? 그래만 주신다면 참으로 기쁠 텐데요. 미안하지만 나는 시간이 없습니다. 그러니 안녕히 가시오, 선생." 키나스트는 대충 이런 말로 대꾸하려 했다. 그런데 그가 입을 열고 머리에 떠오른 것을 소리 내어 말하려는 순간 죽을 것처럼 구역질이 나고 얼굴이 시체처럼 창백해졌다. 너무 늦었다. 그는 단 한마디 말도 할 수가 없었다. 그의 혀는 굳어버렸다. 죽음이 그를 찾아온 것이다. 죽음 앞에서는 다른 아무것도 소용이 없었다. 죽음의 절차는 짧았다. "천하의 멍청이"도 소용없었고, 듣기 좋은 인사인 "좋은 하루 보내시오"나 "좋은 저녁 보내시오"도 이젠 끝이었다. 조롱과 비웃음, 그리고 차가운 냉혹함도 모두 안녕이었다. 신이여, 이런 삶도 삶인가? 당신은 이처럼 삶 없는 삶, 신 없는 삶을 살고 싶은가? 키나스트처럼 산다면 당신이나 나를 위해 그 누가 울어주겠는가? 나의 죽음을 그 누가 애통해하겠는가? 애통해하기는커녕 어떤 사람들은 내가 떠나간 것에 대해 도리어 기뻐하는 마음이 들지 않겠는가?

그래, 너는 내 거야!

자신의 눈을 신뢰할 수 없는 한 사람이, 방문이 정말로 닫혔는지 뚫어지게 바라보고 있었다. 방문은 닫힌 것이 분명했다. 의심의 여지없이 단단히 잘 닫혀 있었다. 문은 틀림없이 꼭 닫혀 있었지만, 자신의 눈을 신뢰하지 못하는 사람은 그렇게 생각하지 않았다. 그는 문에 코를 대고 킁킁대면서 문이 닫혔는지 그렇지 않은지 냄새로 확인하려 했다. 문은 정말로, 진실로 닫혀 있었다. 물을 필요도 없이 닫혀 있었다. 절대로 열려 있는 것이 아니었다. 어떤 면으로 보아도 분명 닫혀 있었다. 닫혀 있음을 의심할 여지라고는 조금도 없었다. 의심의 가능성을 불안해하지 않아도 되었다. 그러나 자신의 눈을 신뢰하지 못하는 사람은 문이 단단히 닫힌 것을 두 눈으로 보면서도 문이 닫혔는지를 너무도 강력하게 의심했다. 문은 더 이상 단단히 닫기가 불가능할 정도로 단단히 닫혀 있었지만, 자신의 눈을 신뢰하지 못하는 사람은 아직 그 사실을 전혀 믿을 수가 없었다. 그는 뚫어져라 문을 쳐다보면서, 문이 과연 닫혔는지 아닌지 묻고 또 물었다. "문아, 너 정말 닫힌 것 맞니?" 그가 물었지만 문은 아무런 대답도 하지 않았다. 굳이 대답할 필요가 전혀 없는 것이, 문은 어차피 분명 닫혀 있는 상태였기 때문이다. 문은 완벽하게 정상이었다. 그러나 자신의 눈을 신뢰하지 못하는 사람은 문을 믿지 못했고, 문이 완벽하게 정상이라는 것을 인정할 수가 없었으며, 과연 문이 정말로 닫혔는지 계속해서 의심했다. "넌 정말로 닫힌 거니, 아니면 닫히지 않은 거니?" 그가 다시 질문했지만 이번에도 역시 문은 당연하게도 아무런 대답을 하지 않았다. 그런데 문에게 대답을 요구할 수 있단 말인가? 그는 계속 수상쩍다는 눈길로 문을 쏘아보면서 닫혔는지 아닌지 알아내려고 했다. 그러다 마침내 문이 닫혔음을 알아차렸다. 마침내 그는 문이 닫혔다고 믿게 되었다. 그래서 큰 소리로 웃었다. 웃을 수 있어서 매우 행복해진 그는 문에게 말했다. "그래! 너는 내 거야!" 이 멋진 한마디 말로 흡족해진 그는 매일 나가는 일터로 갔다. 이런 행동은 바보나

하는 것일 텐데? 물론이다! 하지만 그는 세상만사를 모조리 다 의심하고 보는 그런 사람인 것이다.

한번은 그가 편지를 썼다. 편지를 끝까지 다 써서 완벽하게 완성한 다음, 그는 편지를 미심쩍은 눈길로 쳐다보았다. 왜냐하면 이번에도 자신의 눈을 신뢰할 수가 없었고, 따라서 자신이 편지를 실제로 썼다는 사실도 믿을 수 없었기 때문이다. 하지만 편지는 분명 완벽하게 마무리되었다. 그 점에 대해서는 조금도 의심의 여지가 없었다. 그러나 자신의 눈을 신뢰하지 못하는 사람은 문에다 대고 그랬던 것처럼 편지에 코를 갖다 대고 킁킁거렸으며, 불신이 최고조에 달한 채 이 편지를 쓴 것이 정말로 맞는지 그렇지 않은지 스스로에게 묻고 또 물었다. 분명히 편지는 다 쓴 것이 맞고 명백하게 완성되었으나, 자신의 눈을 신뢰하지 못하는 사람은 그 사실을 절대로 믿지 못했으며, 이미 말했듯이 편지를 조심스럽게 들고 이리저리 자꾸만 냄새를 맡았고 커다랗게 소리 내어 이렇게 묻는 것이었다. “편지야, 대답 좀 해주렴, 넌 글자가 적힌 거니 아니면 안 적힌 거니?” 물론 당연하게도 편지는 아무런 대답도 들려주지 않았다. 도대체 언제부터 편지가 말을 하고 질문에 대답도 하게 되었단 말인가? 즉 편지는 완벽하게 정상이었고, 완벽하게 마무리되었으며, 아주 읽기 편한 필체로 한 자 한 자 한 문장 한 문장 또박또박 적혀 있었다. 활자와 마침표, 쉼표, 쌍반점, 물음표, 느낌표, 그리고 사랑스러운 인용부호까지 전부 반듯하고 의젓하게 제자리에 자리 잡고 있었다. 소문자 i의 작은 점 하나도 빠지지 않았을 정도로 완벽한 최상급의 편지였다. 하지만 그런 명작 편지를 써내고도 자신의 눈을 신뢰하지 못하는 사람은, 자신이 편지를 썼다는 사실을 결코 믿지 못하여 자꾸 질문만 되풀이할 뿐이었다. "편지야, 넌 정말로 완성된 편지가 맞는 거니?" 하지만 편지는 당연하게도 아무런 대답을 하지 않았다. 그래서 그는 다시 미심쩍은 눈으로 편지를 이리저리 살펴보았다. 그러다 마침내 이 한심한 남자는 자신이 정말로, 진실로 편지를 썼음을 깨달았고, 너무 기뻐서 큰 소리로 웃음을 터트렸으며, 아이처럼 행복에 겨워 두 손을 비비며 즐거워했다. 그는 편지를 착착 접어서 적당한 크기의 봉투에 넣고 환희에 차서 이렇게 말했다. "그래! 너는 내 거야!" 이 멋진 말 한마디가 그를 참으로 기쁘게 했고, 그는 매일 나가는 일터로 갔다. 이 남자는 바보가 아닐까? 뭐 그럴지도 모른다. 하지만 이 사람은 원래가 아무것도 안 믿는 사람이며, 근심과 고민, 주저함으로부터 한 발자국도 빠져나오지 못하는 사람이고, 이미 말했듯이 세상만사를 일단 의심하고 보는 그런 사람이었다.

또 언젠가 그는 눈앞에 놓인 한 잔의 붉은 와인을 마시고 싶었다. 하지만 그는 감히 그럴 수가 없었는데, 이번에도 역시 자신의 눈을 신뢰하지 못했기 때문이다. 한 잔의 붉은 와인을 의심할 만한 이유는 전혀 없었다. 누가 보더라도 분명하게 와인 잔은 거기 놓여 있었으므로, 잔이 거기 있는지 그렇지 않은지 묻는 것은 그냥 멍청하고도 이상한 질문일 뿐이었다. 평균치의 사람이라면 누구나 다, 그 순간 와인 잔이 거기 있음을 알 수밖에 없었다. 하지만 자신의 눈을 신뢰하지 못하는 그는 그런 사실을 믿을 수가 없었고, 그래서 와인 잔을 거의 반시간이나 지켜보면서 편지에 그랬던 것처럼 자신의 멍청한 코를 와인 잔 가까이 대고 주변 1미터를 킁킁거리고 돌아다니면서 이렇게 묻는 것이었다. "와인 잔아, 대답 좀 해주렴, 너는 거기 있는 거니, 아니면 없는 거니?" 와인 잔은 명백하게 거기 있는 것이 분명하므로, 사실이 그러했으므로, 그 질문은 하등의 필요가 없었다. 그런 멍청한 질문에 대해서 당연하게도 아무런 대답이 돌아오지 않았다. 한 잔의 와인은 대답하지 않았고, 그냥 거기 있으면서 마셔질 순간만을 기다릴 뿐이었다. 그편이 이런저런 말을 하고 대답을 하는 것보다 훨씬 더 나았다. 우리의 훌륭한 와인은 사방 여기저기 의심에 찬 시선을 받았고, 예전에 편지가 그랬듯이 코로 킁킁거림을 당했으며, 예전에 문이 그랬듯이 불신 가득한 눈으로 노려봄을 당했다. "너는 거기 있는 거니, 아니면 없는 거니?" 자꾸만 반복해서 이런 질문이 되풀이되었고, 자꾸만 반복해서 아무런 대답도 되돌아오지 않았다. "그러지 말고 그냥 마셔, 그냥 맛을 보라고, 입에 갖다 대보라고, 그러면 맛을 느낄 테니 와인이 거기 있다는 것을 의심하지 못할 게 아닌가." 이렇게 외치고들 싶을 것이다. 하지만 자신의 눈을 신뢰하지 못하는 사람은 와인 잔을 입에 갖다 대지는 못하고 계속해서 미심쩍게 살펴보기만 했다. 그런 상태로 한참 동안이나 그는 와인 잔의 존재를 믿지 못하고 있었다. 그렇게 오랫동안 민감하고 조심스러운 절차를 모두 거친 후 마침내 그는 사실을 알아차린 듯했고, 마침내 와인 잔이 자신의 코앞에 실제로 놓여 있다고 믿게 되었다. "그래! 너는 내 거야!" 이렇게 말한 그는 아이처럼 큰 소리로 웃음을 터트렸고, 기쁨에 겨워 양손을 비벼댔으며, 혓바닥으로 쪽 소리를 내고, 바보처럼 자기 머리를 몰래 세게 치면서 기쁨을 표현한 다음, 와인 잔을 조심스럽게 들어 마셨다. 그리고 무척 흡족한 상태로 매일 나가는 일터로 갔다. 이런 사람은 천하의 바보가 아닐까? 분명 그럴 것이다. 하지만 그는 자신의 눈과 귀를 신뢰하지 못하고, 세심한, 과도하게 세심한, 의심 없이는 단 1분도 견디지 못하는 그런 사람이며, 세상만사가 지극히 사소한 부분까지도 정확하게 딱 맞아떨어지지 않으면 불행에 빠지고 마는, 정돈됨, 정확함, 치밀함, 정교함에 연연하는 바보라서 '무사태평'을 가르치는 대학에 당장 입학시켜야 하는 사람, 이미 말했듯이 정말이지 못 말리게 이 세상에 존재하는 모든 것에 치열한 의심을 품는, 진실로 그런 사람인 것이다.

거리(I)

걸음을 옮겼으나 그것은 무의미한 몸짓일 뿐이었고, 나는 흥분으로 마비된 채 거리로 나섰다. 처음에는 내가 장님처럼 느껴졌고 다른 사람들 또한 아무도 서로를 보지 못한다고, 누구나 다 장님이라고, 모든 것이 헛되이 더듬거리며 방황하고 있으며 삶은 멈추어버렸다는 생각에 사로잡혀 있었다.

팽팽하게 당겨진 신경줄은 나로 하여금 모든 사물을 극도로 날카롭게 느끼도록 만들었다. 파사드들이 내 눈앞에 차가운 모습으로 나타났다. 머리와 옷들이 와락 다가왔다가 환영처럼 순식간에 사라져갔다.

온몸에 전율이 흘렀다. 감히 앞으로 나아갈 수 없었다. 인상과 인상들이 차례로 나를 꼼짝 못하게 움켜쥐었다. 나, 그리고 모든 세계가 불안하게 흔들렸다. 거리를 걷는 사람들 모두 어떤 계획이, 어떤 용무가 있었다. 마찬가지로 나 역시도 계획이 있었다. 하지만 이제는 아니다. 과거의 나는 관찰에 몰두하면서 뭔가를 발견하기를 희망했다.

사람들이 복잡하게 몰려 있는 곳에는 에너지가 꿈틀거렸다. 누구나 다 마음속으로는 자신이 최고였다. 남자와 여자들이 둥실 뜬 채 너울대며 지나갔다. 모두가 똑같은 하나의 목표점을 향하고 있는 것 같았다. 이들은 모두 어디에서 왔는가? 모두 어디로 가는가?

한 사람은 이것이고, 다른 사람은 저것이고, 또 다른 사람은 아무것도 아니었다. 수많은 사람들이 여기저기로 휩쓸려 갔다. 목적 없이 살면서 여기저기 흐르는 대로 휩쓸려 다녔다. 선함 따위는 아무도 필요로 하지 않았다. 지성은 공허하게 손을 내밀 뿐이다. 수많은 고귀한 의지가 아무런 성과를 거두지 못했다.

저녁이었다. 거리는 유령과도 같았다. 수천의 인파가 이 길을 매일매일 지나다녔다. 이곳 이외에 다른 공간은 없었다. 사람들은 아침이면 신선했고, 밤이면 지쳐 있었다. 수많은 나날 동안 그들은 아무것도 이루지 못했다. 근면함이 한 덩어리로 서로 뒤엉켜 굴러갔고, 유능함이 헛되이 발버둥치다 제풀에 지쳐갔다.

이렇게 길을 걷다가 한 귀족의 마부와 눈이 마주쳤다. 그래서 얼른 버스에 올라타고, 한 정류장을 간 후 뛰어내려 식당에 들어가 식사를 하고, 그리고 다시 거리로 나왔다.

모든 것이 규칙적인 속도로 이동하고 흘러갔다. 그중에는 흐릿한 안개와 희망도 있었다. 인간은 인간을 당연하게 이해했다. 누구나 첫눈에 상대의 거의 모든 것을 알아냈다. 그러나 인간의 내면은 비밀로 남았다. 영혼은 끊임없이 새로운 모습으로 변화했다.

바퀴가 삐걱거리고 목소리들이 커졌다. 하지만 세계 전체는 기묘하게 고요했다.

나는 누군가와 대화를 나누고 싶었으나 시간이 없었다. 견고한 지점을 원했으나 발견하지 못했다. 쉬지 않고 앞으로 진행하는 물결 한가운데서 가만히 멈춰서고 싶은 욕망을 느꼈다. 많은 것과 빠른 것들이 너무 많고 너무 빨랐다. 모두가 모두를 피하고 있었다. 흐르는 물처럼 흘러갔고 녹아서 사라지듯이 보이지 않게 되었다. 기계적으로 다가왔다가 마찬가지 모습으로 멀어져갔다. 모든 것이 그림자에 지나지 않았다. 나도 그러했다.

어느 순간, 다들 황급하게 바삐 서두르고 있는 중에 뭔가 설명할 수 없는 어떤 관성이 보였고, 이렇게 생각했다. "이 축적된 전체는 아무것도 원하지 않고 아무것도 하지 않는다. 이들은 모두 서로가 서로의 내부로 꼬여 뭉쳐 있을 뿐이다. 그래서 움직임도 없이 꼼짝도 못하고 갇혀 있는 것이다. 숨 막히는 힘에 자신을 내맡긴 결과, 스스로 자신을 찍어 누르고 자신의 정신과 육체를 제 손으로 얽어매는 폭력이 되어 버린 것이다."

한 여인의 눈동자가 내 곁을 지나가면서 말했다. "나와 함께 가요. 이 소용돌이에서 빠져나와요. 수많은 군상들을 떠나요. 당신을 강하게 해줄 단 한 사람의 여인에게 머물러요. 나에게 충실하면 당신은 부자가 될 거예요. 북새통 속에 섞여 있으면 당신은 계속 가난할 수밖에 없어요."

나는 그녀의 부름에 응하고 싶었으나 사람들의 물결이 나를 그녀에게서 멀리 떼어놓고 말았다. 거리의 흐름은 도저히 저항하기가 힘들었다.

그리고 나는 들판으로 나왔다. 사방이 고요했다. 창마다 빨갛게 불을 밝힌 열차가 가까이에서 빠르게 지나갔다. 먼 곳에서는 여전한 넘실거림이, 차량들의 아득한 우레 소리가 은은하게 끊임없이 들려왔다.

나는 숲을 따라 걸으며 브렌타노의 시를 나직하게 중얼거렸다. 나뭇가지 사이로 달빛이 비쳤다.

갑자기, 그리 멀지 않은 곳에 어떤 사람이 보였다. 한 남자가 꼼짝도 없이 숨어서 나를 지켜보는 듯했다.

나는 시선에서 남자를 놓지 않은 채 주변을 빙빙 돌았다. 그러자 기분이 상한 그가 외쳤다. "그럴 거면 차라리 가까이 와서 자세히 살펴보시오. 나는 당신이 생각하는 그런 사람이 아니니까."

그래서 나는 그에게 다가갔다. 그는 그냥 평범한 사람인 듯했다. 조금 특이하게 보일 뿐 다른 점은 없었다. 나는 계속 걸었고 빛과 거리가 있는 곳을 향해서 나아갔다.

도스토옙스키의 《백치》

도스토옙스키의 《백치》 내용이 머리에서 떠나지 않는다. 무릎에 올려놓는 강아지라니, 무척이나 흥미롭다. 아글라야는 내가 너무도 열렬하게 찾아 헤매는 대상이다. 유감스럽게도 그녀는 다른 남자를 선택해버리겠지만. 마리도 잊을 수 없다. 어느 날 아침 나도 그렇게 문득 깊은 경건함에 사로잡힌 채 당나귀 앞에 멈춰서 있지 않았던가? 나를 에판친 장군의 부인에게 소개해줄 사람은 누구인가? 하인들이 나를 이상스럽게 생각하는 일은 이미 겪어보았다. 내가 미쉬킨 집안의 자제처럼 깔끔한 필체를 가졌는가, 그리고 수백만의 유산도 물려받겠는가 하는 점은 의문이긴 하지만. 아름다운 여인의 신뢰를 받게 된다면 그야말로 근사하겠지. 왜 나는 아직까지 상인 로고진 같은 사람들을 한 번도 만나지 못했을까? 어째서 나는 간질 발작 증세를 타고나지 못했을까? 백치는 허약했고, 별 대단한 인상을 주지도 못했다. 어떤 착한 청년 앞에서 어느 날 저녁 한 매춘부가 무릎을 꿇었다. 나도 분명 그와 비슷한 어떤 상황을 기대하고 있다. 콜랴 같은 사람은 두세 명이나 안다. 이볼긴도 한 명쯤은 만났을지도? 꽃병 집어 던지는 일은 나도 할 수 있다. 그런 능력을 의심한다면 자기비하일 뿐이지. 연설을 하는 것은 어렵기도 하고 쉽기도 하다. 영감이 떠오르느냐 아니냐에 달려 있다. 뭘 하더라도 불만만 가득한 사람은 흔하게 마주친다. 대부분 잘난 척하려고 너무 기를 쓰는 바람에 행복하지 못하다. 그런 점 때문이라면 나도 슈나이더 연구소에 갔을 것이다. 하지만 그 전에 우선 나스타샤를 진정시켜야 하겠지. 나는 결코 백치가 아니고 이성적인 감수성이 발달한 편이다. 소설의 주인공이 아니어서 매우 유감이다. 백치 역할은 나에게는 너무 어렵다. 나는 때때로 책을 좀 많이 읽는 편이고, 그게 전부이다.

작은 나무

전혀 신경 쓰지 않고 그냥 지나칠 때도 나는 그 나무를 본다. 나무는 달아나지 않고 고요히 서 있을 뿐이다. 생각을 할 수 없고, 뭔가를 원하지도 못하고, 오직 자라기만 한다. 오직 그 자리에 있으면서, 아무도 건드리지 않고 바라보기만 하는 잎들을 가지고 있을 뿐이다. 그 아래 드리운 그늘 속으로, 분주한 사람들이 서둘러 지나간다.

내가 너에게 한 번도 뭔가를 준 적이 없었던가? 하지만 나무는 행복이 필요하지 않다. 누군가가 나무를 아름답게 여겨주면 기쁘기는 할 것이다. 당신도 그렇게 생각하는가? 나무의 존재는 거룩한 순수 그 자체이다. 나무는 아무것도 모른다. 나무는 오직 나의 기쁨을 위해서 거기 있을 뿐이다.

어째서 나무는 내 사랑을 조금도 느끼지 못하는가. 뭔가 다정한 말을 해도 전혀 알아듣지 못하는가. 나무는 청각이 없다. 나무는 알지도 못하면서 내게 인사를 건네고 거기에 화답하는 내 미소를 보지도 못한다. 이러한 존재의 발치에 누워 쿠르베의 그림 속 인물처럼 영원한 작별을 고하며 죽어간다면!

물론 계속해서 살아가겠지만, 나는 시간이 흐른 후 무엇이 되어 있을 것인가?

세잔에 대한 생각

다들 육체성의 부족이 확연히 드러난다고 생각하고 싶었지만 사실 진짜 근본적 차이는 윤곽선이었고, 아마도 수년 동안 대상이 되는 사물에 푹 빠져서 지냈다는 점이었다. 내가 여기서 이야기하고 있는 사람은, 예를 들자면 흔하다면 흔하고 신기하다면 신기하다고 할 수 있는 이 과일들을 오랫동안 바라보았다. 그는 과일의 형태에 깊이 몰두한 상태였다. 겉을 팽팽하게 감싼 껍질에, 과일이란 존재 자체의 고유하면서 독특한 고요에, 과시적이면서 동시에 선량하게 웃고 있는 외양에. "이건 정말로 거의 비극이로군." 그는 생각했다. "자신들의 유용성과 아름다움을 전혀 의식할 수 없을 테니 말이야." 과일들이 스스로에 대해 생각할 수 없다는 사실이 너무도 안타까운 나머지 그는 할 수만 있다면 자기가 가진 사고력을 과일들에게 전달하고 흘려보내고 옮겨주고 싶었다. 내 말은, 그가 과일들의 처지를 가엾게 여겼을 것이 분명하고, 그런 다음에는 문득 자기 자신에 대한 연민에 빠져들었을 것이며, 하지만 무엇 때문에 그런 감정이 드는지 그 이유는 오랫동안 전혀 알지 못했을 거라는 뜻이다.

마찬가지로 테이블보 역시 자신만의 고유한 영혼을 가지고 있을 거라고, 그렇게 믿기를 그는 소망했다. 그리고 이와 관련한 모든 소망이 즉시 이루어졌다. 창백하고 희고 수수께끼처럼 순수하게 테이블보는 놓여 있었다. 그는 테이블보로 다가가서 거기 주름을 만들었다. 천을 건드릴 때의 그 촉감이라니, 건드리는 사람이 간절히 바라는 바로 그대로가 아닌가! 마치 그가 테이블보에게 "소생하라, 테이블보여!"라고 주문을 건 것만 같았다. 여기서 특히 잊지 말아야 할 사실은 그가 이런 이상한 실험, 연습, 장난스러운 테스트와 연구를 할 만한 시간이 있었다는 것이다. 또한 그는 일상의 자질구레한 걱정거리와 경제적인 문제 등을 안심하고 떠맡길 아내를 가질 정도로 행운아였다. 그는 자신의 아내를, 어떤 불만을 표출하기 위해 꽃술이나 꽃받침을 단 한 번도 열지 않은 커다랗고 아름다운 꽃처럼 대한 것 같다. 오, 그 꽃송이는 자신의 마음에 들지 않는 남편의 모든 면을 그냥 속으로 삼키고만 있었다. 진정으로 기적적인 초연함의 화신이라고 그렇게 나는 믿고 싶다. 남편의 변덕과 지나친 꼼꼼함을 참아내는 그녀의 인내심은 가히 천사에 비할 만했다. 남편의 특성들은 그녀에게 마법의 궁전이나 마찬가지여서 그녀는 아무것도 건드리지 않은 채 그대로 두었고, 마음대로 해도 좋다고 허락했으며, 조금이라도 그 안으로 비집고 들어가려는 시도조차 하지 않았고, 경멸하면서 동시에 존중했다. 그것과 관련한 그녀의 생각은 대체로 이런 편이었다. "나와는 상관없는 일이니까." 의심의 여지없이 그녀는 자신의 생애동반자가 가진 '중학생 차원의 까다로움'(가끔은 그녀에게조차 이상하게 보일 만큼 필사적으로 한 문제에 매달리는 성향)을 참견하지 않을 정도의 인간애, 말하자면 센스를 갖고 있었던 것이다. 몇날 며칠 동안 그는 당연한 것을 당연하지 않게, 아주 쉽고도 명백한 것을 불가해한 것으로 재발견하는 일에 심취해 있었다. 그에게는 신비와 맞닿은 영역이 되어버린 사물의 윤곽을 더듬으면서 보낸 그러한 기나긴 시간 덕분에 그는 어느새 매복자의 눈을 얻게 되었다. 고요한 한평생을 살아가는 내내 그는 사물의 테두리를, 아마도 약간 돌려서 말하면 이런 표현도 가능할 텐데, 산맥의 형태로 처리하기 위해 지속적으로 소리 없는, 그리고 이런 표현을 쓰고 싶은 강렬한 욕구가 생길 때가 있는데, 매우 고귀한 투쟁을 벌이고 있었다.

그 의미는 바로, 예를 들자면 산맥에 의해서 어느 지역이 더욱 위대하고 더욱 풍요로워진다는 데 있다.

분명 그의 아내는 어느 정도는 우스워 보이기조차 하는 그런 소모적인 투쟁에서 남편을 빼내기 위해, 매일 똑같은 일에만 죽을 듯이 매달려 있지만 말고 어디 여행이라도 가자고 여러 번이나 설득했을 것이다.

그럴 때면 그의 대답은 한결같았다. "그야 좋지! 지금 당장 필요한 물건 좀 챙겨서 짐 좀 싸주겠어?"

그녀는 물론 짐을 쌌지만 그는 여행을 떠나지 않고 그 자리에 그대로 있었다. 아니, 여행을 떠나기는 했지만 그 여행이란 것은 자신이 묘사하고 그림으로 재현하려는 대상의 몸 주변을, 그 대상과 외부와의 경계선 주변을 빙빙 도는 형태였고, 그녀는 정성 들여 싸놓았던 여행가방과 짐을 마찬가지로 신중한 태도로, 약간은 깊은 생각에 잠긴 얼굴로 다시 풀었고, 그런 식의 일이 그들의 말년까지 계속 반복되었고, 몽상가 남자는 나이가 든 이후에도 여전히 청소년과 같은 태도를 버리지 않았다.

그가 자기 아내를, 마치 식탁에 놓인 하나의 과일인 양 관찰하는 기묘한 모습을 한번 상상해보자. 그에게는 아내 몸의 윤곽이나 실루엣이 꽃이나 유리잔, 접시, 나이프, 포크, 테이블보, 과일, 커피잔, 주전자 등의 윤곽선처럼 한 번은 완전히 단순한 형태였다가 어느 순간 갑자기 아주 복잡하게 바뀌곤 하는 것이었다. 그에게 한 조각의 버터는 아내의 겉옷 천에서 감지하는 부드러운 굴곡과 마찬가지로 의미심장했다. 지금 이 글을 쓰고 있는 나는 스스로 불완전한 표현을 의식하고는 있지만 그럼에도 불구하고 독자들이 나를 이해해주지 않을까 기대하는 바이며, 아니 어쩌면 바로 그런 미완의 성질 속에 조명 효과가 빛을 발하는 바람에 더 확실하고 더 심오하게 이해할지도 모른다는 바람을, 물론 피상적이고 불완전한 글에는 당연히 원칙적으로 반대하는 입장이지만, 그래도 가져본다. 계속해서 말하자면, 그는 가족주의나 애국주의의 시각으로 보면 분명 문제가 많을 수 있는 아틀리에형 인간이었다. 이 정도로 설명하면 그가 '동양적' 기질을 가졌다고 생각할 수도 있다. 동양이야말로 예술의 본고장, 상상 가능한 최고의 호사스러움인 정신적 가치의 본고장이 아니던가? 그렇다고 해서 그가 식욕조차 없는 인간이라고 상상한다면 그건 아마도 착각일 것이다. 그는 과일을 탐구하는 것만큼이나 먹는 것도 무척 좋아했다. 그는 햄이 모양이나 색채에서 '놀라운' 만큼이나 존재 자체가 '탁월한' 만큼이나 맛도 좋다고 생각했다. 와인을 마시면 입안에 실제로 감도는 유쾌한 맛에 매번 놀라워했는데, 이런 특성을 과장해서 말하면 안 될 것이다. 와인 또한 그가 그림의 세계로 즐겨 옮기는 대상이었던 것이다. 그가 마법을 써서 종이 위로 옮겨놓은 꽃들은 식물 특유의 흐느적거림을 그대로 유지한 채로 여전히 이파리를 떨었고, 방종한 몸짓으로 미소를 머금었다. 그에게 중요한 것은 식물의 살덩어리, 특별한 천성에 깃든 불가해한 비밀의 정신을 표현하는 일이었다.

그가 포착한 모든 사물은 서로 혈족을 이루었고, 우리가 그의 음악성에 대해 논할 자격이 있다면 그의 풍요로운 관찰력에서 음악성이 나왔다고 말할 수 있다. 그는 자신이 그리는 모든 대상으로부터 대상의 본질을 누설해도 된다는 승인을 얻기를, 승인을 받아내기를 추구했으며, 그리하여 비로소 위대함과 사소함을 동시에 동일한 '사원'에 배치할 수 있었다.

그가 주시한 것은 의미심장한 존재가 되었다. 그가 형체를 만들어 입힌 것이 그를 주시했다. 마치 그로 인해서 행운을 얻었다는 듯이. 그리고 마찬가지 방식으로 그것은 우리를 주시하고 있다.

자신의 의지를 따르는 손의 순종적인 유연성을 그가 최대한으로 광범위하게, 거의 무제한에 가깝게 활용했다는 주장도 타당할 것이다.

기구 여행

세 사람, 선장과 신사와 젊은 여인이 기구에 올라탄다. 고정시킨 밧줄이 풀리자 이들을 태운 기이한 집은 마치 무언가를 회상하듯 서서히 공중으로 날아오른다. "잘 다녀와요!" 아래 모여 서 있던 사람들이 모자와 손수건을 흔들며 외친다. 어느 여름날 저녁 10시다. 선장은 가방에서 지도를 꺼내 신사에게 건네며 지도를 좀 봐달라고 부탁한다. 글자를 읽고 비교하는 일이 모두 가능한데, 눈에 들어오는 것들이 아직 환하게 보이기 때문이다. 그런데 거의 갈색빛이 도는 환함이다. 아름다운 달밤이 보이지 않는 팔로 거대한 기구를 감싸 안은 듯 둥근 기구의 몸체는 점점 더 높은 곳으로 부드럽고 고요하게 상승한다. 그리고 알아차리지도 못할 만큼 잔잔한 바람이 그들을 북쪽으로 싣고 간다. 지도를 읽는 신사는 때때로 선장의 지시가 있을 때마다 바닥 균형을 위해 실은 모래를 한 줌씩 아래로 집어 던진다. 기구에는 다섯 자루의 모래가 실렸고 낭비하지 않도록 아껴 사용해야만 한다. 아득히 저 먼 아래에 펼쳐진 둥글고 창백하고 어두운 지상은 얼마나 아름다운지. 은은하고 의미심장한 달빛 속에 은색으로 반짝이는 강물이 눈에 들어온다. 아래쪽의 자그마한 집들은 순결한 장난감처럼 보인다. 어두운 숲은 태고의 노래를 품은 듯하지만 그 노래는 고귀하고 말없는 과학에 가깝다. 지상의 형체는 잠든 커다란 남자와도 비슷하다고, 적어도 젊은 여인은 그렇게 몽상한다. 여인은 매혹적인 손을 느리게 들어 기구 난간 너머로 늘어뜨린다. 무슨 변덕인지 기사처럼 신사의 모자에는 깃털이 달렸다. 하지만 다른 복장은 모두 현대식이다. 지상은 얼마나 고요한지. 세세한 것까지 똑똑히 보인다. 마을 골목길을 걷는 사람들 하나하나, 교회당 뾰족탑, 기나긴 하루 일과에 지쳐 발을 질질 끌면서 농가 마당을 터덜터덜 걸어가는 일꾼, 요란한 소리를 내며 유령처럼 달리는 열차, 눈부시게 새하얀 긴 시골길. 인간의 알려진 고통과 알려지지 않은 고통이 저 밑에서 위를 향해 웅얼거리며 들려오는 듯하다. 외딴 지역의 고독은 그들만의 독특한 울림이 있어서 그 불가해한 독특함이 이해될 것 같고, 심지어는 그 독특함이 눈에 보인다는 생각이 들 정도이다. 눈부신 색채로 물든 엘베 강이 섬광처럼 번쩍이면서 세 사람에게 빛의 신호를 보낸다. 밤의 강이 보여주는 신비함에 젊은 여인의 입에서 저절로 애타는 비명이 새어나온다. 그녀는 무엇을 떠올린 것일까? 여인은 기구에 가지고 탄 꽃다발에서 검붉고 화려한 장미 한 송이를 빼내 번쩍이는 강물로 던진다. 그 순간 눈동자에는 슬픔의 물기가 영롱하다. 그것은 마치 번뇌에 찬 삶의 투쟁을 영영 내동댕이쳐버리는 몸짓으로 보인다. 번뇌를 끊어내는 것은 얼마나 큰 아픔인가. 온 세상은 아무런 소리가 없다. 멀리서 대도시의 불빛이 반짝이자 인근 지리에 정통한 선장이 도시 이름을 말해준다. 아름답구나, 너 유혹의 심연이여! 이미 셀 수 없이 많은 숲과 들판을 지났고 시각은 자정을 가리킨다. 이제 대지 위 어디에선가 노획물을 노리는 도둑만이 살금살금 돌아다니다가 누군가의 집에 침입할 뿐, 모든 사람들은 잠에 빠졌으니 수백만에 의한 거대한 잠. 전체 대지가 꿈을 꾸고 전체 인민은 고단함을 내려놓고 휴식한다. 젊은 여인의 얼굴에 미소가 떠오른다. 아, 이곳은 얼마나 포근한가. 고향집의 분위기를 풍기는 아늑한 작은 방에, 어머니의 집에, 친척 아주머니의 집에, 자매의 집에, 형제의 집에, 혹은 연인의 집에, 고요히 타오르는 램프 불빛 아래 앉아서 아름답지만 약간 지루하고 기나긴 이야기를 읽고 있는 듯하구나. 여인은 졸음을 느낀다. 지상을 바라보는 일에 지친 것이다. 하지만 기구 속의 두 남자는 여전히 서서 어둠 속을 뚫어지게 응시하고 있다. 기이할 정도로 새하얗고 맨살처럼 매끈하게 정돈된 평원이 정원과 작은 덤불숲과 교차되면서 나타났다 사라진다. 그들이 지금 내려다보는 지역은 사람의 발길이 한 번도 닿지 않은 곳들이다. 여기 어떤 지역은, 아니 대부분의 지역은 활용할 만한 목적을 찾지 못했기 때문이다. 우리 인간에게 대지는 얼마나 광대하며 얼마나 미지에 싸여 있는가! 깃털모자의 신사는 생각한다. 그래, 우리 조국의 원래 모습은 바로 여기, 이 위에서 바라볼 때야 비로소 어느 정도 머리에 들어오는 법이지. 그러면 우리의 대지가 얼마나 미개척 상태이며 얼마나 강한 잠재력을 지녔는지 알 수 있으니까. 다음 날 날이 밝을 무렵, 그들은 두 개의 지방을 지나온 상태였다. 잠에서 깨어난 저 아래 마을들에서는 다시금 인간의 삶이 시작되었다. "이 마을 이름이 뭡니까? 선장이 큰 소리로 아래를 향해 소리쳐 묻자 한 소년이 맑고 높은 음성으로 대답해준다. 세 사람은 여전히 지상을 내려다보고 있다. 이제는 젊은 여인도 잠이 깼다. 색채가 보이고, 사물들이 더욱 또렷해진다. 초록빛 숲 가운에 눈부신 자태로 자리 잡은 호수의 그림 같은 윤곽선도 선명하다. 낡은 요새의 폐허가 나무들 사이로 높이 솟아 있다. 언덕의 융기는 큰 자취 없이 완만하고 백조 떼는 물 위에서 하얗게 흔들리는데 인간들의 목소리는 정겹고 커다랗게 들려온다. 기구는 계속해서 날아가고 마침내 장엄한 태양이 모습을 드러낸다. 늠름하고 자랑스러운 이 천체에 이끌린 기구는 신비하게 현기증을 일으키는 높이로 힘차게 상승한다. 젊은 여인이 놀라 비명을 지른다. 남자들은 소리 내어 웃는다.

작은 베를린 여인

오늘 아빠가 내 뺨을 때렸다. 물론 아빠라면 그럴 수 있는 애정이 깃든 수준으로 말이다. 나는 말장난으로 대응했다. "아빠, 제정신이 아닌가봐요." 이건 약간 도가 지나치긴 했다. "숙녀는 말을 골라 써야 한다." 우리 독일어 선생님은 항상 이렇게 말했으니까. 그녀는 정말 끔찍하다. 하지만 아빠는 내가 선생님을 우습게 보는 걸 용납하지 못한다. 아마도 아빠가 옳을 것이다. 학교에 다니는 이유는 학구열 때문만이 아니라 존경심을 드러내기 위함이기도 하니까. 게다가 다른 사람을 우습게 보고 비웃는 일은 저열하고 품위가 없다. 젊은 숙녀는 품위와 고상함에 익숙해져야 한다. 그건 나도 잘 안다. 누구도 내게 일을 시킬 수 없다. 아무도 나에게 노동을 강요할 수는 없지만 대신 품위 있는 인격은 기대할 것이다. 나중에 내가 직업을 갖게 될까? 절대 그럴 일은 없을 것이다. 나는 우아한 젊은 숙녀가 되어서 결혼을 할 테니까. 내가 남편을 괴롭힐 가능성은 있다. 하지만 그러면 참으로 힘들 것이다. 사람은 타인을 경멸해야겠다고 생각하는 즉시 자기 자신을 먼저 경멸하게 되니까. 나는 열두 살이다. 나는 분명 정신적으로 무척 성숙하다. 그렇지 않다면 이런 생각들을 하지 못할 테니까. 내가 아이를 낳게 될까? 그런 일은 어떻게 일어나는 걸까? 만약 내 미래의 남편이 경멸스러운 사람이 아니라면, 그렇다면 그래, 분명히 그럴 거라고 나는 믿는데, 그럴 경우에 나는 아이를 가질 것이다. 그리고 아이를 교육시키겠지. 하지만 나 자신부터가 교육을 그리 원하지 않잖아. 그런데 이런 쓸데없는 생각은 왜 하고 있는 건지.

베를린은 세상에서 가장 아름답고 가장 교양 넘치는 도시다. 내가 이 사실을 굳게 확신하지 못한다면 정말로 끔찍할 것이다. 이곳은 황제가 거주하는 도시 아닌가? 이곳이 세상 최고의 도시가 아니라면 왜 황제가 하필이면 여기서 살겠는가? 얼마 전에는 오픈카를 타고 지나가는 왕손들도 보았다. 정말 멋있었다. 황태자는 젊고 쾌활한 신과 같았고 곁에 앉은 황태자비는 또 얼마나 눈부시게 아름답던지. 그녀는 은은하게 향기로운 모피에 푹 감싸여 있었다. 하늘에서 꽃비가 두 사람에게 떨어져 내리는 것만 같았다. 티어가르텐 공원도 최고다. 나는 거의 매일 가정교사와 함께 그곳으로 산책을 나간다. 초록빛 나무 아래로 똑바로 난 길과 구불구불한 산책길을 몇 시간이고 돌아다닐 수 있다. 심지어는 아빠까지도, 그다지 감동받을 필요가 없는 사람인 아빠도 티어가르텐 공원에는 감동한다. 아빠는 교양 있는 사람이다. 내 생각에 아빠는 나를 미친 듯이 사랑한다. 아빠가 이걸 읽으면 큰일인데. 하지만 지금 쓰는 이 글은 나중에 찢어버릴 거니까 괜찮다. 사실 나처럼 아직 물정에 어둡고 미숙한 아이가 벌써부터 일기를 쓰고 싶어 하다니 어울리지 않는 일이다. 그래도 간혹 너무 지루할 때면 아무리 어울리지 않는 일이라도 쉽사리 유혹에 넘어가기 마련이니까. 가정교사는 참 착하다. 내 말은, 대체로 그렇다는 뜻이다. 무척 성실하고 또 나를 사랑해준다. 게다가 아빠를 매우 존경하는데, 이 점이 중요하다. 그녀는 몸매가 날씬하다. 예전 가정교사는 개구리처럼 뚱뚱했다. 볼 때마다 항상 터져버릴 것만 같았다. 그녀는 영국인이었다. 분명 지금도 영국인이겠지. 하지만 어느 날부턴가 태도가 건방져진 이후로 우리는 그녀를 상관하지 않기로 했다. 아빠는 그녀를 내쫓았다.

우리 두 사람, 아빠와 나는 곧 여행을 떠난다. 지금은 품격 있는 사람들이 여행을 떠나는 시즌이기 때문이다. 이처럼 초록이 우거지고 꽃이 만발하는 계절에 여행을 가지 않는 자라면 뭔가 수상하지 않은가? 아빠는 해변으로 간다. 분명 그곳에서 며칠이고 모래 속에 누워 살갗을 갈색으로 태우겠지. 그래서 아빠는 항상 9월에 가장 건강해 보인다. 창백하고 피로한 얼굴은 아빠에게 어울리지 않는다. 그리고 나도 개인적으로 갈색으로 그을린 남자의 얼굴이 마음에 든다. 그런 얼굴은 전쟁터에서 막 돌아온 남자 같으니까. 애들처럼 유치한 취향이라고? 그래, 맞다. 나는 아직 아이니까. 어쨌든 나는 남쪽으로 여행을 떠난다는 말이다. 일단은 뮌헨으로 갔다가 그다음에는 나와 아주 가까운 사람, 엄마가 살고 있는 베네치아로 간다. 부모님은 내가 이해할 수 없는, 말하자면 내가 너무 어린 탓에 아직 충분히 존중해줄 수 없는 어떤 심오한 이유로 인해 별거 중이다. 나는 대부분 아빠와 함께 산다. 하지만 엄마에게도 물론 일정 기간 동안 나를 소유할 권리가 있다. 앞으로 있을 여행 생각에 기쁘고 들뜬다. 나는 여행이 좋다. 내 생각에는 대부분의 사람들이 여행을 좋아하는 것 같다. 기차에 올라타고, 출발하고, 먼 곳을 향해 떠나는 기분. 앉아만 있으면 아득한 곳으로 실어다준다. 그런 기분이 얼마나 좋은지. 내가 곤궁이나 가난을 아느냐고? 그런 건 전혀 모른다. 내가 그렇게 품위 없는 경험을 반드시 해야 할 필요는 없다고 생각한다. 가난한 집 아이들이 불쌍하기는 하다. 만약 내가 그런 환경에서 살아야 한다면 창문에서 뛰어내리고 말 것이다.

나와 아빠는 고상한 동네에서 산다. 조용하고, 엄청나게 깨끗하고, 상당한 역사가 있는 동네가 고상한 동네다. 새 동네는 어떠냐고? 나는 새로 지은 집에서는 살고 싶지 않다. 새로 만들어진 구역은 항상 뭔가 문제가 있다. 예를 들자면 집집마다 정원이 있는 우리 동네에는 노동자 같은 가난한 사람들이 거의 한 명도 보이지 않는다. 우리 이웃에는 모두 공장주나 은행가 같은 직업 자체가 부자인 사람들이 산다. 그러니까 아빠도 상당한 부자일 것이 분명하다. 가난한 서민이나 빈민은 집세가 너무 비싸서 이 주변에 살 엄두를 아예 내지 못한다. 아빠가 말하기를 빈곤한 계층이 사는 동네는 도시 북쪽이라고 했다. 무슨 도시? 북쪽이라니, 그게 도대체 어디인가? 나는 이 도시 북쪽보다 모스크바가 더 익숙하다. 모스크바, 상트페테르부르크, 블라디보스토크, 심지어는 요코하마에서도 수많은 그림엽서를 받아보았으니까. 벨기에와 네덜란드의 해변에 가봤고, 하늘에 닿을 듯 까마득히 높은 산과 초록의 초원이 펼쳐진 엥가딘에도 가봤지만, 이 도시라고? 베를린이란 도시는, 아마도 여기 사는 수많은 사람들에게조차 수수께끼로 남으리라. 아빠는 예술과 예술가를 후원한다. 그건 아빠의 사업이다. 그런데 후작도 역시 마찬가지로 종종 그런 사업을 하고 있으니 아빠의 사업은 고상한 행위에 속하는 셈이다. 아빠는 그림을 사고판다. 우리 집에는 무척 근사한 그림들이 걸려 있다. 내가 생각하기에 아빠 사업의 핵심은 이것이다. 즉 예술가들은 원래 사업을 이해하지 못한다는 것. 혹은 어떤 이유가 있어서 예술가들은 사업을 이해해서는 안 된다는 것. 혹은 세계는 아주 크고 냉혹하다는 것. 이것이 핵심일지도 모른다. 세계는 결코 예술가의 존재를 생각하지 않으니까. 그래서 세계의 규범을 잘 알고 있으며 영향력 있는 인맥을 갖춘 아빠 같은 사람이 나서서 적절하고 영리한 방식으로, 예술을 나 몰라라 하는 세계의 시선이 예술과 궁핍한 예술가에게로 향하도록 만드는 것이다. 아빠는 자신의 고객들을 경멸할 때가 많다. 하지만 아빠는 예술가들 역시 자주 경멸한다. 그때그때 경우에 따라 다를 뿐이다.

그렇다, 나는 베를린 이외의 다른 곳에서는 절대로 거주할 수가 없다. 작은 도시의 아이들, 낡아빠져서 퀴퀴하게 곰팡

내 나는 소도시의 삶을 한번 생각해보라. 더 아름답지 않으냐고? 그야 물론 그런 곳에는 베를린에 없는 것들이 많이 있기야 하겠지. 로맨틱하지 않으냐고? 내가 잘못 생각하는 건 아니라고 보는데, 내 해석에 따르면 로맨틱하다는 것은 절반쯤만 살아 있다는 의미와 같다. 결함, 파손, 질병, 예를 들면 낡아빠진 성벽 같은 것. 그렇듯 아무짝에도 쓸모없는 것, 아무도 모르게 비밀스러운 방식으로 아름다운 것, 그것이 바로 로맨틱한 것이다. 물론 나도 그런 것들을 꿈꾸기도 한다. 하지만 꿈만으로 충분하다고 생각한다. 그리고 존재하는 것 중에서 가장 로맨틱한 것은 심장이므로, 감수성 강한 사람이라면 누구나 마음속에 오래된 성벽으로 둘러싸인 오래된 도시를 가지고 있는 셈이니까. 이제 곧 우리의 베를린은 새로움으로 터져나갈 것이다. 아빠는 말하기를, 베를린의 모든 역사적인 기념물이 사라질 것이고 그러면 아무도 옛날의 베를린을 기억하지 못할 거라고 했다. 아빠는 모든 것을 안다. 최소한 거의 모든 것을 알고 있다. 그러니 아빠의 딸인 나도 당연히 이익을 본다. 그래, 자연 한가운데 자리 잡은 도시들은 물론 아름답기야 하겠지. 숨바꼭질하기 좋은 매혹적인 은신처도 곳곳에 숨어 있을 것이고, 기어들어갈 수 있는 동굴, 너른 초원, 들판, 몇 걸음만 가면 나오는 숲. 그런 도시는 사방이 초록빛 나무로 둘러싸여 있겠지. 하지만 베를린에는 뜨거운 한여름에도 스케이트를 탈 수 있는 얼음궁전이 있다. 게다가 베를린은 어떤 면으로 봐도 독일의 모든 도시들 중에서 단연 앞서나간다. 베를린은 세계에서 가장 깨끗하고 가장 현대적인 도시이다. 그런 말을 누가 했느냐고? 그야 당연히 아빠지. 아빠가 얼마나 훌륭한데. 나는 아빠에게서 무척 많이 배운다. 우리 베를린의 도로는 모든 더러움과 울퉁불퉁함을 이겨냈다. 그래서 얼음판처럼 매끄럽고 심하게 박박 문질러 청소한 마룻바닥처럼 반들반들하고 광택이 난다. 요즘은 거리에서 롤러스케이트를 타는 사람들도 있을 정도이다. 만약 이런 유행이 앞으로도 계속된다면 언젠가는 나도 거리에서 롤러스케이트를 타게 될지도 모르는 일이다. 제대로 알아차리기도 전에 순식간에 나타나는 유행이 있다. 지난해에는 아이들 전부와 상당수의 어른들이 너 나 할 것 없이 전부 디아볼로*에 열중했다. 그런데 올해는 완전히 유행이 지나버렸고 아무도 그 놀이를 하지 않는다. 그렇게 모든 것이 변한다. 베를린이 항상 그 변화를 선도한다. 누구도 모방의 의무가 있는 것도 아닌데, 마담 모방은 위대하고 숭고한 삶의 지

* 막대기 두 개와 줄을 이용해 공중에서 팽이를 돌리는 놀이

배자이다. 누구나 다 그것을 모방한다.

아빠는 매력적인 사람일 것이다. 원래는 참 괜찮은 편이지만 종종 도무지 알 수 없는 이유로 무섭게 화를 낼 때가 있다. 그러면 흉측하게 변한다. 그런 아빠를 보면서 나는 비밀스러운 분노와 불쾌한 감정이 사람을 얼마나 흉하게 만드는지를 배웠다. 아빠가 언짢은 상태일 때면 무의식적으로 나는 두들겨 맞은 개처럼 비참한 기분이 든다. 그런 이유로 아빠는 가족들에게, 그 가족이 달랑 딸 하나뿐이긴 하지만, 자신의 불쾌함이나 심적 불만을 있는 그대로 드러내서는 안 되는 것이다. 그런 점에서, 바로 그런 점에서 아빠들은 죄를 범하고 있다. 그것을 나는 생생하게 실감하면서 산다. 하지만 약점이 없는 인간이 어디 있단 말인가. 단 한 번의 실수도 저지르지 않는 인간이 어디 있단 말인가? 죄 없는 인간이 과연 있을까? 아이 앞에서 자신의 격앙된 감정을 억제할 필요를 느끼지 못하는 부모는 바로 그 자리에서 아이를 노예 신세로 전락시켜버리는 셈이다. 아빠라면 고약한 기분을 침착하게 억누르거나(하지만 얼마나 어려울 것인가!) 최소한 가족이 아닌 낯선 사람에게 쏟아내야 한다. 딸은 젊은 숙녀와 다름없고, 교양 있는 아빠라면 당연히 그 앞에서 진짜 신사의 태도를 보여야 한다. 여기서 강조할 것은, 나는 아빠와 함께 하는 이 생활이 진정 파라다이스라고 생각한다. 내가 아빠에게서 발견하는 어떤 흠이 있다면 그것은 의심의 여지없이 아빠로부터 나에게로 전이되어버린, 즉 원래는 내 것이 아니라 그의 것이지만 지금 나로 하여금 그를 세밀하게 관찰할 수 있게 만드는 바로 그 용의주도함이다. 아빠는 항상 어떤 특정한 관계 속에서 그에게 의존할 수밖에 없는 사람에게만 분노를 쏟아내는 것 같다. 그런 사람들은 아빠의 주위에 득시글거린다.

나는 내 방이 있고, 내 가구와 화려한 사치품, 책 등등을 갖고 있다. 솔직히 매우 부유한 환경에서 사는 것이다. 그러면 아빠에게 고마워해야 하는 게 아닐까? 무슨 하나 마나 한 질문을. 나는 아빠에게 복종한다. 나는 아빠의 소유고, 그래서 아빠도 나를 자랑스러워할 자격이 있다. 나 때문에 아빠는 걱정이 많다. 아빠에게 나는 집안의 걱정거리다. 아빠는 나를 야단칠 수 있고, 그럴 때마다 나는 아빠가 다시 웃음을 터트리게 만드는 일을 일종의 세련된 의무라고 생각한다. 아빠는 자주 야단을 친다. 아빠는 유머감각이 풍부한 만큼 아주 다혈질이기도 하다. 크리스마스 때면 나를 선물더미에 파묻히게 만든다. 참고로 말하면 내 가구들은 상당히 유명한 어떤 예술가의 작품이다. 아빠가 상대하는 사람들은 대부분 명성이 높다. 아빠는 명성을 상대로 사업을 하니까. 그런 명성에 인간이 들어 있다면 더 좋은 일이고. 명성은 있는데 그 명성에 걸맞은 자질이 없는 사람을 보면 얼마나 싫고 끔찍할까. 그런 유명한 사람들을 아주 많이 상상해볼 수 있다. 그렇다면 그런 자들에게 명성이란 일종의 불치병이 아닐까? 뭐, 표현이 그렇다는 거다. 내 가구들은 흰색으로 칠해져 있고 뛰어난 예술감각을 가진 자가 꽃과 과일을 그려 넣었다. 정말 예쁘다. 가구에 그림을 그린 사람은 아빠가 매우 높이 평가하는 뛰어난 인물이다. 아빠의 칭찬을 받으면 누구라도 기분이 으쓱해지는 것이 당연하다. 아빠가 호의를 갖는다는 것은 이미 그 자체로 의미가 큰데, 그것을 느끼지도 못하고 별일 아니라는 식으로 아무런 신경을 안 쓰는 자들은 결국 자기 손해라는 말이다. 그들은 세상을 바라보는 혜안이 없다. 나는 아빠가 정말로 보기 드문 희귀한 수준을 갖추었다고 생각한다. 아빠가 이 세계에 영향력을 미치고 있음은 아주 명백하다. 내 책들은 대부분 지루하기만 하다. 그건 책들이 적절하지 못하게, 진짜로 '아이'를 위한 책이기 때문이다. 그런 책들은 모욕이나 마찬가지다. 왜냐고? 아이의 지평을 전혀 넘어서지 못하고 있는 책을 굳이 아이에게 읽으라고 골라주는 셈이니까. 아이를 대상으로 한다고 해서 유치하게 말을 할 필요는 없다. 그것이야말로 유치한 짓이다. 아직 아이에 불과한 나 역시도 유치한 것을 혐오한다.

그런데 나는 언제쯤이면 장난감에서 손을 완전히 떼게 될까? 아니다, 장난감이 얼마나 좋은데. 아직도 한참은 더 인형을 갖고 놀 것이 분명하다. 그러나 나는 놀이를 하면서도 의식을 한다. 이런 놀이가 어리석다는 사실을 잘 알고 있다는 말이다. 하지만 어리석고 쓸데없는 놀이란 얼마나 아름다운 것인지. 내 생각에, 예술가적 감성이란 바로 이런 식으로 만들어지는 것이리라. 우리 집에는 아빠를 찾는 젊은 예술가들이 자주 방문하여 식사를 함께 하곤 한다. 물론 초대를 받고 오는 것이다. 초대장은 내가 쓸 때도 있고 가정교사가 쓸 때도 있다. 고상한 집안이라면 으레 그렇듯이 우리 집 식탁은 요란한 과시나 의도된 화려함이라고는 없으며 그런 날이면 흥겨운 분위기와 재치 있는 대화가 가득 넘친다. 아빠는 젊은 예술가들과, 그러니까 자신보다 더 나이가 젊은 예술가들과 어울리기를 좋아하는데, 그들과 함께 있을 때 가장 활기차고 가장 젊어 보이는 사람도 바로 아빠이다. 사람들은 대부분 아빠가 말하는 것을 듣고 있다. 그들은 가만히 귀를 기울이거나 잠시 허락을 얻어 대개는 좀 우스꽝스럽게 들리는 짧은 발언을 하는 정도이다. 아빠는 그들 모두보다 지식에서 앞서고 세상을 바라보는 안목 또한 월등히 높으므로 그들은 모두 아빠에게서 배우고 있는 것이다. 내 눈에도 그런 사실이 훤히 보인다. 가끔 나는 식탁에서 웃음을 터트릴 수밖에 없고, 그러면 다정한 혹은 경우에 따라서 엄격한 주의를 받는다. 식사가 끝나면 이제 마음껏 빈둥대는 시간이다. 아빠는 가죽소파에 누워서 코를 골기 시작한다. 사실 엄청 시끄럽기는 하지만 나는 아빠의 모든 행동이 사랑스럽기만 하다. 그러니 자신감 있게 코고는 소리 역시 마음에 든다. 사람이 언제나 쉬지 않고 대화를 나누어야만 하나? 설사 원한다고 해도 그건 불가능하다.

아빠는 분명 돈도 무척 많이 쓴다. 아빠에게는 수입과 지출이 있다. 아빠는 살아가면서 이익을 만들어내고, 그리하여 살아가도록 해주는 사람이다. 심지어 약간 낭비하고 탕진하는 경향이 있기도 하다. 아빠는 항상 움직인다. 아빠는 전적으로 위험을 즐기는, 위험에의 도전이 삶의 필수인 유형에 속한다. 우리 집에서는 수많은 성공과 실패 사례들이 화제에 오른다. 우리 집 식사에 초대받은 사람들, 우리 집을 방문한 사람들은 이미 세계에서 크고 작은 성공을 이룬 상태이다. 그런데 세계란 무엇인가? 소문 아니면 평판? 그것이 무엇이든 간에 아빠는 그런 평판의 세계 중심에 있다. 단지 있기만

한 것이 아니라 어쩌면 그 세계를 어느 정도 경계까지는 직접 지휘하고 있을지도 모른다. 아빠의 목적은 그 어떤 경우에도 권력을 행사하는 것이다. 아빠는 자신의 능력을 발휘하면서 동시에 자신의 흥미를 불러일으키는 사람들의 능력을 발휘시키고자 한다. 승리를 거둠으로써 승리하도록 만들고자 한다. 아빠의 원칙은 이렇다. 내 흥미를 자아내지 못하면, 그건 자기 손해다. 이런 관점을 가진 아빠는 항상 건전한 인간의 가치 평가에 철두철미하며, 입장이 늘 확고하면서도 분명하고, 그것이 매우 적절하게 어울린다. 자기 자신을 중요하게 여기지 않는 사람은 비열한 행위를 하는 것도 아무렇지 않게 여긴다. 그런데 내가 무슨 얘기를 하는 거지? 아빠가 이런 말을 했던가?

나는 훌륭한 교육을 잘 받고 있는가? 그 점에 대해서는 회의를 품지 않기로 한다. 나는 대도시의 숙녀라면 마땅히 받아야 할 교육을 자유로우면서도 동시에 어느 정도 충분히 엄격한 방식으로 받고 있다. 그것은 나에게 예의범절에 익숙한 사람으로 성장할 수 있게 하는 허락인 동시에 그래야만 한다는 명령이기도 하다. 나와 결혼할 남자는 부자이거나 아니면 부에 대한 확고한 전망이 반드시 있어야 한다. 가난? 나는 가난하게 살지는 못한다. 나나 나 같은 여자들은 금전적인 결핍을 견뎌내지 못한다. 그건 한심한 짓이다. 또한 나는 단순한 생활방식을 훨씬 더 선호한다. 번드르르하게 꾸민 겉모습은 견딜 수 없다. 단순함이 곧 고급스러움인 것이다. 단아한 모습은 어떤 경우에도 은은한 빛을 발한다. 그렇게 생활의 정갈함을 완벽하게 유지하려면 돈이 필요하다. 마음에 드는 인상은 값이 비싸기 때문이다. 그런데 지금 난 너무 열을 내면서 말하는 것 같다. 이건 좀 부주의한 태도가 아닐까? 나는 사랑에 빠지게 될까? 사랑이란 무엇일까? 지금 나이가 너무 어려 모르는 것이 무척이나 많은 나에게, 이제 앞으로 어떤 이상하고 멋진 일들이 다가올까? 나는 어떤 삶을 경험하게 될까?

원숭이

어느 날 한 원숭이가 카페에 가서 하루 종일 앉아 있고 싶다는 생각을 했다고, 이야기를 이런 식으로 공공연하게 시작한다면, 비록 그 문장은 온화하다 해도 어떠한 단호함이 느껴질 것이다. 원숭이는 아주 완전히 아둔하지만은 않은 머리에 빳빳한 모자를 썼는데, 하지만 모자는 부드러운 재질이었을 수도 있으며, 양손에는 어느 양품점에 진열된 것보다 더 우아한 최고급 장갑을 끼고 있었다. 양복도 흠 하나 없이 완벽했다. 날렵하고 깃털처럼 가볍고, 볼 만한 광경이긴 했으나 조금은 우스꽝스럽기도 한 특유의 뜀뛰기를 몇 번 뛰어서 그는 아늑한 음악이 나뭇잎의 살랑거림처럼 실내 전체에 은은하게 울려 퍼지는 카페에 도착했다. 그런데 원숭이는 어느 자리에 앉아야 할지, 겸손하게 구석자리로 가야 할지 아니면 거리낌 없이 한가운데에 자리를 잡아야 할지 몰라 당혹스러웠다. 그는 결국 두 번째를 선택했는데, 원숭이들은 예의 바르게 행동하기만 하면 남들의 시선을 받을 만하다는 사실을 잘 알았기 때문이다. 애수에 잠겨서, 그러나 동시에 즐거운 기분으로 편견 없이, 하지만 수줍어하며 주변을 둘러보다가 그는 어여쁜 소녀들의 얼굴을 발견했다. 다들 앵두즙 같은 입술에 뺨은 순전히 생크림으로 빚어놓은 듯했다. 은근한 눈빛과 듣기 좋은 멜로디가 경쟁적으로 펼쳐지는 가운데, 원숭이는 자신에게 다가온 여종업원에게 고향의 정취가 묻어나는 어조로 혹시 여기서 털을 좀 긁어도 괜찮겠느냐고 물었다는 말을 전하면서, 나는 화자로서의 품위와 기쁨을 간직한 채 이만 꺼지기로 한다. “마음대로 하셔도 돼요.” 여종업원은 상냥하게 대꾸했고 우리의 신사는, 그가 이런 호칭으로 불릴 만하다는 전제하에서, 자신이 얻어낸 것을 최대한으로 확장해 이해하고 써먹었으므로 거기 있던 부인들 중 일부는 웃음을 터뜨렸고 다른 일부는 그가 저지르는 만행을 보지 않기 위해 눈길을 돌려야만 했다. 한눈에 봐도 매력 넘치는 어느 여인이 그가 앉은 테이블에 자리를 잡자 원숭이는 즉시 재치 넘치는 유머로 그녀를 즐겁게 해주었다. 처음에는 날씨 이야기를 꺼냈다가 다음에는 문학으로 넘어갔다. '이 사람 정말 독특하군.' 그녀는 원숭이가 자신의 장갑을 공중으로 집어 던졌다가 능숙하게 받아내자 그렇게 생각했다. 담배를 피울 때는 매력적으로 얼굴이 일그러졌다. 담배는 그의 찌든 낯빛과 생생한 대조를 이루었다.

이름이 프레치오사인 그녀는 발라드나 로망스에서 그러는 것처럼 친척 아주머니를 수행인으로 데리고 다니는 처녀였다. 그녀는 막 카페 안으로 들어선 참이었고, 이제껏 사랑의 감정을 경험해보지 못했던 원숭이는 그 순간 평정심을 잃고 말았다. 지금에야 그것을 경험하기 때문이었다. 머릿속을 차지하고 있던 온갖 바보 같은 짓거리들이 순식간에 말끔히 사라져버렸다. 결연한 걸음걸이로 선택받은 여인을 향해 다가간 원숭이는 그녀에게 아내가 되어줄 것을 간청하면서, 청을 들어주지 않는다면 자신이 어떤 존재인지 다들 알 수 있도록 한두 가지 재주를 펼쳐 보이겠다고 했다. 그녀가 대답했다. "그러면 우리를 집까지 데려다주세요! 신랑으로 맞기에 당신은 적절하진 않지만 그래도 예의 바르게 행동한다면 매일매일 코끝을 튕겨드리겠어요. 표정이 환해지네요! 그래도 된다고 허락해드리죠. 대신 내가 지루하지 않도록 항상 신경을 써줘야 해요!" 이렇게 말하면서 그녀가 너무나도 위엄 있게 자리에서 일어서는 바람에 원숭이는 찢어지는 소리로 웃어댔고, 그녀는 원숭이의 빰을 때렸다.

집에 도착한 유대인 여인은 손짓 한 번으로 친척 아주머니를 물러나게 한 후, 네 다리가 황금빛으로 빛나는 고급스러운 소파에 앉아 그림 같은 자세로 앞에 선 원숭이에게 자기소개를 하게 했다. 그러자 그는 원숭이다운 과장이 잔뜩 들어간 어조로 말했다.

"내가 취리히베르크에서 쓴 시들을 지금 이 자리에서 나의 숭배의 대상에게 바치겠습니다. 당신의 눈동자는 나를 주눅 들게 하려 애쓰지만 그건 불가능해요. 당신의 시선을 받으면 나는 더욱 기운이 날 뿐이니까요. 예전에는 자주 내 여자친구들인 전나무를 만나러 숲으로 가서, 그녀들의 꼭대기를 올려다보고 이끼 속으로 몸을 쭉 뻗고 내 활기에 스스로 지칠 때까지, 희열에 들뜨다 못해 마음이 멜랑콜리하게 가라앉을 때까지 그렇게 있곤 했지요."

"이런 게으름뱅이가 있나!" 프레치오사가 원숭이의 말을 끊었다.

그러나 이제 가족의 친구로 집 안에 초대받았으니 이만한 자격은 충분하다고 자신하게 된 원숭이는 아랑곳하지 않고 계속 말을 이어갔다.

"한번은 치과의사의 청구서를 지불하지 않고 무시한 적도 있습니다. 그렇게 해도 인생은 여전히 행복하게 굴러갈 것이란 믿음 때문이었죠. 그리고 자비롭게도 내게 많은 혜택을 윤허해준 상류계급 여자들의 발치에 앉은 적도 있습니다. 또한 당신에게 말해야 할 것은 나는 가을이면 사과를 줍고, 봄에는 꽃을 따 모으고, 가끔은 켈러라는 이름의 시인이 살던 곳에 가서 지내기도 한다는 사실입니다. 아마도 당신은 켈러에 대해 거의 들은 바가 없다고 할지도 모르겠습니다만, 사실은 반드시 들어봤어야 하는 이름인데……"

"뭐 이런 뻔뻔한 것이 다 있나!" 젊은 숙녀는 소리쳤다.

"정말이지 지금 당장 해고해서 당신을 불행에 빠뜨리고 싶다는 생각이 드네요! 그래도 불쌍하니 이번만큼은 봐드리겠어요. 하지만 한 번만 더 그런 식으로 숙녀에 대한 예의를 무시한다면 아무리 내가 그리워 죽을 지경이라고 해도 두 번 다시 내 앞에서 숨 쉬는 일은 없을 줄 알아요. 이제 계속 해봐요."

그는 다시 말하기 시작했다.

"나는 절대로 대단한 일을 해주지는 않았습니다. 그렇기 때문에 그녀들이 나를 높이 평가한 거죠. 마찬가지로 아가씨, 당신도 천하의 얼간이를 존중해주는 것이 느껴지네요.

예로부터 부인들 앞에서 일부러 점잖지 못한 소리를 뱉어대서 매번 분노를 사는 얼간이가 있는데, 그래야 부인들이 그에게 화를 퍼부어대고 속이 후련해질 테니까요. 언젠가는 대사의 자격으로 콘스탄티노플에 갔었는데……"

"거짓말 마세요, 허풍쟁이님."

"……어느 날 안할터 기차역에서 한 궁정시녀를 보았답니다. 아, 내 말은 다른 사람이 그녀를 알아보았다는 뜻이죠. 객차에서 나는 그 사람 옆자리에 있었는데, 지금 내가 당신 앞에 차려서 내놓는 그 여자를 그가 알아보고 말해주더군요. 물론 이건 그냥 비유인 것이, 식탁도 없는데 진짜로 뭘 차려낼 수는 없으니까요. 비록 나는 지금 화술 시범을 보이느라 식욕이 돋으니 한상 그득히 차려줬으면 하는 바람이 간절하긴 하지만요."

"주방으로 가서 음식을 담아 와요. 그사이에 난 당신 시를 읽고 있을 테니까."

원숭이는 그녀의 명령에 따라 주방으로 갔지만 주방을 찾지는 못했다. 그렇다면 주방을 보지도 못했으면서 주방으로 들어갔단 말인가? 쓰다보니 이 문장에 슬쩍 실수가 끼어들어버렸다.

그는 다시 프레치오사에게 돌아갔는데, 그사이 시를 읽다 잠들어버린 그녀는 동양의 동화에서 튀어나온 그림과 같이 누워 있었다. 손 하나가 포도덩굴처럼 아래로 드리워져 있었다. 원숭이는 그녀에게 자신이 주방을 보지도 않았으면서 주방으로 들어갔다고, 그리고 오래, 아주 오랫동안 그의 내면은 침묵하게 되었으나 도저히 물리칠 수 없는 절박함이 자신을 홀로 남겨진 여인에게로 다시 내몰았노라고 말해주려 했다. 잠자는 여인 앞에 서 있던 그는 성스러운 아름다움 앞에 무릎을 꿇고, 감히 어루만지기에는 너무도 고운, 아기예수의 손과 같은 그 손을 오직 숨결로만 가만히 건드렸다.

원숭이가 그럴 거라고 상상하기는 힘들겠지만 그는 한동안 그렇게 경건한 경외심에 빠져 있었고, 어느 순간 그녀가 눈을 떴다. 그녀는 무척 많은 것들이 궁금했으나 그냥 이렇게 묻기만 했다. "당신은 어쩐지 전혀 원숭이처럼 보이지가 않네요. 말해줘요, 당신은 군주제를 지지하나요?"

"왜 내가 그래야 합니까?"

"왜냐하면 당신은 이처럼 인내심이 강한 데다가 궁정시녀 이야기를 하니까요."

"나는 그저 점잖게 행동하고 싶을 뿐입니다."

"그건 맞는 것 같아요."

다음 날 그녀는 그에게 행복해질 수 있는 방법을 물었다.

그러자 원숭이는 정말로 놀라운 대답을 내놓았다. "이리 와요, 내가 불러주는 대로 편지를 한 통 쓰세요" 하고 그녀가 말했다. 편지를 쓰는 동안 그녀는 그가 한 자 한 자 정확하게 받아 적는지 등 뒤에서 살펴보았다. 글자를 쓰는 손놀림은 재빠르고 민첩했고, 귀는 최대한 주의를 기울여 그녀가 말하는 음절을 단 하나도 놓치지 않았다. 그들이 계속해서 편지를 쓰도록 놓아두자.

새장 안에서 코카투 앵무새가 으스대고 있었다.

프레치오사는 무엇인가를 생각했다.

산책

어느 화창한 날, 정확한 시각은 기억나지 않는 아침 무렵, 문득 산책을 나서고 싶다는 욕구에 사로잡힌 나는 머리에 모자를 올려 쓰고 내 서재를, 유령의 방을 나와 서둘러 계단을 내려가 거리로 나서게 되었다는 말로 이야기를 시작하겠다. 약간의 설명을 덧붙이자면, 도중에 층계참에서 스페인 사람처럼 보이는 혹은 페루 사람이나 크레올 인처럼 보이는 어느 여인과 마주쳤다는 말을 첨언할 수 있으리라. 그녀는 파리하게 시들어버린 모종의 존엄을 온몸으로 풍기고 있었다. 하지만 나는 그 브라질 여인 때문에, 아니 브라질이 아닌 다른 어떤 나라 여인이든 간에 단 2초라도 꾸물대는 행위를 스스로 엄격하게 금하고 있었다. 공간도 시간도 허비해서는 안 되기 때문이다. 이 글을 쓰고 있는 오늘 당시의 기분을 기억해보면, 그날 들뜬 분위기가 넘실대는 환하고 탁 트인 거리로 나선 순간 로맨틱한 흥분이 내 가슴을 가득 채웠고, 나는 마음속 깊이 행복을 느꼈다. 눈앞에 펼쳐진 아침의 세계는 생전 처음 보는 광경처럼 아름답기만 했고, 시선이 가 닿는 모든 대상은 다정하고 선량하며 젊음이 넘치는 신선한 인상이었다. 그래서 나는 방금 전까지만 해도 저 위쪽 골방에서 우중충한 얼굴로 백지와 씨름하고 있었다는 사실을 금세 잊을 수 있었다. 그동안 겪었던 모든 슬픔과 모든 고통과 모든 고뇌가 다 사라져버리는 듯했다. 비록 내 안에서 여전히 비상벨처럼 울리고 있는 어떤 막연한 심각함은 충분히 인식한 채였지만. 나는 산책길에서 마주칠 것들, 내게 닥칠 일들, 그 모두에게 관심과 기쁨으로 화답할 준비가 되어 있었다. 나는 일정한 보폭으로 느리게 걸었고, 적어도 내가 아는 한 그렇게 특유의 걸음걸이를 유지할 때 나는 상당히 위엄 있는 존재로 보인다. 나는 내 세세한 감정을 주변 사람들에게 들키는 것을 좋아하지 않는다. 물론 그렇다고 해서 들키지 않으려고 죽어라 안간힘을 쓰고 노력하는 정도는 당연히 아닌 것이, 그건 정말로 한심한 바보짓에 불과하니까 말이다. 스무 걸음 혹은 서른 걸음도 채 걷지 않았는데 어느새 사람들로 붐비는 커다란 광장에 도착했고, 그때 최고의 권위자인 마일리 교수를 잠깐 스쳐 지나갔다. 불후의 권위에 어울리는 자세로 진지하고 엄숙하게 걸어오는 마일리 교수의 모습에는 범접하지 못할 드높은 기운이 흘러넘쳤다. 손에는 불굴의 학식을 상징하는 올곧은 지팡이가 들려 있었는데, 그것이 나에게 두려움과 경외심과 존경심을 불러일으켰다. 마일리 교수의 코는 엄격하고 지배적이고 예리한 인상을 주는 독수리코 혹은 매부리코였으며 입은 재판관처럼 꾹 앙다문 모습이었다. 이 유명한 학자의 걸음걸이는 완고한 법률과 닮아 있었다. 이미 오래전에 사라진 영웅들의 업적과 세계사의 잔영이 마일리 교수의 짙은 눈썹 뒤편에 숨겨진 단단한 두 눈동자에서 번갯불처럼 번득이며 뿜어져 나왔다. 그의 모자는 결코 자리에서 물러나지 않는 지배자와 같았다. 비밀스러운 지배자처럼 자부심 넘치고 강렬한 것은 없다. 그래도 전체적으로 보았을 때 마일리 교수의 평소 태도는 아주 온화해서, 자신이 내면화시킨 대단한 권력과 비중을 굳이 겉으로 드러내지는 않겠다는 듯이 행동하는 편이었다. 또 가차 없는 냉혹함에도 불구하고 교수의 외모는 나에게 호감을 주었는데, 그 이유는 달콤하고 아름다운 미소를 짓지 않는 사람이야말로 정직하고 신뢰할 수 있다고 나는 감히 생각하기 때문이다. 잘 알려진 대로 세상에는 사랑과 선행을 가장하는 악당들이 있지만 진정 끔찍한 능력을 가진 자들은 자신이 저지른 만행 앞에서 점잖고 상냥하게 미소를 지을 줄 안다.

나는 책방 주인과 책방의 냄새를 맡는다. 마찬가지로 이제 곧 내 예감과 관찰력이 일러주는 대로 허풍스러운 황금색 활자를 내건 빵집이 주요하게 언급될 것이다. 하지만 그 전에 먼저 목사 혹은 신부 한 사람도 잊지 않고 기록해야 한다. 시내에 사는 화학자는 상냥하면서도 의미심장한 얼굴로 산책자의 곁을, 즉 내 곁을 아주 가까이에서 자전거를 타고 지나가고, 연대 소속 군의관 혹은 일반 군의관 한 명도 마찬가지로 지나갔다. 평범한 보행자도 무심히 지나칠 수 없고 기록에서 빼먹어서도 안 된다. 나에게 정중한 태도로 자신을 호의적으로 기록해달라고 요청하고 있기 때문이다. 이 사람은 중고거래와 고물수집으로 돈을 벌어 부자가 되었다. 사내아이들과 계집아이들이 햇빛 아래서 아무런 제약 없이 자유롭게 활개치고 돌아다닌다. '아이들이 놀고 싶은 대로 가만히 놓아두는 편이 좋아.' 나는 생각했다. '어차피 세월이 저들에게 두려움을 가르칠 테니까. 그래서 저 목에 고삐를 맬 테니까. 단지 그 시기가 너무나 빨리 닥친다는 것. 그게 안타까울 뿐이지.' 개 한 마리가 분수대에서 신나게 몸을 식힌다.

제비들은 푸른 허공에서 신나게 재잘거리는 듯하다. 아찔하게 짧은 치마에 깜짝 놀랄 만큼 매혹적이고 긴 원색의 부츠를 신은 우아한 숙녀 한둘은 다른 무엇에도 뒤지지 않겠다는 기세로 존재감을 과시하려 한다. 여름 밀짚모자 두 개가 눈에 들어온다. 신사용 밀짚모자에 얽힌 이야기는 이러하다. 부드럽고 환한 대기가 넘실대는 시야에 갑자기 모자 두 개가 불쑥 나타났다. 고상한 신사 두 명이 마주 보며 모자를 살짝 들어 올려 점잖고 보기 좋은 모양으로 흔들었다. 서로 아침인사를 하는 것 같았다. 이 의례가 행해지는 사이 모자는 그들을 쓰고 다니는 사람 혹은 주인보다 더욱 중요한 존재가 되는 것이 확실하다. 그런데 이 글의 작가는 실제로 불필요한 조롱이나 놀림을 삼가달라고 아주 공손한 부탁을 받기도 한 처지이다. 사람들은 작가에게 제발 진지한 태도로 써달라고 간청했고, 이번만큼은 작가도 그런 사정을 마침내 충분히 이해하리라고 희망한다.

아주 웅장하고 규모가 큰 책방이 내 눈을 흡족하게 만들며 나타났고, 그래서 나는 잠시 그곳을 방문하고픈 충동적인 욕구를 느꼈으므로 조금의 망설임도 없이 확실하게 예의 바르고 품위 있는 발걸음으로 책방 안으로 들어서면서, 문득 나는 아마도 책방에서 환영받는 다량 구매자이자 좋은 고객은 아닐 것이고 대신 책의 감독관이나 최종교열자, 자료조사원이나 섬세한 감정가에 해당할지도 모르겠다는 생각이 들었다. 나는 무척 예의 바르면서도 신중한 목소리와 최대한 고르고 고른 기색이 역력한 정중한 표현을 써서, 최근 새로 출간된 순문학 분야의 가장 뛰어난 작품들이 무엇인지 문의했다. "가장 순수하고 가장 진지한, 그리고 당연히 그에 따라 가장 많이 읽혔고 가장 빠른 시기에 높은 평가와 인정을 받았으며 가장 많이 팔린 작품을 만날 수 있다면, 지금 여기서 잠시 읽으면서 그 진가를 감상해보고 싶은데 가능하겠습니까? 크나큰 친절을 베푸셔서 그런 책을 저에게 자비롭게도 보여주신다면, 저는 감사의 마음이 넘쳐 몸 둘 바를 모르게 되겠습니다. 독자 대중뿐만 아니라, 두려움의 대상이며 따라서 당연히 사방에서 아부를 받는 일에 익숙한 비평가들에게서도 최대의 총애를 받아낸 작품, 더 나아가서 아직도 여전히 그 총애를 즐기고 있는 작품, 그것이 무엇인지 세상에서 가장 정확하게 아는 사람은 분명 당신일 테니까요. 이 책방에 그득 쌓여 전시되어 있는 산더미 같은 책 혹은 문학작품 중에서 과연 어떤 책이 바로 그 문제의 최고 인기 작품일까, 당장 알고 싶은 열망이 내 안에서 얼마나 맹렬하게 끓어오르는지 당신은 아마 상상하기 힘들 것이고, 또 그 책을 한 번

쳐다보기만 하면 나는 그 자리에서 완전히 사로잡혀버린 나머지 지금 내가 온몸으로 미칠 듯이 생생하게 예감하는 바 그대로, 당장 그것을 사지 않고는 견딜 수 없는 상태가 되어버릴 것임은 티끌만 한 의문의 여지도 없이 너무도 자명합니다. 교양인들의 최고 인기 작가와, 우레 같은 박수갈채에 싸인 그의 뛰어난 걸작을 만나보고 싶은 열망, 그리고 이미 말씀드린 대로 매우 확실하게 추측하건대 그것을 당장 사고자 하는 열망으로 인해 나는 사지가 덜덜 떨리다 못해 뒤틀릴 지경입니다. 그래서 정중하게 요청하오니, 나를 온통 장악하고 꼼짝 못하게 만드는 열망을 진정시키고 심신을 안정시키기 위해, 그 최고의 성공작을 제게 보여주실 수 있겠는지요?" "물론입니다." 책방점원은 이렇게 대꾸했다. 그는 화살처럼 빠른 속도로 시야에서 사라졌다가 탐욕스러운 구매자들과 궁금한 것투성이인 고객들 앞에 순식간에 다시 나타났다. 게다가 손에는 가장 많이 팔리고 가장 많이 읽힌, 실질지속가치를 보유한 책 한 권까지 정말로 들고 있었다. 아주 조심스럽고 엄숙하기까지 한 그 태도는 마치 신성한 성물이라도 운반하는 것 같았고 그의 얼굴은 황홀경에 휩싸여 보이기까지 했다. 표정에는 최고의 경외심이 뿜어져 나왔으며 입가에는 마음을 완전히 관통당한 독실한 신자들만이 나타내 보일 수 있는 신실한 미소를 띤 채, 그는 운반해온 것을 내 앞에 더할 나위 없이 의기양양한 몸짓으로 내려놓았다. 나는 그 책을 살펴본 후 그에게 물었다.

"이것이 정말로 올해 가장 널리 읽힌 책이 맞는다고 맹세할 수 있겠습니까?"

"그럼요, 물론입니다."

"정말로 다들 이 책을 읽었단 말이지요?"

"무조건 다들 읽는 책이었으니까요."

"그럼 이 책이 그렇게 훌륭한가요?"

"세상에 그건 두말할 필요도 없지요!"

"정말로 감사드립니다." 나는 냉담하게 인사를 건넨 후, 무조건 다들 읽어야 했기 때문에 두말할 필요도 없이 가장 널리 사람들에게 알려질 수밖에 없었던 그 책을 자리에 그대로 두고 다른 말은 한마디도 없이 그냥 돌아섰다. 당연히 기분이 몹시 상한 점원이 등 뒤에서 큰 소리로 외쳤다. "못 배워 처먹은 무식한 놈!" 하지만 나는 그가 뭐라고 하든 개의치 않고 여유 있게 걸음을 옮겼고, 이제 곧 납득이 가게 상세히 설명하겠지만 바로 옆에 있는 으리으리한 은행 건물로 들어섰다.

나는 모종의 유가증권에 관한 믿을 만한 정보를 얻기 위해 그곳에 반드시 들러야만 했던 것이다. "마침 지나가는 길이기도 하니 얼른 금융기관에 들러 볼일을 봐야지" 하고 나는 속으로 생각했거나 혼잣말로 중얼거렸다. "재정문제를 상담하고 속닥거릴 수밖에 없는 질문을 해볼 꽤 적절한 기회이니 나쁘지는 않아."

"고객님이 친히 저희에게 들러주시다니 매우 훌륭한 선택이십니다." 창구직원은 책임감 넘치는 태도로 매우 친절하게 나를 맞았고, 거의 교활한 하지만 그래도 밝고 기분 좋은 미소를 띠면서 이렇게 덧붙였다.

"이미 말씀드린 대로 직접 저희 은행을 방문해주신 것은 매우 잘한 일이십니다. 안 그래도 고객님에게 서면으로 연락을 드릴 예정이었습니다. 지금 이 자리에서 이야기될 것들에 관해서, 고객님에게는 당연히 기쁜 소식이 될 내용을 전하기 위해서 말이죠. 그 내용이란, 고객님에게 호의를 품고 있는 것이 분명한 자비심 많고 인류애 넘치는 어느 여성연합 혹은 단체의 지시에 따라, 우리 은행은 고객님에게

1천 프랑

의 채무 대신에 도리어 그 반대로 고객님의 입장에서는 의심의 여지없이 매우 반가운 일이 될 터인데, 그만큼의 액수를 고객님의 계좌에 입금시켰다는 겁니다. 여기 그것을 증

빙하는 서류가 있으니 만약 가능하다면 이 자리에서 머리에 즉시 담아 가시면 좋겠지만, 그것이 여의치 않으면 여타 원하는 다른 방법으로 기록을 하셔도 됩니다. 우리는 이 사실이 고객님에게 기쁜 내용이리라고 생각합니다. 왜냐하면 솔직히 말해서 우리는 고객님이, 감히 이렇게 말씀드려도 된다면 섬세하고 아름다운 자연의 배려를 지금 정말로 심각하게 필요로 하고 있다는 인상을 거의 지나치리만큼 명확하게 받았으니까요. 오늘부터 이 돈은 고객님 마음대로 사용하실 수 있습니다. 지금 이 순간 고객님 얼굴에 강렬한 기쁨의 표정이 번져나가는 것이 보이는군요. 눈동자에서 광채가 납니다. 고객님 입도 웃음 지을 때의 모양 비슷하게 변했는데, 아마도 아주 오랜 동안 그런 모양으로 웃어본 적이 없는 듯합니다. 집요하게 매달리는 일상의 흉물스러운 근심이 그런 웃음을 허용하지 않았기 때문이고, 오랜 세월 대부분의 시간을 울적한 마음으로 지내왔기 때문이겠지요. 온갖 종류의 불길하고 슬픈 생각들이 고객님 이마에 어두운 그늘을 드리워 놓았군요. 하지만 이제는 즐겁게 양손을 비비며 기뻐하기만 하면 되는 것이, 몇몇 고귀하고 인정 많은 자선가 여인들이 고통을 방지하고 곤궁을 줄여야겠다는 비범한 신념을 품었고, 그 결과 가난하고 좌절한 시인에게(그게 바로 고객님 당신이잖아요, 그렇죠?) 지원이 필요하다는 생각을 하게 되었으니까요. 이 세상에는 고객님을 기억해주는 몇몇 겸손한 사람들이 있다는 사실에, 모든 사람들이 전부 시인을 경멸하고 무시하는 것만은 아니라는 사실에, 우리는 고객님께 축하를 드리는 바입니다."

"선량한 요정들 혹은 여성들의 부드러운 손이 내게 건네주었다는 예상치 못하게 흘러들어온 그 금액 말인데요." 내가 입을 열었다. "그 금액을 당분간은 그냥 당신들 은행에 보관하고 싶군요. 은행에는 불이 나도 안전하고 도둑이 들 염려도 없이 튼튼한 금고가 있으니 값진 물건들이 망가지거나 없어지지 않도록 간수할 수 있을 테니까요. 더구나 은행에 맡겨놓으면 당신들이 이자까지 주지 않습니까. 대신 영수증 한 장만 써주신다면 감사하겠습니다. 그러면 앞으로 언제든지 내가 원할 때, 내가 필요할 때면 자유롭게 총 금액에서 조금씩 찾아서 쓸 수 있을 테니까요. 여기서 내가 상당히 검소한 사람임을 밝히고 싶군요. 들어온 후원금에 대해서 나는 근면하고 꿋꿋한 남자의 입장으로 받아들일 것인데, 그 말은 곧 매우 신중하게 사용할 것이며 친절한 후원자 여성분들에게는 충분히 숙고한 점잖은 감사의 편지를 쓰는 것이 당연하고, 머뭇머뭇하다가 혹시라도 잊어버리는 일이 없도록 당장 내일이라도 그 일을 해야겠다고 생각합니다. 조금 전에 당신이 솔직히 말해준 대로, 내가 가난할 거라는 추측은 영리하고 올바른 관찰에서 나온 것이 분명합니다. 하지만 그래도 나는 오로지 내 길을 갈 뿐입니다. 나라는 사람에 대해 가장 잘 파악하고 있는 당사자는 바로 나 자신이니까요. 겉으로 보이는 외양이란 진실과는 다른 모습일 경우가 흔하고, 그러니 어떤 사람을 판단하는 일은 그 사람 자신에게 맡겨두는 편이 가장 좋겠지요. 어떤 사람을, 더구나 이미 충분한 경험과 식견을 쌓은 사람을 그 사람 자신보다 더 잘 안다고 자신할 자는 아무도 없습니다. 물론 나는 종종 안개 속에 갇힌 채 불안에 휩싸이고 수천 가지의 곤경을 겪으며 방황의 시간을 보내기도 했고 비참하게 혼자 남겨졌다는 느낌을 받은 적도 종종 있습니다. 하지만 나는 그런 투쟁의 시간을 소중하다고 여깁니다. 남자가 긍지를 얻는 원천은 기쁨이나 쾌락이 아닙니다. 남자가 영혼 깊숙이 긍지와 희열을 느끼는 것은 큰 어려움을 담대하게 극복하고 끈질긴 집념으로 고통을 견뎌냈을 때뿐입니다. 하지만 그렇다고 해서 자신의 긍지에 대해서 너무 떠들어대지는 않는 법이죠. 아무리 성실한 남자라고 해도 일생 동안 단 한 번도 곤경을 겪지 않는 자가 그 누가 있겠으며 한 인간이 가진 희망, 계획, 꿈, 그 모두가 세월이 흘러도 전혀 훼손되지 않고 고스란히 남아 있는 경우가 그 얼마나 있겠습니까? 머나먼 동경과 대담한 소망, 달콤한 행운에 대한 크나큰 기대가 조금의 타협이나 삭감도 없이 처음 그대로 온전히 충족된, 그런 영혼이 과연 어디 있단 말입니까?"

1천 프랑에 대한 영수증을 건네받으며, 따라서 이제 탄탄한 예금주이자 확실한 계좌 소지자인 나는 작별인사를 건넨 후 자리를 뜰 수 있었다. 마법처럼 푸른 하늘에서 덜렁 떨어지듯 예상치 못하게 들어온 한몫의 재산 때문에 아주 즐거워진 나는 천장이 높고 아름답게 꾸며진 로비를 지나 바깥의 신선한 공기를 향해서 나갔고, 산책을 계속했다.

여기서 잠시 덧붙이고 싶고 그럴 수 있으며 그래도 되리라고 희망하는 것은(이 순간 당장 쓸 만한 새로운 내용이 딱히 떠오르지 않으므로) 애비 부인에게서 온 정중하고도 매력적인 초대장이 내 주머니 속에 있다는 사실이다. 초대장에는 예의를 갖춘 말투로, 나에게 삼가 아뢰오니 정각 12시 반에 소박한 점심식사를 하러 무조건 와달라는 기분 좋은 요청이 적혀 있었다. 나는 초대를 받아들이기로 마음을 굳혔고, 존중할 만한 해당 인물이 제시한 바로 그 시간에 정확히 맞추어 나타나주기로 결심했다.

그런데 친애하는 독자여, 당신이 조금만 애를 써서 이 글을 창작하고 쓰는 작가를 조심스럽게 따라 화창하고 날씨 좋은 아침 속으로 함께 나아간다면, 서두를 필요는 전혀 없고 느긋하고 여유롭게, 그냥 무심하게 순조롭게 유유하게 편안하게 나아간다면, 우리는 조금 전에 이미 언급한 번쩍이는 황금색 활자 간판을 내건 빵집 앞에 도달하게 된다. 그리고 우리는 그 자리에서 깜짝 놀란 나머지 얼어붙어버리게 되며, 조악한 허풍과 그것이 필연적으로 유발하는, 따스하고 정감 어린 시골풍경이 함부로 유린당한 광경을 마주한 채로 슬픔과 충격에서 헤어나지 못하게 된다.

내 입에서는 반사적으로 외침이 터져 나왔다. "이 얼마나 분통 터지는 일이란 말인가, 진실한 인간이 야만적으로 번쩍거리는 회사 간판을 눈앞에서 봐야 하다니, 우리가 서 있는 이 자연풍경에 이기심과 탐욕, 완전히 발가벗은 영혼의 야비함을 저토록 비참하게 새겨 넣어야 한단 말인가. 욕심 없이 성실한 제빵업자라면 저 따위로 자신을 과시할 필요가 있을까, 촌스러운 금색 은색 광채를 햇빛 아래 보란 듯이 번쩍거리면서 광고하다니, 자기가 무슨 공작이라도 된단 말인가, 아니면 겉멋이 잔뜩 들린 사치스러운 여인네란 말인가? 제빵업자는 그저 빵을 반죽하고 굽는 일을 하면 그것이 곧 명예이자 마땅하고 겸손한 미덕인 것인데! 도대체 우리가 사는 세상은 언제 이다지도 어지러운 속임수로 변해버렸단 말인가, 아니면 오래전부터 이미 거짓투성이였던가! 지역과 공동체, 공공의 의사가 이런 짓거리를 단순히 참아주는 차원이 아니라 불행하게도 찬사를 보내는 상황이 명백하다면, 세상의 모든 양식과 분별, 마음의 끌림, 심미안과 진실함이 모욕당한 것이며 병적인 수준으로 자기를 과시하여 스스로를 우스꽝스럽고 너절한 존재로 만들어버리는 이런 행위는, 100미터 이상 떨어진 거리에서 정직한 세계를 향해 고래고래 소리를 질러대는 형국이나 마찬가지다. '나는 이런 사람이야, 이런 사람이라고. 나는 이 정도로 돈이 많아, 그래서 이렇게 흉측하게 눈에 띄는 짓도 마음껏 저지를 수가 있다고. 물론 내가 천하의 재수 없는 천치라서 이렇게 보기 싫은 허식을 떠는 것은 분명하지만, 아무리 재수 없게 천치처럼 굴어도 나를 막는 사람이 아무도 없다는 것, 그게 중요하단 말이야.' 황금빛으로 계속해서 깜빡이며 천박한 광채를 번득이는 활자들이 어느 정도라도 수긍할 수 있는 진실로 정당한 관계, 어느 정도라도 건강한 동류의 관계를 그 단어 '빵'과 과연 맺고 있단 말인가? 공멸이 있을 뿐이다! 하지만 역겨운 과시와 노골적인 거들먹거림은 이 세계의 어느 모퉁이,

어느 구석진 곳에서 언젠가부터 이미 시작되었으며, 처참한 홍수처럼 속수무책으로 점점 더 진보를 이루어서 오물과 쓰레기, 온갖 추악한 것들을 모조리 휩쓸고 끌어들여 그것들을 이 세계 전체에 퍼뜨리다 못해 이제는 품격 있던 내 빵집주인마저 습격하여 지금까지 그가 지켜오던 고상한 취향을 하루아침에 박살내버리고, 그의 타고난 정숙한 기질을 뿌리부터 말려 죽여버렸다. 만약 내가 과거의 참된 순수를, 지나간 시절의 훌륭한 절제를 다시 불러올 수만 있다면, 이 땅과 사람들에게 지금 심성이 진실한 자들조차 안타깝게도 상당 부분 상실했을 것이 분명한 가치, 과거의 품위와 겸손을 되돌릴 수만 있다면, 그렇다면 내 팔 하나, 다리 하나라도 그 무엇이라도 기꺼이 바칠 용의가 있다. 딱하고 가련하구나, 자신의 본모습보다 무조건 더 대단하게 보이고자 하는 욕망이여. 진정한 재앙이란 바로 전쟁, 죽음, 빈곤, 증오 그리고 상처를 세상에 퍼트리는 것이며 모든 존재의 얼굴에 기만이라는 흉측한 가면을 뒤집어씌우는 일이다. 그러니 내가 수공업자를 무슈라고 부르거나 평범한 아낙네에게 마담이라는 호칭을 쓰는 일은 없으리라. 하지만 오늘의 세계는 다들 번쩍이기를, 다들 눈부신 존재가 되기를, 다들 새롭고 고상하고 아름다운 존재가 되기를, 다들 무슈이며 다들 마담이기를 원하니 오직 소름 끼칠 뿐이다. 하지만 누가 알겠는가. 세월이 흐르면 언젠가는 다시 변화가 일어날지. 내 희망은 오직 그것뿐이다."

그런데 나는 이런 생각을 하고 나면 즉시, 신사다운 모습과 품위 있는 언행에 부합하도록, 이제 곧 알게 되겠지만 스스로를 책망할 것이다. 어떤 식으로 책망하는지도 곧 보게 될 것이다. 타인을 가차 없이 비판하면서 자기 자신은 소중하게 감싸고 관대한 취급을 하는 건 옳지 않다. 그런 태도를 보이는 비판자는 진정한 비판자라고 할 수 없으므로 작가는 글의 권한을 남용하지 않도록 주의해야 한다. 이 문장이 사람들의 마음에 들었으면 좋겠다. 그래서 내 상처가 회복되도록 따스한 갈채를 받았으면 좋겠다.

작업으로 분주한, 일거리가 잔뜩 쌓인 주물공장이 길 왼편에 나타나면서 요란한 굉음이 들려온다. 그러자 나는 다른 사람들이 모두 있는 힘을 다해 노동을 하는 이 순간 한가하게 산책이나 하고 있는 자신이 부끄러워진다. 물론 나는 다른 노동자들이 모두 일을 마치고 쉬는 시간에 노동을 하고 창작을 하기는 하지만.

134/Ⅲ 지역수비대에 있는 한 기계공 친구가 자전거를 타고 지나가면서 나를 부른다. "또 산책 나섰구나, 이렇게 환한

평일 대낮에." 나는 웃으면서 그에게 인사를 보내고 그의 예상이 맞았음을 인정한다.

'내가 산책하는 게 금방 티가 나는 모양이로군.' 나는 이렇게 생각하면서 산책을 계속했다. 사람들에게 들키는 것에 전혀 기분 나빠 하지 않은 채. 그런 일로 맘 상하는 일은 멍청한 짓이기 때문이다.

선물로 받은 밝은 노란색 영국제 양복을 입고 있으니, 솔직히 고백하자면 나 자신이 무슨 대단한 귀족 나리라도 된 듯하고, 절반쯤은 시골이고 절반쯤은 도시 변두리인 단출하고 올망졸망하고 소박하고 별 볼일 없이 가난한 동네를 걷고 있는데도 마치 멋들어진 공원을 한가로이 산책하는 후작님이라도 된 듯한 기분이지만, 사실 여기는 공원과는 거리가 아주 먼 장소이다. 그러므로 공원 운운하는 것은 완전히 지어낸 상상일 뿐, 이곳 환경이나 분위기와는 하나도 들어맞지 않기 때문에 나는 주제넘게 암시하고 언급한 이 어휘를 조용히 철회하려 한다. 크고 작은 소규모 공장과 기계 작업장들이 녹지 여기저기에 흩어져 있다. 늘 뭔가를 두드리고 망치질하는 지독한 노동에 닳고 닳아 앙상한 분위기일 수밖에 없는 주변 공장시설에도 울창하고 푸근한 자연은 친절하게 팔을 뻗어주었다. 호두나무와 앵두나무, 자두나무들이 부드럽게 구부러진 길에 매혹과 즐거움, 아름다움을 더해주었다. 원래 모양이 참 아름다워서 내가 사랑하는 길 한가운데에 개 한 마리가 비스듬히 앉아 있었다. 나는 길을 가면서 눈에 들어오는 하나하나의 사물들을 거의 대부분 다, 그 순간만큼은 불타는 감정으로 사랑하는 사람이다. 개와 아이와 관련한 소소한 사건이 또 있었다. 덩치는 크지만 대체로 익살맞고 재미있게 생긴, 조금도 위협적이지 않은 개 한 마리가 어느 집 앞 계단에 쪼그리고 앉은 꼬마를 가만히 지켜보고 있었다. 성격은 좋으나 그래도 겉보기에 어느 정도는 무서울 수도 있는 그 동물이 내비치는 관심에 겁을 먹은 꼬마는 가엾게도 엉엉 울면서 어린아이답게 악을 쓰며 소리를 질러대고 있었다. 나는 그 광경이 몹시 재미있게 느껴졌다. 하지만 다음에 나타난 또 다른 아이들이 벌인 길 위의 무대는 더욱 매력적이고 더욱 재미가 있었다. 아주 작은 아이 두 명이 마치 정원이라도 되는 양 먼지투성이 길 위에 앉아 있었다. 한 아이가 다른 아이에게 말했다. "입 맞춰줘." 다른 아이가 그의 간절한 요청을 받아들였다. 그러자 첫 번째 아이가 말하는 것이다. "좋아, 이제 땅바닥에서 일어나도 돼." 그러니까 지금 허락한 그것을, 입맞춤 없이는 허용해주지 않았으리란 말이었겠다. '경쾌하고 찬란한 즐거움이 넘치는 대지 위, 우리를 내려다보며 숭고하게 웃는 아름답고 푸르른 저 하늘과 순진하고 소박한 이 장면이 얼마나 잘 어울린단 말인가' 하고 나는 생각했다. '아이들은 천상의 존재이다. 아이들은 어떤 식으로든 일종의 하늘이기 때문이다. 아이들이 자라서 어른이 되면 그들에게 깃든 하늘은 사라져버린다. 그들은 어린아이의 천진한 세계에서 떨어져 나와 건조하고 계산적인 존재로 변하고 지루한 어른의 시각을 가지게 된다. 가난한 집의 아이들에게 한여름 시골길은 신나는 놀이방이나 마찬가지다. 이기적이게도 자기 집 정원을 막아둔다면 아이들이 길 말고 어디에서 논단 말인가? 쌩쌩 달리는 자동차들, 아이들의 놀이를 냉혹하고 악랄하게 중단시키면서 아이들의 하늘 한가운데로 질주해오는 자동차들 때문에 죄 없는 작은 생명들은 언제라도 그 밑에 깔려 짜부라질 위험에 놓인다. 승리의 경적을 울려대는 그런 둔중한 자동차가 정말로 아이를 치고 지나가는 끔찍한 장면을 나는 결코 상상하고 싶지 않다. 터져 나오는 분노 때문에 거칠고 난폭한 표현을 입에 담을 것이 분명하고, 또 누구나 알다시피 그래봐야 아무 소용이 없기 때문이다.'

쌩쌩 달리는 자동차 안 사람들을 향해서 나는 언제나 기분 나쁘고 고약한 표정을 지어 보이는데, 그건 그래도 싸기 때문이다. 그들은 내가 교통감시인이고 사복경찰이라고 생각하겠지, 고위당국의 지령을 받아 차량 운행을 점검하고 위반 차량 번호를 기입했다가 나중에 고발하는 임무를 띤. 나는 늘 자동차의 바퀴나 자동차 전체를 쏘아볼 뿐 그 안에 갇힌 자들, 내가 한없는 경멸을 보내지만 결코 개인적인 차원은 아니고 오직 원칙적인 차원에서 경멸할 뿐인 그자들을 똑바로 쳐다보는 일은 결코 없다. 왜냐하면 이 아름다운 지상을 구성하는 모든 피조물과 사물들을 그냥 휙 지나쳐버리고, 미치광이마냥 질주하면서 비참한 절망에서 달아나기라도 하는 것처럼 정신없이 앞으로만 내달리는 일에서 재미를 느끼는 심리를, 나는 절대 납득할 수 없으며 앞으로도 영영 납득하지 못할 것이기 때문이다. 사실 나는 고요를, 고요한 것을 사랑한다. 나는 검약과 절제를 사랑하고 모든 종류의 소란과 성급함을, 정말이지 마음속 깊숙이 혐오한다. 진실을 말했으면 더 이상 길게 설명할 필요는 없다. 내가 이런 말을 한다고 해서 공기를 오염시키고 그 누구도 특별히 존중하거나 선호하지 않는 것이 분명한 악취를 내뿜는 자동차 운행이 어느 날 갑자기 중단될 일은 절대 없을 것이다. 모두가 각자 그때그때의 기분에 따라 분통을 터트리거나 역겨움을 느끼는 그런 냄새를 좋다고 즐겁게 킁킁거리며 빨아들이는 코가 있다면, 그건 분명 제대로 된 인간이 아니며 자연의 이치에도 맞지 않는다. 이제 불쾌한 화제는 이것으로 그만. 산책을 계속하자! 걷는 일은 참으로 아름답고 기분 좋으며 태고의 단순함을 간직하고 있다. 신발만 적당히 편하다면 말이다.

친애하는 신사 숙녀 여러분, 후원자이신 독자 여러분에게 바라건대 분명 지나치게 장황하고 잘난 척하는 감이 있는 내 스타일을 너그럽게 용서하고 받아들여주시기를, 더 나아가 크나큰 자비로 두 명의 특별한 의미가 있는 개인, 그들은 이 글에 등장하거나 묘사될 인물로서 처음은, 아니 제대로 표현하자면 첫 번째 인물은 내가 실수로 은퇴 여배우라고 착각한 사람이고 두 번째 인물은 아주 젊고 생기발랄한, 추측건대 이제 막 경력을 펼치기 시작한 여가수인데, 이 두 인물에게 잠시 주목해주실 수 있겠는지? 나는 이 두 사람이 중요할 수 있다고 생각하며, 그래서 그들이 실제로 이야기에 등장하여 뭔가 역할을 수행하기 이전에 미리 소개시키고 알려야겠다고, 상냥한 두 인물에게 비중과 명성의 향기를 사전에 미리 부여하여 그들이 실제로 등장할 때, 내 부족한 견해에 따르자면 그런 존재들에게는 거의 절대적으로 당연히 부여해주어야 하는 요소인 압도적인 관심과 세심한 애정을 한몸에 받으며 시선을 끌 수 있도록 준비해두는 편이 낫다고,

그렇게 믿기 때문이다. 12시 반에는 이미 알려진 대로 필자 모씨가 그간의 온갖 노고에 대한 보답으로 팔라초에서, 아니 애비 부인의 자택에서 식사를 하며 탐식과 포만의 시간을 가질 예정이다. 그때까지는 앞으로도 꽤 긴 거리를 더 걸어야 하고 상당한 분량의 글도 이어나가야 한다. 산책이나 글쓰기나 마찬가지로 즐거운 일임을 충분히 잘 알고는 있다. 그런데 독자들이 듣기에는 후자를 전자보다 좀 덜 선호한다는 뉘앙스가 느껴질지도 모르겠다.

그림처럼 말끔하고 아름다운 집 앞의 아름다운 길가 벤치에 한 여인이 꼼짝 않고 앉아 있었는데, 나는 그녀를 보자마자 당장 인사를 건네는 대담한 짓을 저질렀다. 나는 최대한 예의 바르고 정중하게 이렇게 말했다.

"용서하세요, 부인. 부인을 전혀 모르는 생전 처음 보는 사람인데도 부인을 처음 본 순간 혀끝에서 다급하게 맴도는 이 질문을 도저히 억누르지 못하고 너무도 대담하게 이렇게 말할 수밖에 없는 점을 사과드립니다. 부인은 혹시 예전에 배우가 아니셨는지요? 왜냐하면 한때 엄청난 인기를 탐닉하며 모든 이의 칭송을 받던 유명 연극배우이자 예술가인 여자와 부인이 판박이처럼 닮았기 때문입니다. 모르는 사람이 이렇게 불쑥 말을 걸고 뻔뻔스럽게 무례한 질문까지 하니 부인이 당황하고 어리둥절하신 것도 당연합니다. 하지만 부인 얼굴이 참으로 아름다워요. 호감이 가고 다정하며, 덧붙이자면 지대한 관심을 불러일으키는 인상입니다. 부인이 아름다우면서도 고상하고 온순한 외모를 하고 가만히 앉아 범접하지 못할 분위기로 똑바로 앞만 바라보고 있으니, 그것이 나를 향한 시선이든 아니면 세계 전체를 향한 시선이든 나로서는 부인에게 점잖은 칭송의 말을 한마디라도 건네지 않고 그냥 지나쳐 간다는 것이 불가능할 따름입니다. 그러니 제발, 비록 이런 경솔함으로 인해 뭔가 비난이나 벌을 받게 될까봐 좀 두렵기는 합니다만, 그래도 부인이 저를 너무 기분 나쁘게 여기지 말아주시기를 바랍니다. 부인을 본 바로 그 순간, 나는 부인이 과거에 배우였음이 분명하다는 직감이 들었고, 그런데 이제는 이렇게, 여기 이처럼 아름답기는 하지만 소박한 길가에, 아름답기는 하지만 작은 가게 앞에, 아마도 부인 소유로 보이는 가게 앞에 앉아 있는 것이로구나, 하고 생각했답니다. 아마도 오늘 이날까지 이처럼 다짜고짜 부인에게 말을 걸어온 사람은 아마 단 한 명도 없었을 겁니다. 부인의 친절하면서도 우아한 인상, 사랑스럽고 아름다운 모습, 부인의 침착함과 고상함, 감히 이런 표현을 허락해 주신다면, 나이가 들었음에도 불구하고 기품과 생기가 넘치는 용모에 매혹된 나머지 사람들이 지나다니는 길가에서 부인에게 스스럼없이 말을 걸게 된 것이죠. 게다가 화창한 날씨도 한몫 거들어서 자유로움과 명랑함, 즐거움이 내 마음에 행복의 불씨를 당겼고, 그 덕분에 낯모르는 부인을 상대로 이렇게 좀 무모하다 싶은 용기를 낼 수 있었을 겁니다. 부인, 미소를 지으시는군요! 그 의미는 곧, 편안하게 쏟아놓는 내 말이 기분 나쁘지는 않다는 뜻이겠죠? 터놓고 말해도 괜찮다면요, 가끔은 전혀 모르는 두 사람이 아무 구속 없이 편안하게 얘기를 나누는 일이 정말 멋지고 좋다고 생각한답니다. 수수께끼처럼 이상하고 그릇된 점투성이인 이 행성의 거주민인 우리가 입과 혀를 갖고 말하는 능력까지 타고난 이유가 도대체 무엇이겠습니까, 그중에서도 마지막 것은 특히나 신기하면서도 꽤 괜찮은 능력이죠. 어쨌든 처음 본 순간, 부인이 정말로 마음에 들었습니다. 그렇긴 하지만 이제 예의를 갖춰 사과해야겠군요. 그리고 부인이 내 가슴에 뜨거운 경외심을 불러일으켰다는 말이 진심이었음을 믿어주시기를 간청합니다. 부인을 처음 본 순간 참으로 행복했다고 솔직하게 고백한다면, 그러면 부인은 화를 내실까요?"

"아마 기쁠 것 같네요." 아름다운 여인이 명랑하게 대답했다. "하지만 당신의 짐작에 대해서는 실망스러운 대답을 안

겨드려야겠네요. 나는 한 번도 배우였던 적이 없으니까요."

그 대답을 듣자 나는 이렇게 말하고 싶어졌다. "나는 얼마 전 차갑고 슬프고 팍팍한 상황에 처한 상태로, 마음에는 병이 든 채 아무런 믿음도 없이, 아무런 희망이나 기대도 없이, 오직 세상을 등지고 나 자신과 불화하겠다는 소망 하나만을 지닌 채 이 고장으로 왔습니다. 두려움과 불신이 나를 사로잡았고 가는 곳 어디나 따라다녔습니다. 그런데 어느새 그 추하고 나약한 편견을 한 조각 한 조각씩 벗어던질 수 있었죠. 그리하여 더 편안하고 자유롭게 호흡할 수 있었고, 그리하여 더 유쾌하고 따뜻하고 행복한 인간으로 다시 태어났습니다. 내 영혼을 가득 채우고 있던 근심 걱정이 서서히 사라지는 것을 느낍니다. 마음의 슬픔과 황량함, 절망이 점차 기분 좋은 만족감으로 바뀌며 예전에는 느끼지 못했던 쾌적한 생명의 한 부분으로 자리 잡게 되었습니다. 과거의 나는 죽어 있었습니다. 그런데 이제는 마치 누군가가 나를 일으켜 세우고 지탱해준 것만 같습니다. 예전에는 언제나 추하고 어렵고 불안한 일만 경험했다고 믿었던 바로 그 자리에서 이제는 매력적이고 훌륭한 것을 만나며, 이제 그 모두가 나에게 안정과 신뢰 그리고 선량함으로 다가옵니다."

"정말 잘된 일이로군요." 다정한 표정과 음성으로 여인이 말했다.

그리하여 이제 즉흥적으로 시작된 대화를 그만 마치고 자리를 떠날 순간이 다가왔음을 안 나는, 처음에는 전직 여배우라고 생각했지만 그녀 자신이 그 사실을 굳이 부인하는 편을 선택한 때문에 지금은 아쉽게도 유명하고 위대한 여배우가 아니었던 것으로 판명난 여인에게 감히 말하건대, 신중하게 정선된 정중함으로 허리를 굽혀 작별인사를 하고, 마치 아무런 일도 일어나지 않은 것처럼 그 자리를 평온하게 떠났다.

간단한 질문 하나. 초록빛 나무 바로 아래 서 있는 저 사랑스러운 모자가게는 과연 지대한 관심을 불러일으키고 약간의 반응이나마 이끌어낼 수 있을까?

나는 그 사실을 굳게 믿으며, 그런 맥락에서 이렇게 대책없는 문장을 쓸 용기도 생겼는데, 세상의 모든 길 중에서도 가장 아름다운 길을 걷는 내 목구멍에서는 이런 일이 가능하리라고 목구멍 스스로도 결코 믿지 못했던 바보같이 커다란, 철없는 소년이나 지를 법한 환희의 외침이 터져 나왔다고. 무슨 신기하고 새롭고 멋진 것을 보고 발견했기에 그러는가? 아, 그건 방금 말한 정말 사랑스러운 바로 그 모자와 소품을 파는 가게 때문이다. 파리와 상트페테르부르크, 부쿠레슈티와 밀라노, 런던, 베를린, 우아하고 방탕한 세계 대도시 전부가 내게 가까이 다가왔고 눈앞에서 솟아올라 나를 매혹시키고 사로잡았다. 하지만 세계적인 대도시에는 싱그러운 초록의 나무들이 없고, 풀밭이 베풀어주는 쾌적한 은혜도, 부드러운 나뭇잎의 아름다움도, 그리고 결정적으로 초목의 달콤한 향기도 없지만 나는 이곳에서 그 전부를 갖고 있었다. 그 자리에 가만히 선 채 나는 생각했다. '이런 것들을 전부 다음 작품에 써야겠다. 〈산책〉이라는 제목의, 일종의 상상을 묘사하는 글에 삽입해야겠어. 특히 여성용 모자와 장신구를 파는 저 가게를 절대 잊어선 안 돼. 그걸 빼먹었다가는 글 속에 깃든 그림과 같은 뛰어난 매력이 사라져버릴 테니까, 그런 결핍은 피하거나 최대한 방지해서 일어나지 않도록 해야겠지.' 귀엽고 예쁜 모자에 달린 깃털장식, 레이스, 모조과일과 조화는 천연의 초록과 천연색조로 인공의 색채와 환상적인 패션을 부드럽게 둘러싸고 있는 자연 자체인 양 매혹적이면서도 아늑하게 느껴졌으며, 그와 마찬가지로 모자가게도 마치 사랑스러운 그림 속에 들어 있는 것처럼 보였다. 이미 말했듯이 나는 여기서, 내가 솔직한 심정으로 두려워하는 대상인 독자들이 최고로 절묘한 이해심을 발휘해줄 것을 기대한다. 참으로 가련하고 비겁한 고백이라고 할 수밖에 없다. 나보다 훨씬 용감하고 대담한 작가들이라 해도 결국 마찬가지다.

오! 그리고 역시 나뭇잎 아래서 내가 목격한 것은 도저히 눈길을 돌릴 수 없을 정도로 정감 있고 매혹적인, 분홍빛 돼지와 소고기, 송아지고기가 진열된 정육점이었다. 판매원들이 서 있는 가게 내부에서는 정육업자의 일손이 분주했다. 모자가게와 마찬가지로 이 정육점 또한 환희의 외침을 한 번 질러줄 만한 대상이다. 세 번째 가게는 그냥 향신료가게라고 부르면 적당하겠다. 모든 종류의 술집은 아직 한참 이른 듯하니 일단 뒤로 미루겠다. 술집을 찾는 일은 아무리 늦게 시작해도 절대 문제가 안 되는 것이, 유감스럽게도 누구나 잘 알고 있는 너무도 빤한 결과가 발생하기 때문이다. 제아무리 착실한 사람이라 해도 어느 특정 부분에 있어서는 착실함이 전혀 힘을 쓰지 못한다는 사실을 부인할 수 없다. 하지만 다행스럽게도 우리는 인간이고, 따라서 사과는 쉽게 할 수 있다. 그냥 원래 구조가 취약해서 그렇다고 핑계를 대버리는 것이다.

여기서 나는 새롭게 방향을 잡아야 한다. 내가 전쟁터의 야전사령관처럼 모든 전후 상황을 조망하고 우발적인 사건과 후퇴의 가능성까지 빠짐없이 고려한 다음, 그리하여 이런 표현을 사용하는 것이 허용되겠는데, 천재적인 책략을 계산해 넣은 결과 방위의 재편성을 능숙하게 성공시킨다는 전제하에서 말이다. 요즘 부지런한 사람은 매일매일 일간신문에서 그런 기사를 읽어대는 통에 '측면공략' 같은 용어에 익숙해진다. 최근에 나는 이런 확신이 생겼는데, 전쟁의 기술이나 전쟁 운영법 등은 작가가 글을 쓰는 일만큼이나 어렵고 인내심이 요구된다고, 그리고 그것의 역도 물론 마찬가지라고 말이다. 군대의 사령관과 마찬가지로 작가들도 대개의 경우 시간이 많이 걸리는 준비 작업을 마친 다음에 첫 번째 걸음을 내디디고 본격적인 전투를 수행하게 되니, 다른 말로 하자면 만들어진 결과물, 즉 책을 도서시장에 투척하게 되는데, 그 일은 무척 도전적인 사건이며 경우에 따라서는 강력하고 치명적인 반격을 당할 수도 있다. 책이란 자기 주변에 서평을 꾀어내기 마련인데, 그 서평이란 것이 너무 독한 나머지 책이 그대로 말라 죽어버리고 저자가 절망에 빠지는 경우가 허다하기 때문이다!

다정하고 온화하며, 바라건대 화사하고도 매력적인 이 문장들을 내가 독일제국 재판관의 펜으로 쓰고 있다고 말한다 해도 이상하게 여길 필요는 없다. 바로 그렇기 때문에 몇몇 구절에서 언어적 간결함, 의미심장한 함축성, 신랄함 등이 뚜렷하게 느껴지는 것이며, 이미 여기까지 읽은 독자라면 이제 더 이상은 놀라지도 않는 것이다.

그런데 도대체 나는 언제쯤 에비 부인의 집에 도착하여 내 몫의 맛있는 음식 앞에 앉게 된단 말인가? 그 전에 먼저 해치워버려야 할 장애물이 한가득이니 아직도 시간이 한참 더 걸릴까봐 두려울 정도이다. 이미 엄청나게 부풀어 오른 식욕이 뱃속에 자리 잡은 지 오래인 것 같은데.

좀 괜찮은 부랑자처럼, 그런대로 단정해 보이는 노숙자 혹은 할 일 없이 빈둥대는 놈팡이처럼, 일정한 거주지 없이 여기저기 돌아다니는 행려자처럼, 그렇게 나는 길 위를 걸으면서 보기만 해도 흐뭇해지는 온갖 종류의 야채들이 꽉꽉 채워져 그득그득 심어진 채마밭을 지나갔고, 과수원을 지나갔고, 콩이 빼곡히 달린 콩대와 관목을 지나갔고, 호밀, 귀리, 밀 등 키가 훌쩍 자라난 곡식들을 지나갔고, 나무와 대팻밥이 가득 흩어진 목재 하치장을 지나갔고, 여리고 촉촉한 풀밭을 지나갔고, 얌전하게 졸졸 흘러가는 개울과 강 그리고 시냇가를 지나갔고, 각양각색의 사람들, 예를 들면 장사에 여념이 없는 예쁜 장터 아낙네들 곁을 즐거운 마음으로 지나갔고, 기쁨에 넘치는 알록달록한 재미난 깃발로 장식된 협회 건물을, 그 밖에 온갖 유용하고도 유쾌한 사물들 곁을 지나갔으며, 유난히 아름다워서 마치 요정의 자태와 같은 작은 사과나무 한 그루를 지나갔고, 세세한 목록은 오직 신만이 아실 세상에 존재하는 모든 사물들 곁을 지나갔는데, 예를 들면 딸기덩굴과 꽃송이 곁을, 아니 정확히 말해서 이미 빨갛고 탱탱하게 무르익은 딸기열매 곁을 점잖은 몸짓으로 지나가면서 마음속으로는 대체로 멋지고 기분 좋은 수많은 생각에 강렬하게 사로잡혀 있었던 것이, 원래 산책을 할 때는 여러 가지의 번쩍이는 발상이 번개처럼 동시에 떠올라 한꺼번에 마구 밀려오는 것이 보통이니까, 그래서 생각을 차분히 정리를 좀 해보려고 하는데 어떤 사람이, 엄청나게 커다랗고 우락부락한 사람이 맞은편에서 나를 향해 다가왔다. 환하고 밝던 거리가 순식간에 어둡게 그늘이 져버릴 정도로 키가 무척 크고 기이한 외모의 그 사내는 유감스럽게도 내가 아주 잘 아는 자로, 정말 이상해도 너무 이상한 사람, 거인

톰작이었다.

이 화사하고 부드러운 시골길이 아닌 다른 어떤 장소, 다른 어떤 길에서 그와 마주쳤다면 나는 그럴 수도 있다고 충분히 수긍했을 것이다. 비탄에 찬 소름 끼치는 그의 모습, 비극적이고도 섬뜩한 인상은 전율을 불러일으키며 내게서 긍정적이고 밝고 아름다운 기분을 모조리 앗아갔고, 기쁨과 흥

겨움을 마음에서 완전히 몰아내버렸다. 톰작! 친애하는 독자여, 이 이름만 들어도 뭔가 섬뜩하고 음울한 기운이 등줄기를 훑고 지나가지 않는가? "왜 나를 따라다니는 거지? 이 길 한가운데서 날 만나서 뭘 어쩌려는 생각인가, 이 가엾은 인간아?" 나는 그를 향해 외쳤다. 하지만 톰작은 아무런 대답이 없었다. 그냥 나를 높다란 눈으로 내려다볼 뿐이었는데, 그 말은 높이나 폭에 있어서 나와는 비교할 수 없이 커다란 덩치의 톰작이 훌쩍 커다란 키로 나를 내려다보았다는 의미이다. 그래서 그의 곁에 서면 나는 마치 난쟁이인 듯이, 어리고 조그마한 힘없는 아이인 듯이 느껴졌다. 그 거인은 힘 하나 들이지 않고 나를 간단하게 짓밟고 깔아뭉개버릴 수도 있을 것이다. 아, 나는 그가 어떤 사람인지 알고 있었다. 그는 안정을 몰랐다. 사방 모든 곳을 불안하게 쏘다녔다. 포근한 침대에서 잠드는 적이 없었고, 편안하고 아늑한 그 어떤 집에서도 살 수 없었다. 그는 어디서나 살았고, 그 어디에서도 살지 않았다. 그는 고향이 없었고, 어디에도 거주권이 없었다. 조국도 없고 행복도 없는, 이것이 바로 그였다. 단 한 줌의 사랑이나 인간적인 기쁨도 누리지 못하는 채 그는 살아야 했다. 그는 아무것과도 관련되지 않았고, 마찬가지로 그나 그의 표류하는 삶과 관련된 사람 또한 아무도 없었다.

그에게 과거, 현재, 미래는 전부 실체 없는 사막이었고, 삶은 너무 하찮았으며, 너무나 빈약하고, 너무나 협소했다. 그는 세상의 어떤 것에도 의미를 찾지 못했고, 마찬가지로 그에게서 어떤 의미를 발견하는 사람 역시 아무도 없었다. 그의 커다란 눈동자에서는 영계에서 혹은 지하명부에서 내뿜는 듯한 비탄의 불꽃이 번쩍번쩍 튀었다. 지쳐빠진 느릿느릿한 동작은 그의 무한한 고통을 말없이 대변했다. 그는 죽은 것도 산 것도 아니었으며, 늙지도 그렇다고 젊지도 않았다. 내 눈에는 그가 십만 년은 나이 들어 보였고, 영원히 죽어 있기 위해서 영원히 살아야 하는 운명처럼 느껴졌다. 그는 매순간 죽었지만, 아직 죽을 능력이 미치지 못했다. 꽃이 놓인 무덤은 그의 것이 아니었다. 나는 그를 피하면서 혼잣말처럼 중얼거렸다. "잘 가게, 친구, 어쨌든 잘 지내야 해, 톰작."

유령에게, 가엾은 거인이자 초인에게 두 번 다시 시선을 뺏기는 일 없이, 그러고 싶은 마음은 진정 추호도 갖지 않은 채 나는 계속해서 부드럽고 따스한 공기 속에서 천천히 걸음을 옮기며 기이한 사내의, 아니 기이한 거인의 형상이 불러일으킨 음울한 기분을 떨쳐냈고, 얼마 지나지 않아 전나무 숲에 도달하여 미소 짓는 모양으로 장난스러우면서도 우아하게 구불구불 나 있는 숲길로 접어들었다. 길과 숲 바닥은 마치 양탄자처럼 폭신하며 이곳 숲 안쪽은 행복에 겨운 인간의 마음처럼 잔잔하고 고요하니 나는 사원이나 궁전에 들어선 것만 같았고, 동화에 나오는 마법과 꿈의 성으로 모든 것이 백년의 잠에 빠지는 바람에 긴 세월 동안 아무 소리도 들리지 않는 장미공주의 성으로 들어선 것만 같았다. 숲속으로 나는 점점 더 깊이 들어갔고, 만약 여기서 내가 스스로를 갑옷으로 무장한 금발의 왕자인 듯 느꼈다고 말한다면 좀 지나친 미화를 하는 것일지도 모른다. 그런데 숲속을 걷는 것은 실제로 엄숙하고 장엄하여 민감한 산책자라면 자신도 모르게 그런 착각에 휩싸일 수가 있다. 숲속의 고요와 평안이 나를 얼마나 행복하게 만들었는지! 간혹 희미한 바깥세상의 소음이 이 매혹의 은거지로, 황홀한 어둠의 세계 안으로 스며들었는데 뭔가를 치는 소리, 휘파람, 그런 비슷한 소리, 아득히 멀리서 들려오는 그런 울림으로 인해 더욱 공고해지기만 하는 이곳의 압도적인 정적을 나는 기꺼운 마음으로 한가득 들이마셨고, 그것이 주는 효과를 듬뿍 빨아들이며 음미했다. 사방에 펼쳐진 모든 침묵과 고요함 사이 여기저기서 매혹적이고 신성한 은신처에 몸을 숨긴 새 한 마리의 구슬같이 맑고 청아한 노래가 들려왔다. 나는 그 자리에 서서 귀를 기울이고 있었는데, 어느 순간 갑자기, 구체적으로 묘사할 수는 없지만 이 세상을 한가득 가슴으로 느끼게 되면서, 마음 깊은 곳에서 와락 솟아나오는 벅찬 감사함에 사로잡히고 말았다. 반듯하고 꼿꼿한 전나무들은 사방에 높은 기둥처럼 우뚝 서 있고, 아주 작은 동요나 움직임도 없는 이 드넓고 고요한 숲을 들리지 않는 무수한 목소리들이 관통하며 소리 없이 울려 퍼지고 있는 것만 같았다. 먼 태고의 소리들이, 그것이 어디서 오는지는 나 자신도 알지 못하나 분명 내 귀에 들려왔다. '아, 나도 이런 식으로, 그래야만 하는 순간이 온다면 기꺼이 종말을 맞이하고 싶다. 하나의 기억만 있다면 무덤 속에서라도 행복하지 않겠는가. 감사의 마음만 있다면 죽음 가운데서도 활력이 넘치지 않겠는가. 누렸던 것에 대해서, 즐거웠던 일에 대해서, 매혹당한 경험에 대해서 감사를, 삶에 대해서 감사를, 그리고 기쁨을 느꼈음에 기뻐하면서.' 전나무 꼭대기 저 높은 곳에서부터 조용하게 바스락거리는 술렁임이 아래로 전해졌다. '이곳에서 나누는 사랑과 입맞춤이라면 천상의 느낌이겠구나' 하고 나는 생각했다. 폭신하고 기분 좋은 바닥을 딛는 일 자체는 점점 쾌락이 되어갔고, 고요함은 감수성 강한 영혼에 기도의 등불을 피워냈다. '이곳에서 죽는다면, 그래서 아무에게도 보이지 않는 서늘한 숲속 흙 아래 묻혀 누워 있다면, 그 얼마나 달콤한 죽음이겠는가. 아, 죽음 이후에도 죽음을 느끼고 그것을 만끽할 수만 있다면! 어쩌면 정말로 그럴 수 있을지도 모르지. 이런 숲속에 작고 아늑한 무덤 하나 가질 수 있다면. 그러면 새들의 노랫소리와 머리 위 나무들의 바스락거림을 들을 텐데. 그럴 수만 있다면 정말 좋겠는데.' 눈부신 햇살기둥이 떡갈나무 줄기 사이를 통해 나의 사랑스러운 초록빛 무덤인 숲을 환하게 비추었다. 그리고 나는 곧 밝은 바깥으로, 삶 속으로 다시 발을 내디뎠다.

이제 식당이 하나 나타날 때가 되었고, 그것도 아주 멋지고 고급스럽고 보기만 해도 마음이 흡족해지는 식당인데, 방금 내가 빠져나온 숲 가장자리에 있으며, 특히 식당의 근사한 정원에 있는 나무그늘은 기운을 차리는 데 그만인 장소이다. 정원은 시야가 탁 트여 전망 좋은 낮은 언덕 위에 있는데, 바로 곁에는 인공적으로 닦아놓은 전망로 혹은 산책로가 딸려 있어서 그 위에서 원하는 만큼 오랫동안 주변의 경관을 마음껏 감상할 수가 있다. 거기서 맥주 한잔 혹은 와인 한잔을 하는 것도 나쁘지 않겠지. 그러나 순간 산책자는, 자신의 산책길이 결코 유난히 고단한 것은 아니었음을 상기한다. 정말로 힘이 드는 산길은 저 멀리 푸르스름하게 반짝이는 흰 안개 저편에 놓여 있지 않은가. 그러니 산책자는 지금 자신의 갈증이란 것이 결코 죽을 정도로 다급하지도 야만스럽게 광폭하지도 않음을 고백해야만 한다. 지금까지 그가 걸어온 길이 그다지 긴 거리가 아니기 때문이다. 이 길은 작정하고 떠난 여행이나 목적지 있는 소풍이 아니라 특별한 목적 없는 유유자적한 산책이며, 행군이나 원정이 아니라 근처를 여유롭게 한 바퀴 둘러보자는 의도였으므로, 그는 식당에 들러 술 한잔하며 기분을 돋우고 싶은 유혹을 합당한 이성으로 물리치며 계속해서 걸음을 옮긴다. 이 글을 읽는 진지한 독자라면 누구나 그의 올바른 결정과 굳은 의지에 박수갈채를 아끼지 않으리라 믿는다. 그런데 내가 벌써 한 시간 전에 젊은 여가수 이야기를 꺼내지 않았던가? 이제 그녀가 등장할 차례다.

그녀는 어느 집의 1층 창가에 있었다. 나는 막 숲길을 벗어나 다시 넓고 편평한 길로 들어선 참이었는데, 그때 내 귀에 들려온 것은……

잠깐 멈춰! 나는 그 자리에 가만히 서서 잠시 동안 한숨을 돌렸다. 능숙한 작가들은 결정적인 순간이 닥치면 최대한 차분하게 대응하는 법이다. 그럴 때 그들은 종종 손에서 펜을 놓고 잠시 휴식을 취하기를 좋아한다. 쉬지 않고 쓰기만 하면 땅을 파는 것처럼 힘들기 때문이다.

1층의 창가에서 흘러나온 소리는 아침의 귀에 베풀어진 성찬치고는 최고로 아름답고, 오전의 콘서트에서 들을 수 있는 음악으로는 최고로 신선한, 게다가 돈 한 푼 내지 않고 완전히 무상으로 귀를 놀라움과 기쁨으로 떨게 만든 민요와 오페라 아리아였다. 아직 학생이라 해도 좋을 만큼 아주 앳되고 날씬한 몸매에 키가 큰 한 젊은 여인이, 연한 색 드레스 차림으로 이 가난한 변두리 동네의 창가에 서서 푸르고 높은 허공을 향해 노래를 부르고 있었는데, 한마디로 엄청나게 매혹적이었다. 예상치 못하게 마주친 노래에 너무도 황홀하게 사로잡힌 나는 가수를 방해하지 않으려고 길 한옆으로 비켜섰지만 그래도 노래를 감상하는 데는 아무런 지장이 없었다. 여인의 노래는 행복과 기쁨에서 우러나는 듯이 들렸다. 그녀의 음색은 젊고 순결한 삶과 사랑의 찬가 그 자체였다. 눈처럼 새하얀 환희의 깃털 날개 천사가 하늘로 날아올랐다가 다시 지상으로 추락하여 미소 띤 얼굴로 죽어가는 목소리였다. 그것은 비탄으로 인한 죽음이지만 동시에 아마도 미칠 듯한 환희의 떨림으로 인한 죽음이기도 하며 찬란하고 행복한 사랑과 삶으로 인한 죽음이었으니, 삶을 지나치게 충만하고 아름답게 상상한 탓에, 그러니까 사랑과 행복으로 넘쳐흐르던 그 달콤한 상상이 오만하게도 존재를 밀치며 너무 서둘러 앞서나갔다가 그만 제풀에 스스로 무너져버리고 마침내 살 수 없음으로 종결되어버리는 듯한 그런 죽음이었다. 젊은 여인이 단순하면서도 풍부하고 매혹적인 노래를 마쳤을 때, 모차르트와 목동의 선율이 함께 녹아든 노래가 끝났을 때, 나는 그녀 앞으로 다가가서 인사를 하고 그녀의 아름다운 목소리를 칭찬할 수 있도록 허락을 구했으며, 정성이 넘치면서도 독특한 이런 공연을 관람할 수 있어서 참으로 즐겁고 기쁘다고 공손한 감사의 말을 전했다. 한 마리 사슴 혹은 영양이 소녀의 몸을 입고 나타난 듯한 젊은 여가수는 아름다운 갈색 눈동자에 놀라움과 의문을 담고 나를 바라보았다. 그녀의 얼굴은 여리고도 섬세했으며 마음을 끄는 은은한 미소를 짓고 있었다. 나는 그녀에게 말했다. "당신이 가진 아름답고 젊고 풍부한 목소리를 정교하게 다듬고 발전시키는 훈련을 한다면, 물론 그러기 위해서는 당신 자신은 물론이고 다른 이들의 이해심과 양해가 뒷받침되어야겠지만, 그렇게 할 수만 있다면 당신의 미래는 찬란할 것이고 가수로서의 멋진 앞날이 눈부시게 펼쳐질 것입니다. 왜냐하면 나는, 솔직히 말씀드려서 당신을 처음 본 순간 위대한 오페라 가수가 될 재목임을 당장 알아차렸으니까요! 당신은 분명 머리가 좋고 천성이 온화하고 유연하며, 또한 내 추측이 아주 틀리지 않는다면 매우 담대하고 용감한 면까지 갖추고 있습니다. 당신의 가슴에는 열정과 우아함이 분명 함께 존재해요. 아름답고도 뛰어난 당신의 노래를 듣자마자 알아차린 겁니다. 당신은 재능이 있어요. 단순한 재능뿐만 아니라 확실한 천재성까지 말입니다! 괜히 듣기 좋으라고 공허한 빈말을 늘어놓는 것이 결코 아니에요. 내가 이렇게 말하는 이유는 당신의 고귀한 재능을 소중하게 여겨서 함부로 다루거나 훼손하는 일이 없도록, 성급하고 경솔하게 남용해버리지 말아달라고 부탁하기 위해서입니다. 우선 이 자리에서 솔직히 말할 수 있는 것은, 당신의 노래가 몹시 아름다운데 그 점을 매우 신중하게 받아들여야 한다는 겁니다. 이 말은 무척 의미심장한 거예요. 그중에서도 특히 중요한 의미는, 누군가가 당신에게 매일매일 조금씩 전진하도록 부지런히 연습을 시켜야 한다는 거죠. 지혜롭고 아름답게, 차분한 템포로 연습하고 노래해야 합니다! 당신이 가진 보석의 크기와 잠재력을 당신 자신은 정확히 알지 못합니다. 당신이 노래로 보여준 기량에는 이미 자연에서 부여받은 수준 높은 차원이, 한 존재가 아무것도 모르는 채로 품고 있는 풍부한 가능성이, 그리고 시적인 인간미가 한가득 스며 있습니다. 그러니 당신은 무조건 진짜 가수가 될 운명이라고 확신을 주어야겠다는, 이런 말을 해도 좋을 거라는 생각이 든 것도 무리는 아닌데, 왜냐하면 당신은 정말로 노래가 저절로 당신 밖으로 튀어나올 수밖에 없는 본성을 타고났으며, 삶의 목적이 곧 삶을 찬미하는 일인 듯이 보이는 사람이기에, 그런 사람은 입을 열고 노래를 시작하기만 하면 존재하는 삶의 환희가 전부 노래의 예술 속으로 전이되어버리고, 인간과 개인으로서의 모든 의미, 영혼과 지성을 채우는 모든 성분까지 좀 더 높은 단계의 어떤 것, 최고의 이상을 향해 상승하기 때문입니다. 한 편의 아름다운 노래에는 항상 단단하게 압축되고 채워진 경험이, 느낌이, 감정이, 터져나갈 듯이 응축된 삶과 격앙된 영혼이 한꺼번에 모두 들어 있게 되고, 그런 유의 노래를 부르는 가수는 자신의 유리한 조건을 잘 활용할 줄 알고 우연한 기회가 제공하는 사다리를 타고 위로 올라가기만 한다면, 성악계의 별이 되어 무수한 사람들을 감동시킬 수 있고, 엄청난 부를 얻을 수도 있고, 관객들을 미친 듯한 감동의 박수갈채로 휘몰아갈 수 있으며, 왕과 여왕으로부터도 진정한 사랑의 감정과 숭배를 받을 수가 있습니다."

여인은 놀라움과 진지함이 가득한 얼굴로 내 말에 귀를 기울였는데, 인정받는다거나 이해받겠다는 의도보다는 나 자신이 즐거운 나머지 스스로 도취되어 쏟아놓는 그 말을 납득하기에 그녀는 충분히 성숙하지 못한 상태였다.

저 멀리에 내가 건너야 할 철도 건널목이 보이고는 있었지만, 당분간은 그곳에 도달하지는 못한다. 그 이유는 이 시점에서 반드시 밝혀야만 하는데, 사전에 두세 가지의 중요한 위탁업무를 처리하고 몇 가지 절대적으로 불가피한 협정도 맺어야 하기 때문이다. 그 업무란 것에 대해서는 최대한 상세하고 정확한 보고가 이루어지도록 하겠다. 독자들이 자비를 베풀어준다면 도중에 어느 고상한 양복점 앞을 지날 때, 새 양복을 입어보고 수선이 필요한지 여부를 결정하기 위해 그곳에 잠시 들러야 한다는 말을 하고 싶다. 두 번째는 관청에 들러서 비싼 세금을 납부하는 일이고, 세 번째는 우체국으로 가서 중요한 편지를 우체통에 집어넣어야 한다. 이러니 내가 얼마나 바쁜지, 겉으로 보기에 빈둥빈둥 한가롭기만 한 산책이 사실은 얼마나 실질적인 용무로 꽉 차 있는지 충분히 설명이 되었을 테니, 이제 내가 조금 미적거리거나 진행 속도가 느리다고 해도 독자들은 관용을 베풀어 용서하고 허락해줄 것이고, 전문가들이나 관청직원들과 벌여야 하는 한없이 길게 질질 늘어지는 논쟁도 그냥 참아주는 차원을 넘어서 어쩌면 이 글의 흥미로운 추가 구성으로 생각하고 재미있게 읽어줄지도 모른다. 이로 인해 발생하는 길이, 너비 혹은 넓이의 모든 연장과 관련하여 나는 지금 미리 너그러운 양해와 용서를 구한다. 시골 작가이건 도시 작가이건 막론하고, 그 누가 이보다 더 자신의 독자들에게 수줍고도 예의 바를 수가 있을까? 아마도 거의 없으리라고 생각하는 바, 그러므로 나는 지극히 편안한 양심으로 내 수다를 계속 진행해나가기로 하는데, 먼저 이야기할 것은 다음과 같다.

세상에 이럴 수가, 에비 부인의 집 오찬에 참석하기 위해서, 아니 점심식사를 하기 위해서는 지금 당장 뛰어가야 할 시간이 아닌가. 막 시계가 12시 반을 치고 있으니 말이다. 천만 다행히도 부인은 여기서 아주 가까운 곳에 산다. 나는 그냥 장어처럼 매끄럽게, 배고픈 가난뱅이가 개구멍으로 숨어들어가듯이, 처량한 낙오자가 잠자리로 기어들어가듯이, 그렇게 집 안으로 슬쩍 미끄러져 들어가면 되는 것이다.

애비 부인은

나를 무척이나 반갑게 맞아주었다. 정확하게 시간을 지키는 내 솜씨는 거의 걸작 수준이다. 걸작이 얼마나 희귀한지 사람들은 잘 알고 있으리라. 에비 부인은 내가 나타나자 상냥함이 넘치는 미소를 지었다. 그리고 반하지 않고는 도저히 견디지 못할 만큼 진심 어린 매력적인 태도로 작고 예쁜 손을 내밀어 나를 즉시 식당으로 인도해 식탁에 앉아달라고 부탁했는데, 나는 당연히 크게 감사하며 기쁜 마음으로 그 요청을 수락하여 망설임 없이 즉각 실행에 옮겼다. 우스꽝스럽고 거추장스러운 절차는 모조리 생략한 채 천진한 태도로 곧장 식사에 돌입하여 음식을 집어 든 나는, 이제 앞으로 내게 무슨 일이 닥칠지 전혀 짐작도 하지 못하고 있었다. 그야말로 아무 생각 없이 씩씩하게 먹기 시작했다. 알다시피 그런 용감무쌍함을 발휘하는 데는 자제심이 별로 필요하지 않다. 그런데 깜짝 놀라고 만 것이, 애비 부인이 그런 내 모습을 너무도 유심히 바라보고 있는 것이다. 아무래도 좀 이상했다. 아마도 음식을 집어 들고 먹는 내 모습이 좀 가련해 보였던 것일까. 이 상황은 놀라운 일이었지만 나는 신경 쓰지 않기로 했다. 그리고 내가 이야기보따리를 풀어놓으려고 하자 애비 부인은 나를 막으면서 오늘은 웃기고 즐거운 이야기는 하고 싶지 않다고 했다. 참으로 이상한 말이었으므로 나는 그만 얼어붙어버렸고, 마침내는 좀 겁이 나면서 기분이 가라앉았다. 그리고 속으로는 남몰래 애비 부인이 무서워지기까지 했다. 이만하면 배가 가득 찼을 거라는 느낌이 들어서 썰고 집어넣기를 멈추려고 하자 애비 부인은 어머니다운 책망의 기색으로 살짝 떨리는, 거의 정겨움이 뚝뚝 흐르는 표정과 목소리로 말했다. "아니 왜 그것밖에 드시질 않아요? 기다려보세요, 내가 육즙이 많은 부위로 골라 큼지막한 덩어리를 잘라드릴게요." 갑자기 소름이 등줄기를 훑고 지나갔지만 나는 마음을 단단히 먹은 후 예의 바르고 점잖게 내가 여기 온 이유는 다른 무엇보다도 정신의 고양을 위해서라고 항의했고, 애비 부인은 마음을 녹이는 매력적인 미소와 함께 대꾸하기를 그런 것은 자신에게 전혀 필요하지 않다고 했다. "더는 한 조각도 먹을 수가 없습니다." 나는 숨이 턱 막히는 목소리로 쥐어짜내듯 대답했다. 실제로 질식하기 일보 직전이었고 무서워서 온몸이 땀투성이였다. 애비 부인이 말했다. "당신이 썰고 집어넣기를 벌써 중단하겠다니, 인정하기가 어렵네요. 게다가 배가 부르다는 말은 더더욱 믿기 힘들어요. 만약 지금 당신이 목구멍까지 가득 차서 숨이 막힐 것 같다고 말한다면, 그건 분명 진실이 아닐 거예요. 그런 말은 단지 예의상 하는 것뿐이라고 받아들여야겠지요. 이미 말했듯이 정신을 고양시키는 그 어떤 수다도 오늘은 기꺼이 사양하겠어요. 분명 당신이 여기 온 이유는 다른 무엇보다도 식욕이 넘치는 대식가임을 입증하고 공표하기 위해서가 아닌가요. 이러한 내 견해를 포기할 생각은 추호도 없답니다. 당신에게 진심으로 부탁하고 싶은데, 어차피 불가피한 일이라면 기꺼운 마음으로 받아들이세요. 분명히 말하지만,

이 자리에서 일어서려면 지금 내가 썰어놓은 것들, 그리고 앞으로 썰어놓게 될 것들을 모조리 말끔하게 먹어치우고 입속에 몽땅 집어넣는 것 이외에는 달리 방도가 없답니다. 그런데 당신이 암담하게 패배하게 될까봐 걱정이에요. 당신도 알다시피, 어떤 가정주부들은 일단 손님을 맞으면 그들이 완전히 터져나갈 때까지 음식을 집어넣고 또 집어넣기를 끈질기게 권하잖아요. 이제 당신 앞에는 비참하고 가혹한 운명이 놓여 있지만 그래도 당신은 용감하게 극복해낼 거예요. 우리 모두 언젠가는 뭔가 커다란 희생을 감내해야만 해요. 그러니 내 말을 듣고, 어서 먹도록 하세요! 복종이란 얼마나 달콤한 것인지. 설사 먹다가 죽는다고 해도, 그게 뭐가 손해가 된다는 거죠? 게다가 이렇게 최고로 맛좋고 부드럽게 살살 녹는 고깃덩이는, 내가 확신하는데 분명 당신은 해치울 수가 있어요. 용기만 있으면 가능한 일이랍니다! 우리 모두는 용기가 필요해요. 항상 자기 생각만 고집한다면 인간의 가치를 어디서 발견할 수 있겠어요! 마음을 단단히 먹고, 최대로 힘을 내서 힘든 일을 수행하고 고통도 참아보도록 해요. 당신이 의식을 잃을 때까지 먹고 또 먹는 것을 본다면 내가 얼마나 기쁠지 당신은 상상도 못할 거예요. 행여나 당신이 먹기를 거부한다면 얼마나 슬플지, 그냥 콱 죽어버리고 싶을 거예요.

하지만 설마 당신이 거부하는 일은 없을 거예요, 그렇죠? 그런 일은 없어요. 당신은 씹고 또 씹고, 계속해서 음식을 집어넣을 거잖아요, 이미 목구멍까지 꽉 차 있는 상태라고 해도 말이에요. 안 그런가요?"

"진짜 끔찍한 말씀을 하시네요. 도대체 왜 이러시는 겁니까?" 나는 울부짖으며 식탁에서 벌떡 일어서서 그 자리를 당장 박차고 뛰쳐나가려는 몸짓을 했다. 그런데 애비 부인은 나를 붙잡더니 큰 소리로 유쾌하게 웃으면서, 내가 마음이 너그러우니 화내지는 않을 거라고 생각하고 조금 장난을 쳤을 뿐이라고 고백했다. "호의가 차고 넘치는 일부 가정주부들이 손님에게 이렇게 할 수도 있다는 걸 예를 들어서 보여주고 싶었어요."

나도 당연히 함께 웃으면서 애비 부인의 대담한 연기가 아주 마음에 들었노라고 고백할 수 있었다. 부인은 오후 내내 자신의 주변에 나를 붙잡아두려 했고, 내가 그건 불가능한 일에 속한다, 도저히 미룰 수 없는 몇몇 중요한 일을 오늘 중에 처리해야 하므로 오랫동안 말상대가 되어줄 수가 없다고 말하자 살짝 불쾌해하기까지 했다. 내가 너무 빨리 가버려야 한다고, 빨리 가버리고 싶어 한다고 애비 부인이 속상해하는 말을 들으니 아주 흐뭇하면서 기분이 으쓱해졌다. 도망치듯이 휙 가버려야 할 정도로 정말로 그렇게 중요하고 급한 일이냐고 그녀는 물었고, 나는 엄숙하게 맹세하기를 오직 생사를 다투는 다급함만이 이토록 안락한 장소로부터, 그리고 이토록 매력적이고 존경스러운 인물로부터 이토록 빨리 나를 떨어뜨려놓을 수 있다고 말하며 부인에게 작별을 고했다.

이제 힘들고 만만치 않은 상대, 자신이 최고의 거장이자 능력자이며 따라서 오직 완벽할 뿐이라는 무오류성으로 단단히 무장한, 자신의 가치와 수행력을 철저하게 확신하며 그런 확신 속에서 꿋꿋하게 한 치의 흔들림도 없는 재단사 혹은 양복 장인을 기습하고, 무찌르고, 제압하여, 꼼짝 못하게 뒤흔들어놓는 일이 남았다. 양복 장인 특유의 단호함을 무력화시키는 일이 가장 어렵고도 힘든 과제 중의 하나일 것으로 예상되며, 그것을 이루기 위해서는 용감한 행동력과 위험을 무릅쓴 결단을 밀고 나가는 대담함이 결정적 요소가 될 것이다. 재단사들, 그리고 그들의 세계관에 대하여 나는 항상 크게 두려워하고 있으며, 이런 슬픈 사실을 고백하는 일이 조금도 부끄럽지 않은 까닭은 그 두려움이 합당하고 해명 가능한 것이기 때문이다. 그래서 나는 지금 좋지 않은 상황을, 아니 어쩌면 가장 최악의 가장 운 나쁜 상황까지도 각오하고 있고, 최대로 위험한 이 결전을 치르기 위해 특성과 용기, 반항, 노여움, 통분, 경멸 혹은 죽음을 겁내지 않는 비장함으로 무장했으니, 분명 효력이 있을 그러한 무기들을 충분히 동원한다면 가장된 순진함 뒤에 숨겨진 처절한 비꼼과 신랄한 조롱에 성공적으로 대응하고 마침내 승리를 거둘 수 있으리라 희망하고 있다. 그런데 결과는 예상과 달랐다. 하지만 당장 이 자리에서는 그 일을 더 상세히 설명하지는 않을 것이, 우선은 편지를 부쳐야 하기 때문이다. 그리고 방금 결심했는데, 먼저 우체국으로 갔다가 그다음에 재단사에게, 그리고 가장 나중에 세금을 내러 가려고 한다. 우체국은 산뜻하고 보기 좋은 건물이고 바로 코앞에 있었다. 유쾌하게 안으로 들어선 나는 우체국 담당직원에게 편지봉투에 붙일 우표 한 장을 달라고 했다. 편지를 우체통 안으로 조심스럽게 밀어 넣는 사이, 나는 내가 쓴 내용을 다시 한 번 되새기며 그것을 음미하고 점검했다. 아직도 선명하게 기억나는 편지의 내용은 대충 다음과 같았다.

참으로 존경받는 선생님께!

이렇듯 이상한 서두로 편지를 시작했으니 분명 당신은 이 편지를 보낸 자가 당신과 차갑게 대적하는 사이일 거라고 예감하셔도 좋습니다. 당신이나 당신과 같은 부류의 사람들이 나를 존중하리라고는 기대하지 않습니다. 당신이나 당신과 같은 부류의 사람들은 스스로를 엄청 대단하게 평가하며 따라서 통찰이나 배려심은 갖기가 힘들기 때문이죠. 내가 확실히 아는 사실은 당신은 배려심 없고 무례하기 때문에 자신이 위대하고, 후원을 누리는 입장이므로 스스로를 권력자라 생각하며, '현명한'이라는 어휘가 문득 떠올랐다는 이유만으로 자신이 현명하다고 믿는 그런 사람에 속합니다. 당신과 같은 사람은 가난하고 보호받지 못하는 것들 앞에서 엄격하고 무례하며 거칠고도 폭력적인 태도를 대놓고 드러냅니다. 당신과 같은 사람은 언제 어디서든 반드시 최고가 되어야 한다고, 어느 곳에서도 우월한 지위를 확보해야 한다고, 매 시각마다 항상 승리의 나팔을 불어야 한다고 믿을 만큼 뛰어난 지능의 소유자입니다. 당신과 같은 사람은 그것들이 모두 헛된 짓이고, 가능성의 범주에 들지도 않을뿐더러, 소원할 만한 가치도 없다는 사실을 결코 깨닫지 못합니다. 당신과 같은 사람은 으스대는 허세덩어리이고, 언제 어디서든 사납게 잔혹해질 준비가 되어 있습니다. 당신과 같은 사람은 진정한 용기라면 조심해서 피해갈 그런 용기로 충만한데, 진정한 용기는 반드시 손해를 입게 된다는 사실을 잘 알기 때문이고, 또한 항상 자신을 선과 아름다움으로 사칭하는 일에 매우 커다란 욕망과

열의를 보여주는 용기로 충만합니다. 당신과 같은 사람은 나이도 업적도 존중하지 않으며 노동 또한 존중하지 않는 것이 분명합니다. 당신과 같은 사람은 돈을 존중하며, 돈에 대한 존중은 다른 여타의 가치를 높이 평가하지 못하게 만듭니다. 성실하게 일하고 힘들게 노동하는 자들은 당신과 같은 사람의 눈에는 그저 당나귀나 다름없습니다. 내가 오해하는 것은 아닙니다. 내 생각이 옳다고, 내 새끼손가락이 가르쳐주고 있으니까요. 그러니 나는 당신의 얼굴을 똑바로 보면서 당신이 자신의 직책을 남용하고 있다고 분명히 말하겠습니다. 당신을 비판하려는 사람은 누구라도 상당히 불편하고 번거로운 상황에 얽혀버린다는 것을 당신도 분명 잘 알고 있을 테지요. 그러나 은총과 자비에 파묻혀 있으며 유리한 조건에 둘러싸인 당신이지만, 그럼에도 큰 의혹과 이의에 시달리고 있습니다. 당신도 분명 자신의 동요를 느낄 것입니다. 당신은 신뢰를 저버렸으며, 약속을 지키지 않았고, 깊이 생각하지도 않은 채 당신과 교유한 사람들의 가치와 명예를 손상시켰고, 선행을 베푼다고 하고서는 무자비한 착취를 일삼았고, 직무를 저버리고 친절한 봉사자를 음해했습니다. 당신은 극단적으로 변덕스러워 추호도 신용할 수가 없는, 어린 소녀라면 얼른 용서해줄지도 모르겠지만 성인 남자라면 도저히 용서가 불가능한 그런 성향을 갖고 있습니다. 당신을 이처럼 나약한 인간으로 묘사하는 것을 용서해주시기를, 그리고 앞으로는 업무상 당신과 어떤 식으로도 엮이지 않기를 바라며, 당신을 알게 되어 영광과 동시에 소박한 기쁨을 누렸던 한 인간이 그런 입장에서 필수적으로 요구되는 분량의, 확실한 수준의 존경심을 거두어가니 분명히 인가해주시기를 바랍니다.

지금 다시 생각해보니 편지는 극악무도하기 짝이 없고, 그래서 이런 편지를 우체국에 배달해달라고 맡긴 것이 나는 거의 후회스럽기까지 했다. 그냥 보통 사람도 아닌 막강한 영향력의 지도층 인사에게 통렬히 선전포고를 해버린 셈이고 외교적인, 아니 더 정확히는 경제적 관계의 단절을, 그것도 최고의 이상적인 방식으로 선언한 것이니 말이다. 어쨌든 나는 도전장을 이미 날려 보내버렸으니 인간은, 아니 그토록 존경받는 선생님은 이런 편지 따위는 어쩌면 아예 읽지도 않을 거라고, 왜냐하면 두 번째 혹은 세 번째 단어까지만 읽어도 벌써 싫증나버리기 때문에, 뜨겁게 활활 타오르는 이런 열변과 토로에 시간이나 노력을 바칠 생각 없이 환영받지 못하는 온갖 잡동사니가 뒤죽박죽으로 살고 있는 휴지통에 집어 던져버릴 거라고 추측하면서 스스로를 위로할 수밖에 없었다. '게다가 이런 내용은 길어야 반년, 아니 어쩌면 3개월만 지나도 까맣게 잊히는 게 보통이지.' 이렇게 추정하며 사색의 나래를 펼친 덕분에 나는 용기를 얻고 씩씩하게 양복점으로 향했다.

재단사는 향기로운 천과 천조각들로 발 디딜 틈 없이 빼곡한 자신의 우아한 살롱에, 아니 작업장에 행복한 표정으로, 세계에서 가장 평온한 양심의 소유자처럼 앉아 있었다. 새장이라고 부르는 쇠창살 우리 안에는 한 마리 새가 목가적 분위기의 완성을 위해 시끄럽게 떠들어대는 중이었고, 바지런하고 약삭빠른 견습생은 부지런히 천을 마름질하느라 바빠 보였다. 바늘과 한창 씨름 중이던 양복 장인 듄 씨는 나를 보자 예의 바르게 자리에서 일어서서 점잖게 인사를 건넸다. "우리 회사가 이제 곧 손님에게 완성품 상태로 배달해드릴 예정이며, 보나마나 흠 하나 없이 손님의 몸에 꼭 맞을 것이 분명한 새 양복 때문에 오신 거로군요." 이렇게 말하면서 그는 매우 친근하게, 아마도 좀 지나치게 친근한 태도로 나에게 손을 내밀었다. 그래도 나는 그 손을 마주 잡고 힘껏 흔드는 일을 전혀 주저하지 않았다. "오늘 내가 온 이유는 비록 두렵기는 하지만 그래도 기죽지 않고 기쁜 마음으로, 희망에 가득 차서, 옷을 한번 입어보기 위해서입니다."

그러자 재단사는 자신이 이미 부위별로 완벽하게 재단해 놓았으므로 전혀 두려워할 필요가 없다고 보증하면서 나를 작은 옆방으로 안내한 다음 곧 방에서 나갔다. 그는 자꾸만 반복해서 보증하고 장담했는데, 그것이 내 마음에 썩 들지가 않았다. 옷을 입어보고 그 결과 깊은 실망감이 들기까지는 그야말로 순식간이었다. 나는 마음속에서 부글부글 끓어오르는 불쾌감을 최대한 억누르려고 애쓰면서 다급하고 거칠게 듄 씨를 소리쳐 불렀고, 내가 할 수 있는 최대한의 침착성과 품격 있는 불만을 동시에 담은 파괴적인 한마디를 그의 정면으로 강하게 세게 날렸다. "내 이럴 줄 알았어!"

"오, 손님 참으세요. 고상하고 점잖은 신사분께서 이렇게 불필요하게 화내시면 안 됩니다!"

충분히 힘들게 나는 입을 열어 내뱉었다. "지금 가슴이 터지고 화가 날 이유가 너무도 차고 넘치니 그러는 겁니다. 부적절하기 짝이 없는 말로 날 구슬려서 진정시킬 생각이라면 집어치워요. 최고로 완전무결한 양복을 만든다면서 당신이 해놓은 짓은 최고의 결함 그 자체니까요. 약간이나마 품었던 막연하고 구체적인 의심과 불안이 모두 현실로 나타났습니다. 최악의 예상이 그대로 맞아떨어졌어요, 어떻게 당신은 부위별로 완벽하게 재단을 마쳤다고 큰소리칠 수가 있었습니까, 얼마나 무모하기에 나에게 감히 양복 장인이라고 허풍을 떨었나요. 손톱만큼의 정직함이라도 있다면, 단 한 방울의 솔직함과 신중함만 있어도 당신을 찾아온 내가 억세게 운이 없는 것이고, 당신의 뛰어나게 훌륭하다는 회사가 나에게 배달해줄 흠 하나 없이 완벽한 양복이 사실은 엉망진창이라고 진즉에 말해줬어야 하지 않나요?"

"'엉망진창'이라는 표현을 저는 원칙적으로 금하고 있습니다."

"자제하려고 애쓰는 중입니다, 듄 씨."

"참으로 감사합니다. 그리고 무엇보다도 그처럼 좋은 의도를 가지고 계신 점이 기쁘기 그지없습니다."

"지금 막 신중하게 살펴본 결과, 잘못된 구석이 산더미처럼 많고, 빠져 있는 것에 비뚤어진 것투성이인 이 양복을 나는 완전히 바꿔서 온전하게 고쳐달라는 요구가 받아들여지고 수행되기를 바랍니다."

"그거야 할 수 있지요."

"내가 느낀 불만, 불쾌함과 비통함이 너무 커서 말하지 않을 수가 없는데, 당신 때문에 나는 정말로 화가 많이 났어요."

"맹세컨대 저도 정말 안타깝게 여기고 있습니다."

“나를 화나게 했고 내 기분을 최악으로 더럽게 만들어버려서 안타깝다고, 그렇게 맹세하면서 보여준 당신의 열성적인 태도는 허점투성이인 내 양복을 조금도 낫게 만들어주지 못하므로, 나는 추호도 인정해줄 수가 없고 절대로 받아들일 수도 없습니다. 칭찬하고 공감해줄 여지가 하나도 없으니 말입니다. 특히 양복 윗도리에 관해서 말인데, 그걸 입으면 나는 곱사등이가 되는 기분이고 몰골은 이루 말할 수 없을 정도로 흉측해 보입니다. 너무 볼품없어서 어느 구석 하나 나 자신이라고 인정할 수가 없어요. 인정하기는커녕 내 육신에 가해진 손상과 너절함에 항거하고 싶어집니다. 소매는 심각할 정도로 길고, 조끼는 앞으로 돌출한 모양새라 입고 있으면 배가 불룩 튀어나온 듯 꼴불견입니다. 바지인지 바지통인지도 한마디로 끔찍해요. 바지의 디자인과 모양 자체가 정말로 소름 끼칩니다. 처참하고 한심하고 우스꽝스럽기까지 한 이 바지통 예술작품은 확실하게 넓어져야 할 지점에는 노끈으로 옥죄듯이 좁다란 통로가 뚫려 있고, 반대로 좁아져야 할 지점에는 넓다 못해 광활한 공간이 펼쳐집니다. 듄 씨, 당신의 작품은 철두철미하게 상상력 결여이고 당신의 작품은 한마디로 재능 결핍을 드러내는 증표 역할을 할 뿐입니다. 이 양복만 해도 그래요. 겉보기에도 벌써 빈약함, 편협함,

우둔함, 엉성함과 가소로움, 그리고 소심함이 잔뜩 달라붙어 있군요. 아무래도 이 옷을 만든 장본인은 날렵한 솜씨를 타고나지 않은 것이 분명합니다. 재능이란 재능은 모조리 결핍된 존재라니, 생각만으로도 참으로 딱하고 애처롭군요."

듄 씨는 눈썹 하나 까딱하지 않는 태연함을 유지하면서 내게 대꾸했다. "저는 손님이 그토록 화를 내는 까닭을 이해하지 못할 뿐 아니라 어떻게 설득해도 영영 이해가 불가하리라고 봅니다. 손님이 퍼부어야겠다고 작정한 수많은 비난의 말들을 저는 납득하기 힘들 뿐만 아니라 아마 앞으로도 영영 납득하지 못한 채로 남을 것입니다. 양복은 아주 잘 맞아요. 누가 뭐라 해도 이런 믿음에는 변함이 없습니다. 손님이 그 옷을 입은 모습이 평소보다 더욱 근사해 보인다는 제 확신은 흔들림 없이 굳건합니다. 디자인이 어느 정도 독특하고 색다른 것은 잠깐만 시간이 지나면 금세 적응되는 법입니다. 고위 관료분들도 귀한 자리에 입고 나갈 소중한 옷을 제게 주문하시곤 하죠. 자비로운 법원판사님들도 마찬가지고요. 이런 예들이 능력의 결정적 증거가 아니고 무엇이겠습니까. 비현실적으로 어마어마한 눈높이와 상상력은 맞춰줄 자신이 없고, 주제넘은 요구는 이 양복 장인인 듄이 절대 용납하지 않습니다. 우월한 환경에 계신 분들, 손님과 같은 고상한 신사분들이 제 노련한 솜씨를 접하고는 모든 면에서 크게 만족하셨지요. 이 정도까지만 설명을 드리는 것으로 마음의 빗장을 풀기에 충분하시겠는지요."

그제야 나는 이런 말싸움으로 뭔가를 얻어내기는 불가능함을 깨달았고, 또 처음에 아마도 지나치게 화르르 타오른 분노로 격렬하게 퍼부어댄 공격이 순식간에 고통과 굴욕의 패배로 종결됨을 보았으니, 내 패잔병을 이끌고 불행한 전장에서 물러나 풀이 꺾인 채로 수치스럽게 떠날 수밖에 없었다. 재단사를 상대로 한 용감무쌍했던 모험은 그러한 몰골로 막을 내렸다. 나는 주변 다른 것들은 둘러보지도 않고 서둘러 관청 회계과 혹은 세무서로 발길을 서둘렀다. 하지만 여기서 엄청난 실수 하나를 수정해야만 한다.

지금에서야 떠오른 것인데 내가 세무서에 온 이유는 돈을 내기 위해서가 아니라, 그 대단하신 세무위원회 위원장과 상담을 해서 장엄한 납세신고서를 제출하거나 넘겨줘야 하기 때문이다. 부디 내 실수를 너무 기분 나쁘게 받아들이지 마시고 계속 이어질 이야기를 호의적으로 들어주시기 바란다. 꿋꿋하게 버티고 서서 자신의 완벽함을 주장하고 확신하며 한 발짝도 물러서지 않던 양복 장인 듄 씨와 마찬가지로, 나 또한 제출할 납세신고서의 정밀함과 상세함에 관해서는 그것의 간략함과 생략만큼이나 강력하게 주장하고 확신할 수 있는 바이다.

조금도 지체 없이 나는 흥미로운 일의 핵심을 향해 즉각 뛰어들어간다. "드릴 말씀이 있는데요." 나는 세무직원 혹은 고급 세무관리를 향해 거침없이 말을 걸었고, 국가공무원인 그는 내가 하는 말을 듣기 위해 자신의 청력과 주의력을 집중시켰다. "나는 가난한 작가이자 서기, 문필가로서 참으로 수상쩍은 수준의 수입을 누리는 입장입니다. 어딘가에서 굴러들어온 한몫의 재산 따위는 당연히 눈 씻고 찾아봐도 흔적이 없습니다. 참으로 유감스럽게도 그 사실이 확실하긴 하나, 그렇다고 내가 이 비참한 현실에 절망하거나 눈물을 흘리는 건 아닙니다. 아주 궁핍하지만 근근이 살아가기는 하니까요. 사치는 전혀 부리지 않아요. 그건 나를 한 번 보기만 하면 당신도 금방 알아차릴 수 있을 겁니다. 내가 먹는 음식은 충분하면서도 모자란다고 묘사할 수 있을 겁니다. 이쯤에서 당신은 아마도 내가 엄청난 수입의 주인이자 지배자일 거라는 생각이 들겠죠. 하지만 나는 그런 생각에, 그런 종류의 모든 추측에 정중하면서도 동시에 단호하게 맞서며 진실의 솔직한 맨살을 드러내 보일 수밖에 없습니다. 나는 단 한 푼의 재산도 없다는 것, 대신 온갖 가난을 아주 쾌적하게 만끽하고 있다는 것, 그것이 바로 절대적인 진실이니 당신은 친절하게도 그 사항을 특별히 기입해두신다면 좋겠습니다. 일요일이면 나는 절대 거리에 모습을 드러내서는 안 됩니다. 일요일 양복이 없기 때문이죠. 오직 불가피한 것들만 해결하면서 근검하게 생계를 꾸려가는 내 삶은 들쥐와 비슷합니다. 당신의 눈앞에 있는 이 신고인이자 납세자인 사람보다는 참새가 더 부유해질 가능성이 클 겁니다. 나는 책을 썼습니다. 그런데 운 나쁘게도 독자들의 마음에 썩 들지 않았고, 그 결과가 내 심장을 조여오고 있습니다. 당신도 눈앞에서 나를 보면서 경제적 상태를 충분히 알아차렸을 거라고, 추호의 의심도 없이 확신합니다. 시민적 지위, 시민적 명망, 어느 것 하나 나는 갖추지 못했습니다. 이건 너무도 자명합니다. 나와 같은 인간을 필요로 하는 자리는 어디에도 존재하지 않는 것 같습니다. 아름다운 문학에 생생한 관심을 보여주는 독자는 엄청나게 줄어들어버렸고, 거기에 더해 원하는 사람은 누구나 다 나서서 우리의 작품에 대고 마음껏 이러쿵저러쿵해도 괜찮다고 생각하게 만든 무자비한 비판이 또 다른 심각한 피해의 원인을 제공하여, 마치 브레이크처럼 약간의 소박한 풍족함이 실현되려는 바로 직전에 거칠게 제동을 걸어버리는 거죠. 물론 어쩌다가 정말 품위 있고 점잖게 도움을 베푸는 친절한 후원자들도 있습니다. 하지만 기부금은 수입이 아니며 후원은 재산이 아닙니다. 이렇게 유력하고도 설득력 강한 근거들이 많으니 친애하는 세무관님, 당신이 나에게 예고하신 세금 인상안은 제발 거두어주시기를, 그리고 절박하게 부탁, 아니 애걸하는데 내 지불능력도 가능한 한 최대로 낮게 잡아주시기를 바랍니다."

그러자 위원장님인지 세금평가사님인지가 말하기를 "하지만 당신은 매일 산책이나 다니고 있잖아요!"

"산책은……" 나는 얼른 대답했다. "나에게 무조건 필요한 겁니다. 나를 살게 하고, 나에게 살아 있는 세계와의 연결을 유지시켜주는 수단이니까요. 그 세계를 느끼지 못하면 단 한 글자도 쓸 수가 없고, 단 한 줄의 시나 산문도 내 입에서 흘러나오지 못할 겁니다. 산책을 못하면 나는 죽은 것이나 마찬가지고 열정적으로 사랑하는 내 일도 무너져버릴 겁니다. 내가 산책을 못하고 산책길이 알려주는 신고를 받지 못하면 세금 신고도 더는 없을 겁니다. 소설은커녕 아무리 짧은 글도 더는 쓸 수가 없을 테니까요. 산책을 못하면 관찰을 하지 못하고 연구도 할 수 없게 됩니다. 당신처럼 분별 있고 정신이 깨 있는 분이라면 무슨 말인지 금방 이해할 겁니다. 특별한 목적지 없이 발길 닿는 대로 돌아다니는 산책을 하다보면 수천 가지 생각이 머리에 떠오르는데, 그것이 내게는 얼마나 아름답고 유용하고 쓸모 있는 일인지 모릅니다. 반면에 집에 틀어박혀 있으면 말라 죽은 식물처럼 한없이 처량할 뿐이지요. 내게 산책은 기분 좋고 건강한 습관을 넘어서서 직업상 유익하고도 필수적인 일과입니다. 산책은 내가 일할 수 있도록 도와주며 개인적으로는 기쁨과 즐거움의 원천이기도 합니다. 상쾌하게 만들고 위로해주고 기쁘게 하는 산책은 나에게 쾌감을 주는 동시에, 나중에 집에서 열성적으로 부지런히 작업할 수 있도록 크고 작은 수많은 대상들을 재료로 제공해줌으로써 더 폭넓은 창작을 펼치도록 자극하고 촉진하는 고유한 특성을 갖습니다. 산책은 보고 느낄 만한 중요한 현상들이 늘 가득한 과정입니다. 멋진 산책길에는 형상, 살아 있는 시, 마법, 그리고 온갖 아름다운 자연물들이, 비록 작은 존재들이라고 해도 꿈틀거리며 차고 넘치는 것이 보통이죠. 주의 깊은 산책자의 눈앞에는 박물학이나 지역학의 우아하고 매혹적인 세계가 펼쳐지고, 그럴 때 산책자의 온몸에서는 눈부신 감각이 열리며 찬란하고 고귀한 생각이 떠오르니, 침울하게 움츠러들고 푹 꺾인 채로 있지 말고 눈을 활짝 열고 응시하기만 하면 그는 오감으로 이것을 감지할 수가 있습니다. 그러니 한번 생각해보세요, 만약 어머니

같고 아버지 같고 아이들 같은 눈부신 자연이 선함과 아름다움의 원천으로 매번 신선한 자극이 되어주지 못한다면, 시인은 얼마나 비참하고 빈한한 신세로 전락할 수밖에 없는지 말입니다. 한번 생각해보세요, 천진하게 뛰노는 야외의 자연에서 숭고하고 귀한 가르침과 수업을 퍼 올리는 일이 시인에게 얼마나 커다란 의미일지를! 산책을 통한 자연의 명상이 없다면, 나긋하면서도 엄중하게 경고하는 자연의 탐구가 없다면, 나는 삶이 아무런 의미가 없다고 느낄 것이고 또 실제로도 그럴 겁니다. 산책자는 아무리 사소하고 작은 생명체라도 어린아이나 개, 모기, 나비, 참새, 벌레, 한 송이 꽃, 남자, 집, 나무, 울타리, 달팽이, 생쥐, 구름, 산, 잎사귀, 그뿐 아니라 누군가가 구겨서 던져버린 너절한 종잇조각조차도, 아마도 어느 착하고 순한 아이가 태어나 처음으로 써놓은 서툰 글자들이 있을지도 모르는 그런 것들을 모두 놓치지 않고 관찰하고 연구하기 위해 최대한의 사랑과 주의력을 갖추어야 합니다. 가장 좋은 것과 가장 남루한 것, 가장 진지한 것과 가장 유쾌한 것, 산책자에게는 이 모두가 마찬가지로 마음이 끌리며 아름답고 소중합니다. 산책자는 그 어떤 경우에도 감정에 겨운 나르시시즘이나 너무 민감하게 상처받는 성향을 지녀서는 안 됩니다. 사적인 이익을 좇는 이기심을

버리고, 세심한 시선으로 사방 모든 곳을 둘러보고 살펴야 합니다. 산책자는 사물을 오직 바라보고 응시하는 행위 속에서 자신을 잊을 줄 알아야 합니다. 자신과 자신의 비탄, 자신의 욕구와 결핍, 자신의 모든 궁핍을, 산책자는 마치 용감하고 투철하고 헌신적이며 모든 자질이 입증된 군인이 전쟁터에서 그러듯이, 전부 무시하고 개의치 않고 잊어버릴 줄 알아야 합니다. 그러지 않으면 그는 산책에 절반 정도의 주의력과 절반 정도의 정신만을 쏟을 수 있는데, 이래서는 의미가 없습니다. 매 순간 그는 동정과 공감과 감동의 감정을 느낄 줄 알아야 하고, 바라건대 그것을 느낍니다. 그는 뜨겁게 열광할 줄 알아야 하고, 한없이 깊은 곳에 숨겨진 한없이 작은 일상의 사건에도 푹 빠져서 관심을 기울일 줄 알아야 하며, 추측건대 그렇게 할 수 있습니다. 성실하고 헌신적으로 자신을 지우고 대상에 몰입하여 자신을 잃는 행위, 모든 사물과 현상에 품는 열렬한 애정은 마치 의무를 완벽하게 의식하고 수행하는 일이 내면의 큰 기쁨이자 충만함인 것처럼 그렇게 큰 행복감을 산책자에게 안겨줍니다. 헌신과 성실은 그에게 축복이며 그를 높이 들어 올려서, 매일 빈둥대고 돌아다니는 쓸모없는 놈팡이라고 평이 나 있는 그저 그런 산책자 이상의 존재로 상승시킵니다. 다양하고 꼼꼼한 관찰과

연구는 그를 풍요롭게 하고 즐겁게 하고 달래주고 고상하게 만들며, 비록 좀 비현실적으로 들릴 수는 있겠지만 그러다 간혹 무책임한 무위도식자로 보이는 그와 같은 사람에게서 누구도 기대하기 힘든, 정밀한 과학의 가장자리에 견고하게 가 닿기도 합니다. 나는 머릿속으로 항상 치열하고 끈질기게 작업하고 있으며, 심지어 아무것도 안 하고 아무 생각 없이 푸른 하늘 아래 초록 들판에서 넋을 놓은 채 게으르게 몽상에 잠겨, 나태하게 최악의 인상을 주는 밥벌레이자 무책임한 껄렁이로 보이는 바로 그 순간에도, 나는 대개 감각을 최고로 작동시키며 일하는 중이라는 사실을 당신은 아시는지요? 산책자에게는 갖가지 아름답고 미묘한 산책의 사색들이 신비하고도 비밀스럽게 따라붙게 되는데, 그래서 신중한 걸음을 부지런히 옮기던 중에 갑자기 그 자리에 멈추어 가만히 귀를 기울일 수밖에 없으며, 자꾸만 이상한 기분이 들면서 유령에게 사로잡힌 듯이 마법에 홀린 듯이 정신이 몽롱해지면서 갑자기 땅속으로 꺼져들어가는 듯한, 미혹과 혼란에 빠진 사색가의 눈이자 시인의 눈앞에 거대한 심연이 입을 쩍 벌리고 있는 듯한 느낌을 받습니다. 머리통이 떨어져나간 듯하고 방금까지 생생하던 팔과 다리가 그만 딱 굳어버립니다. 땅과 사람들, 소리와 색채, 얼굴과 형상, 구름과 햇빛이 그를 둘러싸고 기계틀처럼 빙글빙글 회전하는 바람에 그는 이런 의문에 빠집니다. '도대체 나는 어디 있는 거지?' 대지와 하늘이 한꺼번에 뒤엉켜 번쩍번쩍 섬광을 내뿜는 흐릿한 빛의 안개 덩어리가 되어 거세게 흘러내립니다. 혼돈이 시작되었고, 질서는 사라졌습니다. 충격을 받은 가운데서도 산책자는 안간힘을 다해 정신을 다잡을 수 있고, 그렇게 자신감을 가지고 산책을 계속해나갑니다. 진득하게 걷기만 하는 이런 가벼운 산책길에서 내가 거인을 마주치고, 교수님을 뵙는 영광을 누리고, 도중에 책방점원과 은행원과 용무를 해결하고, 이제 막 활동을 시작한 젊은 여가수와 전직 여배우를 만나 대화를 나누고, 재기 넘치는 부인의 집에서 점심식사를 즐기고, 숲을 통과하고, 위험한 편지를 부치며, 음험하고 빈정거리기 좋아하는 재단사와 한판 결전을 치른다고 한다면 당신은 말도 안 되는 소리라고 하겠지요? 하지만 그런 일이 일어날 수 있으며, 또한 실제로 일어나기도 했다고 생각합니다. 산책자는 항상 생각할 여지가 많은 기이한 상상의 산물을 동반하니까요. 이런 정신적인 존재들을 제대로 유념하지 못하거나 아예 몸으로 툭툭 밀치며 제 갈 길만 가버린다면, 그야말로 참으로 어리석은 인간이겠죠. 하지만 산책자는 절대 그러지 않습니다. 그는 자신을 매혹시키는 모든 유형의 독특하고 진기한 현상을 즐겨 받아들이며, 그들과 형제처럼 다정하게 친교를 맺고, 그들에게 생명이 넘치는 육신과 형체를 제공하고, 그들이 그의 영혼과 지식을 풍부하게 해주듯이 그들에게 교양과 영혼을 부여합니다. 간략하게 말하자면, 생각과 궁리와 골똘함과 몰입, 숙고, 시, 조사, 연구 그리고 산책을 통해서 다른 사람들이 그러는 것과 마찬가지로 정직하게 하루하루의 빵을 법니다. 설사 즐거워죽겠다는 표정을 짓고 있는 경우라 해도 나는 진지하고 경건하기 그지없으며, 흐늘흐늘 웃으면서 몽롱한 상태처럼 보일지라도 나는 건실한 전문가란 말입니다! 이렇게 상세하게 설명드렸으니 당신이 내 진심 어린 노고를 알아주셔서 이쯤해서 충분히 만족하신다면 좋겠습니다."

"좋습니다." 세무관은 대답한 다음 이렇게 덧붙였다. "세율을 가능한 한 낮춰줬으면 좋겠다는 청원은 앞으로 더 상세히 검토해본 후에 조속한 시일 내에 승인할지 반려할지를 결정하여 통보해드리겠습니다. 마음을 터놓고 진실을 보고해주시고 열성을 기울여 정직하게 설명해주신 것에 대해서 감사를 드립니다. 그러니 오늘은 이만 돌아가셔서 당신의 산책을 계속하셔도 됩니다."

그리하여 자비롭게도 그곳에서 풀려난 나는 기쁨을 감추

지 못하며 서둘러서 얼른 바깥으로 나왔다. 자유의 감동이 가슴에 사무쳐서 황홀할 지경이었다. 이제야 비로소 수많은 모험을 모두 용감하게 극복하고, 더구나 어려운 장애물을 어느 정도는 성공적으로 뛰어넘은 후에 이미 한참 전에 언급했던 그 철도 건널목에 마침내 도달했으니, 여기서 잠시 동안은 착실하게 서서 기차가 관대한 은혜를 베풀어 아무 문제 없이 말끔히 지나가주기를, 점차 커지는 그러한 바람을 안은 채 기다려야만 했다. 각양각색의 연령대와 개성을 가진 남성과 여성 인민들이 나처럼 건널목 차단기 앞에 서서 기다리는 중이었다. 몸집이 풍만하고 예쁘장한 건널목지기 여인은 석상처럼 가만히 서서 기다리는 사람들을 하나하나 뜯어보고 있었다. 요란한 굉음을 내며 빠르게 지나가는 열차에는 군인들이 가득 타고 있었는데, 하나같이 시선을 창밖으로 향한 채로 사랑하는 소중한 조국을 위해 임무를 다하고 충성을 바치기 위해 떠나는 이들이었다. 한편에는 신병훈련소의 군인들이 기차에 실려 지나가면서, 다른 편에는 쓸모없는 민간인 관중들이 건널목에 서 있으면서, 서로 친근하게 인사를 나누고 애국심에 겨워 손을 흔드는 광경은 잔잔한 감동과 함께 훈훈한 분위기를 자아냈다. 건널목이 열리자 나와 다른 사람들은 조금 전처럼 각자 발걸음을 재촉했지만, 내 눈에는 그사이에 주변 모든 사물들이 천배나 더 아름답고 밝아진 듯했다. 산책은 매 순간마다 더욱 아름다워지고 충만해지고 위대해지는 것 같다. 바로 여기 철도 건널목은 산책의 절정을 이루는, 말하자면 중심인 셈이었고, 이곳에서부터는 점차 다시 잦아들고 가라앉는다. 나는 이미 부드러운 저녁의 내리막이 서서히 시작되고 있음을 예감했다. 애수에 젖은 황금빛 환희가, 달콤하고 신비로운 음울함이 고귀하고 고요한 신의 숨결처럼 사방에 깔리고 있었다. "마치 천상의 세계처럼 아름답구나" 하고 나는 홀로 중얼거렸다. 사랑스럽고 소박한 초원과 정원과 집들을 품은 온화한 대지가 황홀하면서도 울컥 눈물 나게 하는 이별의 노래처럼 펼쳐졌다. 아득한 과거로부터 이어져 내려오는 백성의 조용한 비탄, 선하고 가난한 백성의 고통이 사방에서 울려 퍼졌다. 매혹적인 형상과 의상을 걸친 유령들이 커다랗게 너울거리며 나타났고, 편안하고 다정한 시골길은 연한 푸른색과 흰색, 황금색으로 은은하게 빛났다. 부드럽게 어루만지는 햇살에 둘러싸인 가난한 집들의 지붕은 장밋빛이 살짝 깃든 금빛으로 반짝였고, 그 위로 벅찬 감격과 황홀함의 빛들이 마치 하늘에서 추락한 천사들처럼 날아다녔다. 사랑과 가난이, 금빛과 은빛의 숨결이 손에 손을 잡고 걸으며 허공을 부유했다.

내가 사랑한 누군가가 내 이름을 부르는 듯했고, 누군가가 내게 입 맞추면서 나를 위로하는 것만 같았다. 전지전능하신 신이, 자비로우신 신이 이 길을 걸었으므로 길은 영광스럽고 천국처럼 아름다워졌다. 내게로 밀려든 환상과 환각으로 인해 나는 예수그리스도가 다시 이 세상에 왔으며 지금 여기서 사람들 한가운데를, 이 다정한 지역을 방랑하면서 돌아다니고 있다고 믿게 되었다. 집들과 정원, 사람들이 소리로 변하여 울리고 모든 사물이 영혼으로, 애정 어린 몸짓으로 변해버린 것만 같았다. 감미로운 은빛 베일을 쓴 영혼의 안개가 만물 안에 일렁이며 깃들고 만물을 둘러싸고 내려앉았다. 세계의 영혼이 모습을 드러내자 모든 고통이, 모든 인간의 실망이, 모든 악이, 모든 아픔이 사라져버리는 듯했고 두 번 다시는 지상을 침범하지 못할 것만 같았다. 예전의 산책들이 눈앞에 떠올랐다. 하지만 지금 이 소박한 현재의 눈부신 이미지들은 다른 모든 것들을 능가하고도 남았다. 미래는 퇴색했고 과거는 용해되었다. 눈부시게 활짝 피어나는 이 순간, 나는 스스로 눈부시고 스스로 활짝 피어났다. 가깝고 또 먼 곳에서 위대하고 선한 것이 숭고한 몸짓으로 행복과 충만함으로 가득한 채 환한 은빛을 띠며 나타났고, 나는 이 황홀한 지역 한가운데서 오직 이곳만을 생각하며 환상에 잠겨 있었다. 다른 종류의 상상은 송두리째 무너져 무의미의 대양으로 휩쓸려가버렸다. 바로 앞에 풍요로운 대지가 펼쳐져 있었지만 나는 가장 작고 가장 허름한 것만을 주시했다. 지극한 사랑의 몸짓으로 하늘이 위로 솟아올랐다가 다시 가라앉았다. 나는 하나의 내면이 되었으며, 그렇게 내면을 산책했다. 모든 외부는 꿈이 되었고 지금까지 내가 이해했던 것들은 모두 이해할 수 없는 것으로 바뀌었다. 나는 표면에서 떨어져 나와 지금 이 순간 내가 선함으로 인식하는 환상의 심연으로 추락했다. 우리가 이해하고 사랑하는 것이 우리를 이해하고 사랑한다. 나는 더 이상 나 자신이 아니라 어떤 다른 존재였으며, 또한 바로 그렇기 때문에 비로소 진정으로 나 자신이었다. 감미로운 사랑의 빛 속에서 나는 깨달았고, 아니 깨달았으리라고 믿었는데, 아마도 내면의 인간이야말로 진정으로 존재하는 유일한 인간일지도 모른다는 것이다. 그 생각이 나를 사로잡았다. '충실한 대지가 없다면 우리 가엾은 인간들은 어디로 가야 하는가? 이 아름다움과 선량함이 없다면 도대체 우리가 가진 것은 무엇이란 말인가? 내가 더 이상 이곳에 있을 수 없게 된다면 나는 어디로 가야 하나? 이곳은 내 모든 것이니, 이곳을 떠나면 나는 아무것도 없는 셈이다.'

내가 본 것은 작고 빈약했으나 동시에 위대하고 의미 깊었으며, 소박하지만 매혹적이었고, 가까이 있으면서 훌륭했고, 따스하면서도 사랑스러웠다. 환한 햇빛 속에서 다정한 이웃 사람처럼 사이좋게 나란히 서 있는 집 두 채를 지나면서 나는 커다란 기쁨을 느꼈다. 하나의 기쁨은 또 다른 기쁨을 불러들였으며, 부드럽고 친숙한 대기에서는 유쾌함이 두둥실 떠다녔고 즐거움을 억지로 참는 듯한 떨림이 느껴졌다. 두 채의 작고 어여쁜 집 중 하나는 '곰'이란 이름의 여관 겸 술집이었는데, 간판의 곰 글자는 정말이지 빼어난 솜씨로 우스꽝스럽게 새겨져 있었고 정겹고 친절한 사람들이 화목하게 살고 있을 것이 분명한 아담하고 사랑스러운 집 위로 밤나무들이 그림자를 드리우고 있었다. 집은 대개의 다른 건축물처럼 거만한 기색이 하나도 없이 신뢰와 충실 그 자체로 보였다. 집 주변 어디를 둘러보아도 짙게 우거진 풍성한 초록을 흡족해하는 정원이 한눈에 들어왔고 아름다운 이파리들은 어지럽게 엉켜 있었다. 두 번째 집은 사랑스럽고 어여쁜 외관 때문에 마치 아이들 그림책의 한 페이지에 있는 고운 삽화를 보는 것 같았으며, 마음을 사로잡는 참으로 드물고도 특별한 매력을 갖고 있었다. 집을 둘러싼 세계는 오직 아름답고 선한 기운만 가득해 보였다. 나는 그림처럼 아름다운 작은 집을 보자마자 정신없이 사랑에 빠져버렸고, 즉시 집 안으로 들어가 그곳에 눌러앉고 집을 임대하여 보석 같은 마법의 집에서 영원히 행복하게 살고 싶었으나 가슴 찢어지게도 지금은 이미 다른 사람들이 살고 있었다. 까다로운 취향을 만족시켜줄 마음에 꼭 드는 집을 찾는 자는 애통하여라, 비어 있어서 언제든지 들어가 살 수 있는 집은 대부분 끔찍하거나 소름이 끼칠 뿐이니. 아마도 저 어여쁜 집에는 독신녀가 혼자 살거나 나이 든 할머니가 살고 있으리라. 그렇게 보이고 그런 냄새가 풍긴다. 여기서 좀 더 자세히 말해도 괜찮다면, 저 집의 담벼락에는 고급스러운 프레스코 벽화, 웅장하고 멋지고 유쾌한 스위스 알프스의 풍경이 가득한데, 그 속에는 베른 고원지대에 있는 또 다른 집 한 채가 그려져 있다. 그림 자체는 아무리 좋게 평가해도 훌륭하다고는 할 수 없었다. 훌륭하다고 주장한다면 그건 뻔뻔한 것이다. 하지만 그럼에도 불구하고 그림은 아주 멋져 보였다. 단순하고 단조로운 특징이 나를 매혹시켰다. 원래 나는 그런 식의 세련되지 못하고 서툰 솜씨의 그림에 잘 끌리는데, 그 이유는 모든 회화작품을 대면할 때 가장 먼저 부지런함과 성실, 둘째로 네덜란드가 떠오르기 때문이다. 음악도 다르지 않은 것이, 아무리 한심한 곡이라고 해도 음악의 정신과 본질을 사랑하는 사람에게는 아름답게 들리지 않겠는가? 이것은 사람에게도 그대로 적용되어서, 제아무리 악하고 불쾌한 인간이라고 해도 그 사람의 친구에게는 그래도 소중하고 애착이 가는 존재가 아니겠는가? 실제의 자연풍경 한가운데 서 있는 자연풍경 그림은 제멋대로이면서 자극적이다. 아마 누구도 반박하지 못하리라. 그런데 그 집에 나이 든 여인이 살고 있다는 사실은 내가 확실하게 알아서 단정할 수 있는 것이 아니고, 따라서 결코 여기에 기록할 수 있는 말은 아니었다. 정말 놀라운 것은, 내가 왜 여기서 '사실'이라는 어휘를 입에 올릴 수 있었는가 하는 점이다. 오직 부드럽고 민감한 성향으로 가득한, 적어도 그래야만 마땅한 곳, 모성애의 감정과 예감으로 충만한 지점에서 말이다. 그리고 덧붙이자면 그 집은 청색과 회색으로 칠해졌고, 창틀은 마치 미소를 연상시키는 밝은 황금색과 녹색이었으며, 집 주변의 신비스러운 작은 정원에는 달콤한 꽃향기가 은은하게 고여 있었다. 정원의 작은 정자 지붕 위로는 눈부신 장미꽃이 가득 피어난 장미나무가 매혹적인 자태로 구불구불한 가지를 늘어뜨리고 있었다.

내가 아프지 않고 건강과 기력을 유지한다고 간주한 상태에서, 이는 내가 희망하는 바이며 그 희망에 의심을 품는 것도 아니므로 나는 유유히 계속해서 걸었고, 어느 시골 이발소 앞에 도달하게 되었으나 이발소나 이발사와 굳이 접촉해야 할 이유는 없다고 보이는 것이, 물론 그렇게 했다면 즐겁고 유쾌한 경험은 되었겠지만 내 생각에는 아직 머리를 반드시 잘라야 할 시기는 아닌 것 같았기 때문이다. 그다음으로 지나가게 된 구둣방 앞에서 나는 천재이면서 불운했던 시인 렌츠를 떠올렸으니, 그는 마음과 정신이 송두리째 무너지던 피폐의 시기에 구두 짓는 기술을 배워 구두 장인으로 살았기 때문이다. 그리고 나는 도중에 학교 건물과 교실을 들여다보았고 엄격한 여교사가 구두시험을 치면서 평가를 내리는 것도 듣지 않았던가? 그것은 바로 그 순간 산책자가 어린 시절로 돌아가기를, 다시 한 번 더 말 안 듣는 장난꾸러기 소년이 되어 학교에 다닐 수 있기를, 그래서 얌전히 굴지 않고 말썽을 피운 벌로 매를 벌고, 그것을 온몸으로 받아들일 수 있기를 간절히 바랐다는 어떤 암시일지도 몰랐다. 매질 이야기가 나와서 말인데, 엉뚱하게 끼어드는 감은 있지만 그것에 관해서 조금 말해보자면, 만약 어떤 시골사람이 비열하고 어리석고 더러운 돈을 벌기 위해서 자기 고향땅 아름다운 풍광의 최고 보석을, 즉 장엄하고 웅장하고 높다란 호두나무를 주저하지 않고 베어내버린다면 그자는 흠씬 두들겨 맞아도 싸다는 것이 우리의 공통된 의견일 것이다. 이런 생각을 한 이유는 지금 막 내가 장엄하고 웅장하고 높다란 호두나무가 서 있는 그림처럼 아름다운 농가 앞을 지나갔기 때문이다. 그래서 나는 매질과 장사에 대한 생각이 떠올랐던 것이다. "이렇게 웅장하고 위엄 있는 나무가 있다니!" 감격한 나는 드높이 외쳤다. "이 나무가 집을 보호하고 아름답게 해주는구나! 차분하면서도 기쁨이 넘치는 안락함과 편안한 고향의 느낌을 자아내는구나. 나는 분명히 말할 수 있는데, 이 나무가 신이고 또한 신성이니, 집주인이 지상에 만연한 비열하고 추악한 물욕을 채우기 위해서 천상의 초록 이파리로 우리를 사로잡는 이 황금의 나무를 사라지게 한다면, 무정하고 포악한 그자에게 수천 대의 채찍질을 가해야 한다. 그런 천치는 마을에서 쫓아내야 마땅하다. 아름다움을 능멸하고 파괴한 다른 자들과 함께 시베리아 아니면 불처럼 뜨거운 땅으로 보내버려야 한다. 하지만 다행히도 선하고 온화한 농부들이 있으니, 이는 신의 축복인 셈이다."

아마도 나는 나무와 관련해서, 물욕과 관련해서, 농부와 관련해서, 시베리아 유배와 관련해서, 나무를 베어내버린 농부가 받아 마땅한 것으로 보이는 매질에 관련해서 너무 많이 나가버린 것일 수도 있으니, 잠시 너무 몰입한 나머지 흥분했다고 고백을 해야겠다. 그래도 아름다운 나무를 사랑하는 벗들이라면 내 불쾌함을 이해해줄 것이고 따라서 격한 표현으로 나타난 안타까움에 동의할 것이다. 그런 의미에서 어쨌든 수천 대의 채찍질은 내가 기꺼이 회수하겠다. "천치"라는 표현은 스스로도 찬성하기가 힘들다. 나는 그렇게 거친 어휘를 신뢰하지 않으며 따라서 독자들에게 용서를 구한다. 여러 번이나 사과를 하고 용서를 빌다보니 이제는 예의 바르게 사과하는 일에 숙달되어버린 기분이다. "무정하고 포악한"이란 수식 또한 불필요했다고 본다. 그것들은 기피해야 하는 정신적 과열이다. 그러니 이게 맞다. 아름답고 크고 늙은 한 그루의 나무가 베어지고, 나는 내 고통을 그대로 둔다. 분명 기분 나쁜 표정 정도는 짓겠지만 그것만큼은 아무도 참견할 수 없는 일이다. "마을에서 쫓아내야 마땅하다", 이 또한 부주의한 말이었고 내가 나쁜 의미로 사용한 물욕과 관련해서는, 추측건대 나 자신 또한 그런 일로 한두 번은 아주 나쁜 짓을 한 적도 있고, 잘못을 저지르고, 죄를 범하기도 했으니, 그런 비천한 야비함은 나에게도 아주 낯설기만 한 것은 절대 아니다. 이런 말을 듣고 있으면 내가 마음 약한 패배주의자 정책을 참으로 근사하게 활용한다는 생각이 들겠지만 나로서는 그런 정책이 불가피하다. 올바른 태도를 지키기 위해서 우리는 남들에게 엄격한 만큼 우리 자신에게도 엄격해야만 하고, 우리 자신의 행위에 관대하고 너그럽듯이 남들의 행위도 마찬가지로 너그럽고 관대하게 평가해야만 한다. 마지막 규범은 특히 준수하기가 힘든 것이 사실이다. 하지만 여기서 이렇게 내 실수를 조목조목 정리, 수정하고 신경 쓰이는 부분을 매끈하게 다듬어버리니 참으로 보기 좋고 깔끔하지 않은가? 솔직히 털어놓음으로써 나 자신이 온화한 인간이라는 인상을 주고, 모난 부분을 깎아서 둥글게 만들고 딱딱한 면은 부드럽게 하여 세련되고 상냥한 온건파임을 입증하니, 내 말투는 듣기 좋으며 태도는 외교적이다. 물론 나 자신의 치부를 드러내며 자책하기는 했지만, 독자들은 그 배경에 깔린 선의를 알아주었으면 좋겠다.

그래도 누군가가 나서서 내가 사려 깊지 못한 사람이라고, 권력을 가진 권력자의 입장에서 아무 생각 없이 다짜고짜 나오는 대로 쓰고 있다고 주장한다면 나는 대꾸해주겠다. 솔직히 나도 마찬가지로 감히 주장할 권리가 있기를 희망하는데, 그런 말을 하는 자야말로 악의적으로 착각하는 거라고 말이다. 나처럼 상냥하고 조심스럽게 줄곧 독자들을 생각해온 작가는 아마도 또 없을 것이기 때문이다. 이제 나는 궁전 혹은 귀족의 저택을 업무상 방문할 수 있게 되어서 아주 의기양양해졌다. 왜냐하면 지금 눈앞에 나타난 반쯤 무너진 귀족의 저택, 공원으로 둘러싸인, 도도한 기사와 귀족 나리의 낡아서 쇠락한 저택에 들어간다는 것은 누가 뭐래도 으스대며 잘난 척을 할 수 있고 남들이 우러러볼 만한 일이기 때문이다. 질투를 불러일으키고, 커다란 감탄을 자아내며, 영예를 한 몸에 얻는 일이기 때문이다. 상류가문의 문장으로 장식된 마차를 위한 진입로가 갖춰졌으며 장원이 딸린 그런 성에서 가난하지만 수준 높은 정신을 소유한 여러 작가들이 마음껏 즐거움을 향유하며 거주했다. 가난하지만 향락을 즐기는 많은 화가들이 한동안만이라도 그런 고풍스럽고 근사한 영지 저택에 거주하기를 꿈꾼다. 교양은 있지만 아마도 빈털터리 신세인 많은 도시소녀들은 그리운 애수에 사로잡혀 열렬한 갈망으로, 연못과 동굴처럼 꾸민 방과 천장이 높은 파우더룸, 가마 그리고 그곳에서 부지런한 하인들과 기품 있는 기사들에게 둘러싸인 자기 자신을 그려본다. 눈앞에 서 있는 귀족의 저택은 단순히 건물 외부뿐 아니라 전 존재에서 1709라는 연도가 눈에 두드러지게 읽혔고 이는 당연히 내 흥미를 강하게 자극했다. 나는 어느 정도 매혹당한 채 자연과학자이자 고대연구자의 시각으로 고색창연하고 기이하며 꿈속에 잠긴 듯 몽롱한 정원 안을 들여다보았으며, 거기서 분수의 수조와 눈부시게 찰랑거리는 물줄기, 그리고 수

조 안에 들어 있는 단 한 마리의 물고기를 쉽게 발견했고, 그것이 길이가 1미터에 이르는 희귀종 메기임을 확인할 수 있었다. 마찬가지로 내가 살펴보다가 발견했으며 낭만적인 환희에 넘쳐 정체를 알아낸 것은 무어 스타일 혹은 아랍 스타일의 하늘처럼 푸른색으로, 별처럼 신비한 은색으로, 황금과 갈색, 고귀한 검은색으로 칠해진 아름답고도 화려한 정자였다. 내 섬세한 이해력을 최고 수준으로 가동시켜 얼른 탐지하고 추측해본 결과, 정자는 대략 1858년에 완공되어 계속 그 자리에 있었을 것으로 결론이 났는데, 조사와 탐구와 낌새로 알아채기, 이런 주제에 관련해서라면 나는 아무래도 언젠가 한 번쯤은 시청 대강당에서 자랑스럽고 자신감 넘치는 표정으로 대규모 청중 앞에서 우레와 같은 박수갈채를 받으며 강연이나 낭독회를 가질 자격이 있는 듯하다. 그러면 그 강연 내용은 분명 언론에 언급될 테고 그러기만 하다면 나로서는 너무나 기쁜 일이다. 내 작품을 언론에서 단 한 줄도 언급해주지 않는 경우도 많았기 때문이다. 아랍 스타일 혹은 페르시아 스타일인 정자를 살펴보고 있노라니 문득 머리에 이런 생각이 떠올랐다. '여기서 밤을 지새우면 얼마나 멋질까. 사방은 짙은 어둠의 베일에 싸여 아무것도 보이지 않고, 오직 움직임 없는 적막, 암흑과 정적뿐, 어둠 속에서 고요히 솟아난 전나무들, 한밤의 감정에 깊이 사로잡힌 고독한 방랑자, 그때 어디선가 나타나는 등불이 있으니, 사랑스러운 노란 불빛이 퍼지면서 고혹적이고 우아한 여인이 등불을 들고 정자로 올라서고, 그 자신의 독특한 기질이 유발한 설명할 수 없이 기이한 내면의 소용돌이에 휩싸인 여인은 피아노 앞에 앉아, 이 경우에 대비하여 반드시 피아노는 정자에 갖춰져 있어야 함은 물론이고, 가곡을 연주하기 시작하니 꿈이 허락해주기만 한다면 거기에 더해서, 구슬이 굴러가듯 맑고 아리따운 목소리로 노래까지 부르지 않겠는가! 그러면 얼마나 황홀하게 귀를 기울일 것인가, 얼마나 황홀한 꿈속을 헤매게 될 것인가, 한밤에 울리는 소야곡에 취해 얼마나 행복할 것인가!'

그러나 아쉽게도 지금은 한밤이 아니고 기사들이 활약하던 중세도, 그렇다고 15세기나 17세기도 아니며 햇빛이 환한 평일 어느 날이고, 한 무더기나 되는 사람들이, 지금껏 내가 만나보았던 그 무엇보다 무례하고 거칠며 퉁명스러운, 기사도정신이라고는 없는 자동차들과 더불어 학술적이고 낭만적인 내 관찰의 충만함을 무척이나 방해하고 있었고, 성을 노래하는 시와 중세의 몽상을 내게서 간단하게 앗아가버렸기에 나는 나 자신도 모르게 이렇게 외칠 수밖에 없었다.

"여기서는 섬세한 조사 작업을 하기가 너무도 힘이 드는구나. 거칠고 무례하게 방해를 해대니 차분하게 정신을 집중하고 생각에 잠길 수가 없군. 그러니 분통을 터트리는 것도 당연하지. 하지만 나는 그러지 않겠어. 대신 마음을 온화하게 먹기로 하자. 그런 상태로 점잖게 인내심을 가지고 참는 거야. 세월 저편으로 사라져간 아름다움과 매혹을 생각하니 감미롭구나. 몰락하고 가라앉은 아름다움의 색 바랜 고결한 그림이여, 감미롭구나. 하지만 그렇다고 하여 지금 이 세상과 이 인간들에게 등을 돌려버리는 것 또한 합당하지 않으니, 그 누구도 역사의 사색에 잠겨 있는 자신의 기분을 고려해주지 않는다는 이유로 다른 인간과 제도에 원한을 품어서는 안 된다."

나는 계속 발걸음을 옮기면서 생각했다. '한바탕 폭풍우가 몰아친다면 좋겠다. 그런 폭풍우를 온몸으로 경험해봤으면 좋겠다.'

풍채가 좋고 충실해 보이며 까마귀처럼 털이 새카만 개 한 마리가 길에 누워 있었는데, 그 앞을 지나면서 나는 장난삼아 이렇게 말을 걸어보았다. "보아하니 너는 무지하고 배운 바가 없는 놈일 테니 내 발걸음과 거들먹거리는 태도를 처음부터 끝까지 하나하나 주시해본 결과, 내가 인간이고 7년 동안이나 세계적인 대도시에서 살았으며 그동안은 오직 교양 있고 지적인 수준 높은 사람들과 교유하면서 아주 잠시도, 한 시간이나 한 주일, 한 달 정도는 말할 것도 없이 단 1분도 그들과의 안락한 관계 밖으로는 빠져나가본 적이 없다는 사실을 파악했음에도 당장 일어서서 내게 새카만 앞발을 건네며 인사할 생각이 조금도 들지 않는 거겠지? 이 털북숭이 녀석아, 도대체 무슨 학교를 다닌 거냐? 대답은 한마디도 안 해줄 생각이야? 거기 가만히 누워서 나를 가만히 쳐다보기만 하고, 작은 표정조차 짓지 않고 꼼짝도 안 하다니, 네가 무슨 기념비라도 된단 말이냐? 뻔뻔스럽구나!"

하지만 나는 충실한 경계심에 유머러스한 침착함과 느긋함을 보이는, 수려한 풍채에 외양도 뛰어난 그 개가 마음에 들었다. 개가 나를 주시하며 기분 좋게 눈을 깜박거렸으므로 나는 개에게 말을 걸었고, 개가 내 말을 한마디도 이해하지 못했기 때문에 나는 감히 개를 꾸짖을 수 있었다. 하지만 말투에 깃든 친근함과 애정을 느낀다면 결코 진짜 비난의 의미는 아니었음을 알아차리게 되리라. 저 앞쪽에서 말쑥하게 고급으로 차려입고 흔들흔들 으스대면서 빠르게 걸어오는 뻣뻣한 신사를 보자, 나는 비탄에 사로잡혀 생각했다. '형편없는 옷을 입고 아무도 돌봐주지 않는 가난한 아이들을 어찐단 말인가? 저처럼 잘 차려입고 먼지 한 톨 없이 반짝반짝 윤이 나며 번지르르하게 꾸미고 고급으로 온통 처바른, 반지와 보석으로 주렁주렁 치장하고 번쩍번쩍 광을 낸 신사는 어디서나 눈에 띄는 누더기 차림의 가난한 아이들, 보호의 손길도 청결함도 모르는 채 함부로 던져진 안쓰러운 슬픔의 아이들이 단 한 순간도 신경 쓰이지 않는단 말인가? 공작처럼 으스대는 저자는 진정 조금도 부끄럽지 않단 말인가? 저처럼 고급으로 잘 차려입은 어른은 참혹하게 더러운 누더기를 걸친 꼬마들과 마주치게 되어도 전혀 당혹스럽지 않단 말인가? 내 생각으로는 잘 차려입지 못한 아이들이 하나라도 존재하는 한, 어른이 말끔하게 치장하면서 으스대서는 안 될 것 같은데.'

하지만 그러면 이 세계에 감옥과 불행한 죄수들이 존재하는 한 콘서트에 가서도 안 되고 연극 공연을 보러 가서도 안 되고 그 밖의 어떤 형태의 쾌락도 즐겨서는 안 된다는 주장도 마찬가지로 타당한 힘을 얻을 것이다. 당연히 그런 주장은 지나치다. 이 세계에 불행하고 가난한 사람이 하나도 없을 때까지 모든 즐거움과 생의 향락을 무조건 포기해야만 한다면, 인간은 아마도 예측할 수 없는 음울한 종말의 그날까지 차갑고 황량한 세계의 마지막 날까지 마냥 기다려야만

하고, 그날이 올 때까지는 삶의 희열 자체도 전혀 없는 채로 살아야만 하리라.

노동에 찌든 기색이 역력한 여자 일꾼 한 명이 힘들고 지쳐빠진 몰골로 기운이 하나도 없이, 하지만 아마도 아직 해치워야 할 일이 남아 있는 탓에 서둘러서 비틀비틀 걸어오는 것을 보니 문득 곱게 자라서 자기밖에 모르는 처녀들, 높은 집안의 고귀한 따님들의 모습이 겹쳐졌는데, 그녀들은 어떤 고상한 일과 우아한 오락으로 하루를 보내야 할지가 매일의 커다란 고민거리일 터이고 아마도 일생 동안 단 한 번도 진정으로 육체적 피곤을 겪어보지 못했을 것이고, 하루 종일, 일주일 내내 오직 머릿속에는 무슨 옷을 입어야 무슨 보석을 걸쳐야 아리따운 외모가 더욱 돋보일까 하는 생각으로 가득하며, 온종일 모든 시간을 바쳐 몰두하는 최대의 관심사는 나날이 더더욱 병적으로 과장되기만 하는 기교와 술책으로 자신들의 인성과 외관을 과자처럼 달콤하게 치장할 방법인 것이다.

그래도 나는 대부분의 경우에 그처럼 사랑스럽게 속속들이 공들여 꾸몄으며 달빛처럼 은은하고 아름다운 고운 화초와 같은 젊은 여자들을 좋아하고 숭배하는 편이다. 매혹적인 젊은 여자가 나에게 아무거나 마음대로 명령한다면 나는 그

자리에서 복종할 것이다. 오, 아름다움이란 얼마나 아름다우며, 매혹이란 얼마나 매혹적인가!

이제 다시 돌아가서, 예술과 문학이 한 조각, 아니 한 방울 정도는 깃들어 있을지도 모르는 건물과 건축 이야기를 해보도록 하자.

그 전에 한마디 해둘 것은 고대의 우아하고 위엄 있는 건물들, 역사적인 시설과 건축물을 꽃장식으로 꾸미는 것은 형편없는 취향을 드러낸다는 생각이다. 그렇게 하는 사람이나 그것을 허용하는 사람이나 모두 아름다움과 위엄을 해치는 죄를 범하고 있으며, 용감하면서도 고귀했던 우리 조상들에 대한 기억을 훼손하는 것이다. 두 번째로는 분수 조형물에는 꽃을 꽂지도 화관을 걸지도 않는다는 것이다. 물론 꽃은 자체로 아름답다. 그러나 귀족적인 엄격함이나 석조물 특유의 엄정한 아름다움을 쓸데없이 만들어버리면서까지 거기 있을 필요는 없다. 멍청하게도 꽃에 너무 집착하다가 꽃에 대한 애정을 식게 만들 수도 있다. 그런 일을 담당하는 개인이나 관청은 우선 권위 있는 기관에 그렇게 해도 될는지 문의한 후에 그 답변을 존중하여 적절하게 행동하는 편이 좋다.

나를 강하게 매료시키는 바람에 예외적으로 강렬한 집중을 요했던 두 곳의 아름답고 흥미로운 건물 이야기를 해보자면, 나는 길을 계속 걷다가 참으로 독특하게 매력적인 예배당을 하나 만났고 즉시 그것에 브렌타노 예배당이라고 이름을 붙인 것이, 상상의 실로 자아졌으며 황금빛 숨결로 둘러싸인 그 예배당이 절반은 환하고 절반은 암울했던 낭만주의 시대의 산물임을 알아차렸기 때문이다. 위대하고 사나우며 어두운 태풍과도 같은 브렌타노의 소설《고트비》가 머릿속에 떠올랐다. 좁고 높이 솟은 아치형 창문 덕분에 기묘하고 독특한 모양의 건물은 정감 있고 아름답게 보였으며 거기에 더하여 신비롭고 경건한 기운, 사색적인 삶의 매혹으로 가득했다. 그러자 방금 언급한 시인의 불처럼 뜨겁고 음울한 자연묘사가, 그중에서도 독일의 떡갈나무 숲에 대한 묘사가 기억났다. 그리고 곧이어 내 눈에 들어온 '테라스'라고 명명된 빌라는 이곳을 집으로 삼고 한동안 살았던 화가 카를 슈타우퍼베른을, 동시에 베를린의 티어가르텐 거리에 서 있는 고상한 고급 건물들, 엄격하고 장중하며 단순명료하게 고전적인 스타일을 표방하여 호감을 불러일으키고 시선을 뗄 수 없게 만드는 건물들을 상기시켰다. 슈타우퍼베른 하우스와 브렌타노 예배당은 내게 엄격하게 분리된 두 개의 세계를 상징하는 기념비와도 같았다. 둘 다 각자의 방식대로 우아했으며 유쾌함과 의미가 있었다. 이편이 잘 측정된 서늘한 우아함이라면 다른 편은 오만하면서 음울한 꿈이었고, 이편에 섬세한 아름다움이 있다면 다른 편에도 섬세한 아름다움이 있었는데 하지만 그 둘은, 두 건축물이 서로 가까운 시기에 지어진 것임에도 불구하고 본질이나 형태에 있어서 완전히 다른 종류의 건물이었다. 이제 서서히 내 산책길에 저녁이 내리기 시작했고, 고요한 길의 끝이 그리 멀지 않은 듯 보였다.

아마도 여기는 몇몇 일과와 교통상황이 대략 다음과 같은 순서로 펼쳐지는 장소인 듯하다. 웅장한 외관의 피아노 공장이 다른 공장과 상업시설들과 나란히 서 있고, 거무스름한 강물 바로 곁 포플러 가로수길에는 남자여자 아이들, 전차와 그것의 끼익거리는 소리, 책임감 넘치는 야전사령관 혹은 지도자로 보이는 사람, 예쁘게 알록달록하거나 창백한 색의 혹은 점박이나 얼룩무늬의 소 한 무리, 농부의 마차 위에 올라탄 여인, 그것이 내는 바퀴소리, 채찍소리, 짐을 너무 많이, 탑처럼 높이 쌓아 실은 화물차 몇 대, 맥주 운반 마차와 맥주통들, 공장에서 한꺼번에 쏟아져 밀려나와 집으로 돌아가는 노동자들, 이런 압도적인 군중과 물건들을 대규모로 눈앞에 두고 있으니 참으로 이상한 생각이 들었다. 화물을 싣고 화물 기차역을 출발해 오는 화물차량들, 서커스단 하나가 통째로 흔들흔들 이동하고 있었다. 코끼리, 말, 개, 얼룩말, 기린, 우리에 갇혀 격노한 사자, 싱할라족, 인디언, 호랑이, 원숭이, 왔다 갔다 기어 다니는 악어, 줄 타는 소녀들, 북극곰, 그 밖의 무수한 것들이 줄을 이어 꼬리를 물고 심부름꾼들, 곡예사의 무리, 근무자의 무리 등등과 함께. 유럽전쟁을 흉내 내느라 나무총으로 무장한 소년들은 전쟁이 불러일으키는 모든 공포심을 부추기고, 꼬마 부랑자 한 명은 자랑스러워 견딜 수 없다는 태도로 〈십만 개구리〉를 노래 부르며, 그 뒤로는 벌목공들이 수레에 목재를 한가득 싣고, 풍만한 돼지 두세 마리도, 그걸 쳐다보는 구경꾼들은 맛좋게 구워진 돼지고기 냄새를 상상하며 군침을 삼키는데 그것은 너무도 당연한 반응이다. 진입로에 격언을 써놓은 농가 한 채, 두 명의 보헤미아 여자, 갈리시아 여자, 슬라브 여자, 벤덴* 여자 혹은 붉은 장화를 신고 새까만 눈동자에 마찬가지 색깔의 머리카락을 가진 집시 여자들, 그녀들의 이국적인 외모 때문에 아마도 사람들은《집시 공주》라는 정원용 소설을 떠올릴지도 모르는데, 그 소설의 배경은 헝가리이긴 하지만 뭐 별 상관은 없고 혹은 〈프레치오사〉**가 생각날 수도 있고, 그런

* 유럽 내 독일어 사용 지역에 거주하는 슬라브족을 가리키던 호칭.

데 그 작품의 기원은 사실 스페인이지만 우리가 그 정도로 자세히 알아야 할 필요는 없다. 상점들이 더 나타났다. 문방구, 정육점, 시계방, 구둣방, 모자가게, 철공소, 포목점, 수입식료품점, 향신료가게, 고급 양품점, 수예점, 빵집과 과자점. 그리고 온 천지에 이 모든 사물들 위로 덮이는 은은한 저녁빛. 계속해서 걸어가니 요란한 소음과 함께 나타나는 학교와 교사들, 후자는 얼굴에 근엄함과 권위가 실렸고 전원과 대기, 그림 같은 수많은 풍경들. 또한 간과하거나 잊지 말아야 할 것들은 '퍼질', '무엇도 능가할 수 없는 뛰어난 마기의 쇠고기 수프', '놀랍게 오래가는 콘티넨털 고무창', '토지 판매', '최고의 밀크초콜릿' 그 밖의 다 기억하지도 못할 만큼 많은 광고 표제나 문구들. 정말로 하나도 빼지 않고 전부 정확히 헤아려보려고 하면 아마 끝도 없을 것이다. 통찰력이 있는 자라면 느끼고 인식할 수 있는 사실이다. 포스터 혹은 간판 하나가 내 시야 안으로 두드러지게 들어왔다. 거기에는 이렇게 적혀 있었다.

* 집시에게 납치된 공작의 딸이 자라 부모를 만나게 되는 연극작품. 저자는 정확히 알려지지 않았으나 세르반테스의 소설《집시 여인》이 변형되어 전해진 것이라고 한다.

쾌적한 남성용 하숙집이 단정하고 품위 있는 신사분들에게 최고의 식사를 제안합니다. 아무리 입맛 까다로운 사람도 만족시킬 수 있고 아무리 식욕이 왕성한 사람도 문제없다고 우리는 편안히 양심적으로 말할 수 있습니다. 그렇긴 하지만, 너무 허기가 심해 아무거나 가리지 않고 먹겠다는 위장이라면 정중히 거절하고 싶습니다. 우리가 제공하는 요리법은 매우 훌륭한 교육을 통해 완성되었으며. 그 의미는 곧 오직 교양이 넘치는 기품 있는 신사들만이 우리 식탁에서 음식을 음미했으면 좋겠다는 뜻입니다. 주급과 월급을 몽땅 술로 탕진해버리는 바람에 비용을 즉각 지불할 능력이 없는 작자들은 만나고 싶지 않습니다. 우리는 수준 높은 하숙인들을 존중하는 마음으로 점잖고 호감이 가는 행실과 예의범절을 준수합니다. 하숙집의 매력 넘치고 얌전한 숙녀들이 꽃으로 아름답게 치장된 맛난 음식이 가득한 식탁에서 식사 시중을 들게 됩니다. 또한 우리는 명성과 덕망이 드높은 우리 하숙집에 첫 발을 들이는 그 순간부터 고상한 행동과 정말로 세련되고 말쑥한 태도를 지키는 것이 얼마나 중요한지, 하숙 신청인들이 통찰할 수 있도록 여기서 미리 강조하는 바입니다. 방탕한 자, 폭력을 일삼는 자, 떠버리와 허풍쟁이는 입주할 수 없도록 단호히 선을 긋겠습니다. 만약 자신이 그런 부류에 조금이라도 속한다고 생각할 만한 여지가 있는 사람은 우리 시설을 일차적으로 멀리해주셔서 우리를 불쾌한 상황에 빠지지 않도록 도와주시기를 간청드립니다. 반면에 친절하고 원만하고 예의 바르고 점잖고 고상하고 센스가 있으며 사교적이고 명랑한, 하지만 결코 지나치게 사교적이거나 지나치게 명랑하지는 않고 도리어 조용한 성향이며 무엇보다도 지불 능력이 있는, 확실하고 계산이 정확한 신사분은 언제라도 무조건 환영이며 최상의 서비스로 응대하고 최대한의 예절을 갖추어 최고로 모실 것입니다. 진심으로 약속드리며, 이 약속을 지키는 것이 우리의 기쁨임을 항상 명심하고 있겠습니다. 그러한 친절하고 멋진 신사분은 우리가 엄선한 맛난 메뉴를 맛보실 수 있는데, 다른 곳에서 이런 수준의 음식을 발견하려면 엄청난 노력을 기울여야만 합니다. 우리 식당의 뛰어난 요리는 모두 진정한 요리 대가의 작품이기 때문입니다. 우리 하숙집에 묵기를 원하는 모든 신청자분들이 이것을 직접 체험해보고 확인하는 기회를 가질 수 있도록 적극 추천하고 지원하는 바입니다. 우리가 식탁에 내놓는 음식들은 질이나 양에 있어서 모두 적당히 괜찮은 건강식의 수준을 훌쩍 뛰어넘으며,

인간의 그 어떤 활발한 상상력과 판타지를 최대로 발휘한다고 해도 놀라움과 환희에 압도당한 신사분들 앞에 우리가 일상적으로 내놓는 메뉴의, 입에서 살살 녹는 기막힌 맛을 조금이라도 비슷하게 그려내기란 불가능합니다. 하지만 앞서도 이미 여러 번 강조했듯이 우리가 손님으로 고려하는 대상은 오직 고급 신사뿐이니, 혹시나 판단 착오를 저지르는 실수를 예방하고 의심을 제거하기 위하여 손님 선별에 관련한 우리 하숙집의 소견을 짧게 명시하고자 합니다. 우리의 시각으로 고급 신사라 함은 섬세함과 우수함을 갖춘 사람, 모든 면에서 평범한 일반인보다 월등한 사람입니다. 그냥 평범하기만 한 사람은 전혀 맞지 않습니다. 우리가 생각하는 고급 신사는 예외 없이 모두 허망하고 황당한 것들에 특별한 자질이 있다고 자부하며, 그중에서도 특히 자신의 코가 다른 어떤 훌륭하고 이성적인 자의 코보다도 더욱 우월하다고 생각하는 사람입니다. 고급 신사의 품행은 이러한 독자적 전제조건과 분명히 부합하고, 그런 점에서 우리의 믿음은 확고합니다. 단순히 품행이 좋고 반듯하고, 반듯하기만 하면서 다른 뚜렷한 장점이 없는 사람은 제발 부탁이니 우리에게 접근할 생각은 마시기 바랍니다. 그런 사람은 우리에게 고상한 신사도, 고급 신사도 아니기 때문입니다. 티 하나 없이 순수하며 최상급으로 고상한 고급 신사를 고르기 위해 우리는 최상급으로 섬세한 감식안을 갖고 있습니다. 걸음걸이, 말투, 대화의 태도, 얼굴, 몸짓, 그리고 특히 의상, 모자, 지팡이, 고급 신사인지 아닌지에 따라서 있을 수도 있고 없을 수도 있는 단춧구멍에 꽂은 꽃, 이런 것들을 보고 우리는 즉시 알아차릴 수 있는 것입니다. 우리의 예리한 관찰력은 이 분야에 있어서는 거의 마법의 경계에 가 닿을 정도이며, 감히 주장하건대 어느 정도는 독창적인 천재성을 확보한다고 자부하는 바입니다. 이렇게 설명을 드렸으니 이제는 원하는 유형을 다들 알게 되었을 테고, 그러니 만약 우리가 저 멀리서 척 보고 벌써 우리 하숙과는 어울리지 않는다고 판단한 사람이 찾아온다면 이렇게 말해줄 수밖에 없습니다. "정말 유감입니다, 우리도 몹시 마음이 아프군요."

어쩌면 독자들 중 두세 명 정도는 이런 포스터가 실재하는지 약간의 의심을 품고, 이건 절대로 못 믿겠다고 중얼거릴지도 모른다.

아마도 글 여기저기서 동일한 반복이 나타났을 것이다. 고백하자면, 나는 자연과 인간의 삶이란 반복으로부터의 아름다우면서도 매혹적인 도피라고 보는 사람이고, 또 고백하고 싶은 것은 나는 바로 그러한 모습을 아름다움이자 축복으로 받아들인다는 사실이다. 물론 지나친 자극만을 추구하여 센세이션이나 쫓아다니고 새로운 것이라면 뭐든지 덥석 물고 보는, 매 순간순간 지금까지 한 번도 없었던 새로운 쾌락을 향유해보려고 안달하는 질 낮은 인간들이 여러 곳에서 보이는 것은 사실이다. 하지만 어떤 시인도 그런 인간을 위해서 노래하지 않고, 어떤 음악가도 그들을 위해서 음악을 하지 않으며, 어떤 화가도 그들을 위해서 그림을 그리지 않는다. 큰 맥락에서 생각할 때 항상 끊임없이 새로운 것을 향유하고자 갈망하는 끈질긴 욕구는 소심함, 내면의 결핍, 자연과의 소원함, 어중간하거나 부족한 이해력의 징표라는 의견이다. 어린아이라면 눈앞에 항상 새롭고 신기한 것을 보여줘야만 만족한다. 그런데 진지한 작가는 산더미 같은 재료를 준비해놓고서 신경질적인 탐욕을 만족시키기 위해 기민한 하인처럼 굴어야 한다는 생각은 하지 않으며, 따라서 글을 쓰다가 당연히 자연스럽게 나타나는 몇몇 반복은, 물론 지나치게 많은 유사한 표현은 방지하려고 부지런히 노력하지만, 너무 두려워하지 않는다.

이제 저녁이 되었다. 나는 어느 아늑하고 조용한 길로, 나무들이 죽 늘어서서 호수까지 이어지는 뒷길로 접어들었으며 여기서 내 산책은 끝났다. 호숫가의 오리나무 숲에는 여학교와 남학교 학생들이 모여 있었고, 저녁의 자연 한가운데서 목사님이거나 선생님인 자가 자연체험과 관찰수업을 진행하고 있었다. 천천히 걸어가는 내 머릿속에 두 사람의 형체가 떠올랐다. 아마도 어느 정도 몸이 피로했기 때문인지 나는 한 아름다운 소녀를 생각했고, 이 세상에서 내가 얼마나 홀로인지, 그리고 반드시 그래야만 하는 것인지를 생각했다. 스스로에 대한 책망이 뒤에서 나를 밀었고 내 앞길을 막았다. 나는 있는 힘을 다해서 나쁜 기억을 물리쳐야만 했다. 난데없이 밀려오는 자책으로 마음이 무거웠다. 그사이에도 나는 주변에서 숲에서 몇 송이, 들판에서 몇 송이의 꽃을 찾아서 꺾었다. 소리도 없이 약하게 비가 내리기 시작했고 그래서 부드러운 대지는 더욱 부드럽고 고요해졌다. 그것은 마치 눈물이 흐르는 듯해서 꽃을 꺾는 동안 나는 잎사귀 위에 떨어지는 고요한 눈물소리에 귀를 기울였다. 따스하고 어렴풋한 여름비여, 너는 얼마나 감미로운지! "왜 나는 여기서 꽃을 꺾고 있지?" 문득 의문이 들면서 생각에 잠겨 땅바닥을 바라보았고, 부드러운 비는 내 생각을 점점 더 커다랗게 몰고 가서 이윽고 슬픔으로 상승시켰다. 지나간 시절 내가 저지른 과오들, 부정(不貞), 증오, 고집, 오류, 기만, 악의 그리고 셀 수도 없이 많은 과격하고 보기 흉한 다툼들이 떠올랐다. 다스리지 못한 열정과 사나운 갈망으로 얼마나 많은 사람들에게 고통을 주었으며 얼마나 많은 만행을 저질렀던가. 내 지난 생의 드라마틱한 사건들이 한창 벌어지는 무대처럼 눈앞에서 열렸고, 스스로 행하고 드러낸 무수한 약점들, 무례함, 냉혹함을 고스란히 목격한 나는 놀란 나머지 무의식중에 몸이 굳어버렸다. 그리고 두 번째 사람이 나타났다. 며칠 전 숲속 땅바닥에 쓰러져 있던 남자, 늙고, 지치고, 가난하고, 모두에게서 버림받은, 너무나 초라하고 창백하고, 죽을 정도로 처참하며, 고통으로 기진맥진한, 영혼을 슬프게 옥죄는 모습으로 나를 깊은 충격에 빠뜨린 남자. 그 지친 남자의 모습이 머리에 다시 떠올랐고, 그러자 내 몸에서는 기운이 사라졌다. 어딘가에 눕고 싶다는 강렬한 욕구를 느끼고 주변을 보니 마침 다행스럽게도 가까운 곳에 편해 보이는 호숫가 공터가 있어서 나는 몸도 지친 참에 정성스럽게 드리운 나뭇가지들 아래 부드러운 땅바닥에 편안히 누웠다. 그렇게 흙과 대기와 하늘을 바라보고 있자니 구슬프고도 불가피하게, 나는 하늘과 땅 사이에 갇힌 가련한 죄수로구나, 이런 식으로 모든 인간은 결국 다들 마찬가지로 가련하게 갇힌 존재일 수밖에 없구나, 우리 모두의 앞에 놓인 것은 오직 한 가지 길, 흙 속의 구멍으로 들어가서 눕는 길뿐, 다른 세계로 가기 위해서는 누구나 반드시 무덤을 통과하지 않고서는 달리 방법이 없겠구나, 하는 생각이 들었다. '이렇게 모든 것, 모든 것이, 이 충만한 모든 삶이, 다정하고 사려 깊은 색채들이, 모든 매혹이, 삶의 활기와 기쁨이, 인간의 모든 의미가, 가족, 친구, 사랑하는 사람, 신의 아름다운 그림으로 가득 찬 이 환하고 싱그러운 대기가, 아버지와 어머니의 집들이, 그리고 사랑하는 이 은은한 거리들, 드높이 뜬 태양과 달이 어느 날 사라져버리고 인간의 심장과 눈동자는 죽어야만 하는구나.' 나는 오랫동안 그런 생각에 잠겨 있었고 아마도 내가 상처와 고통을 주었을 법한 사람들에게 가만히 용서를 빌었다. 한동안 명확하지 않은 이런저런 상념을 헤매던 중에 다시금 그 소녀가, 아름답고 싱그러운 소녀, 눈빛이 참으로 어여쁘고 선량하며 순수하던 소녀의 모습이 떠올랐다. 어린아이의 것처럼 아리땁던 소녀의 입술은 얼마나 매혹적이었는지, 그녀의 뺨이 얼마나 고왔는지, 음악처럼 부드럽고 유연하던 몸매는 나를 얼마나 황홀하게 만들었는지, 그리고 바로 얼마 전 내가 그녀에게 무언가를 물었던 것, 그러자 그녀가 의심과 불신의 표정으로 눈동자를 내리깔며 외면하던 모습, 내 진정한 사랑을, 애정을, 헌신을, 그리고 그대를 향한 다정함을 믿느냐고 묻자 그녀가 "아뇨"라고 대답하던 것까지, 모두 생생하게 머릿속에 떠올랐다. 사정이 생긴 그녀는 여행을 떠나야만 했고, 그렇게 그녀는 가버렸다. 아니, 어쩌면 나는 그녀가 여행을 떠나기 전에 더 설득할 수 있었을지도 모른다. 당신의 사랑스러운 마음이 나에게는 참으로 중요하며, 수천 가지의 가슴 벅찬 이유로 당신을 행복하게 해주고 싶고, 그럼으로써 나도 행복해지고 싶다고 말이다. 하지만 나는 더 이상은 애쓰지 않았고 그녀는 가버렸다. 그런데 꽃은 왜 꺾었단 말인가? '내 불행의 제단에 꽃이라도 바치려 했단 말인가?' 이렇게 생각한 순간, 내 손이 저절로 풀리고 꽃다발이 땅으로 떨어졌다. 나는 집으로 돌아가기 위해 몸을 일으켰다. 시간이 늦었고, 어둠이 세상에 깔렸기 때문이다.

그 누구도 내가 되기를, 나는 원하지 않는다.

오직 나만이 나를 견뎌낼 수 있기에

그토록 많은 것을 알고, 그토록 많은 것을 보았으나

그토록 아무것도, 아무것도 할 말이 없음이여.

— 로베르트 발저

to be small and to stay small

번역 작업은 나에게 가장 우선적으로 독서이기에, 나는 내가 번역하는 책의 번역가이면서 동시에 (외국어로 읽는, 따라서 약간 서툴고 그만큼 더 진지한) 독자라는 위치를 벗어날 수가 없다. 여기서 독자란 단순히 불특정한 책을 읽는 불특정한 사람을 가리키는 말이 아니다. 독자란 감응되고 유도된 행위자이며, 주관적이고 적극적인 열광자로 다시 태어나는 개념이다. 내 번역은 대개의 경우 실시간 독서와 동시에 병행하여 유발되는 산물이다. 이 책의 거의 모든 문장은 다음에 올 문장에 대하여 아는 바가 없는 상태에서 스스로를 나타내고 있다. 이 책의 거의 모든 문장은, 자기 스스로의 육신을 놀라워하고 충격에 휩싸이고, 소스라친다. 자신의 몸이 종처럼 울리는 것을 낯설고도 황홀하게 듣고 있다. 독자들이 이 책에서 읽으면서 깜짝 놀라게 될 문장들이 있다면, 그 문장들 역시 스스로 깜짝 놀라는 상태에 있다는 것을 말하고 싶다. 독자들이 페이지를 넘기는 그 순간에, 마찬가지로 번역자 역시 페이지를 넘기고 있다. 독자들이 무엇인가를 궁금해한다면, 바로 그 순간 그 지점에서 번역자도 같은 것을 궁금해하고 있다. 텍스트는 자신의 궁극의 지점이 어디인지 알지 못하는 상태로, 대본 없는 낭송, 즉흥의 산책을 이어나가는 듯하다. 이것은 내가 연구 번역자, 언어학 번역자, 텍스트와 거리를 유지하여 자기 컨트롤이 능숙한 번역자가 아님을 고백하는 서두이다. 또한 아무도 그 규칙을 파악하지 못하는 발저(Walser)의 스텝을 한 박자 한 박자 따라가는 이 번역이 믿기 힘들만큼 기묘했다고, 광적일 만큼 현란하게 아이러니하고, 달빛 비치는 차가운 밤이면 내면의 황야를 홀로 가로지르는 고독한 왈츠(Walzer)였다고 환희로 고백하는 서두이다.

우리가 발저에 대해서 알고 있는 미미한 정보들을 간추려보면, 자기 부정으로 점철된 비극적인 여행이 연상된다. 1878년 스위스 베른 주 비엘의 독일어 사용 가정에서 출생.

가정 형편상 14세에 중학교를 중퇴하고 학업을 중단함. 처음에는 배우가 되고 싶어 했으나 하인 학교에 등록했고, 슐레지엔의 성에서 집사로 일하며 겨울을 보냈다. 나중에 정신병원에 입원했으며, 1956년 크리스마스 날 눈 속에 얼어붙은 시신으로 쓰러진 것이 어린아이들에게 발견되었다. 산책길에 심장발작이 왔던 것이다

마치 자신의 죽음을 예언한 듯한 산문 〈크리스마스 이야기〉 중에서처럼.

"눈으로 덮인 채, 눈 속에 파묻힌 채 온화하게 죽음을 맞이하는 자여. 비록 전망은 앙상했지만 그래도 생은 아름답지 않았는가."

그의 삶에 언제나 좌절만이 있었던 것은 아니다. 어린 시절의 소망이던 배우의 꿈이 좌절된 그는 형 카를이 일러스트레이터이자 무대 화가로 성공적인 캐리어를 쌓고 있는 베를린으로 가서 행운을 찾아보려고도 했다. 은행의 견습 사무원과 고무공장 노동자 등으로 일한 이후에 말이다. 그는 1905년부터 1913년까지 베를린에 머물렀다. 초창기에 그는 작가로서 나쁘지 않은 성과를 거두었다. 독일과 스위스에서 어느 정도 명성을 얻었으며, 베를린의 독일 문학인 모임에 발을 들여놓을 수 있었다. 하지만 그는 지성인들의 사회에

적응하지 못했다. 시골에서 갓 올라온 소년처럼 행동거지가 악동인 데다가 기괴한 장난이 심했다. 파티에서 레슬링을 벌이는가 하면 점잖은 성인들이 당황스러워할 만한 언행을 일삼았다. 게다가 그가 사용하는 스위스 방언, 정규 교육을 마치지 못한 점 등 때문에 베를린 문학계에서 이질적인 존재가 되었다. 그는 술 몇 잔에 금세 과격할 만큼 촌스럽게 변하곤 했다. 그리하여 점차, 사람들로부터 멀어졌고 홀로 남았다.

형의 집을 나와 독립한 그는 가구 딸린 골방을 전전하며 이사를 다녔다. 생활은 매우 근검했다. 그는 베를린에서 장편소설《탄너 집안의 아이들》(1906),《조수》(1908),《야콥 폰 군텐》(1909)을 썼다. 하지만 결국 스스로의 자조적 표현에 따르면, "조롱만 당하고 성공하지 못한 작가"로 고향 스위스로 되돌아갔다.

이후 수십 년 동안, 그는 책상 앞에서 일하거나 잠자는 시간을 제외한 거의 모든 시간을 밖에서 걸어 다니면서 보낸 듯하다. 그는 보기 드문, 특별한 수준의 기나긴 산책자였다. 그리고 바로 그 시기에, 그는 짧은 산문 쓰기에 집중했다. 그는 산문을 써서 신문사로 보냈다. 그의 산문 〈최후의 산문〉에는 그가 얼마나 열심히 산문을 썼고 또 얼마나 참담한 좌절을 겪었는지 유머러스한 문체로 드러난다. 그가 대체로 펌

하되는 형식인 산문을 주로 쓴 까닭은 아마도 경제적인 이유가 컸겠지만, 이런 종류의 장르를 구분하기 힘든, 너무도 자유분방한 형식과 길이의 산문들에서 그의 재능은 마음껏 빛을 발했다.

나는 지금도 〈툰의 클라이스트〉, 〈헬블링 이야기〉, 〈원숭이〉 등을 처음 읽었을 때의 충격을 잊지 못한다. 〈산책〉의 문장들을 접할 때면 저도 모르게 감탄과 충격의 비명을 지르기도 했다. 그것은 마치, 무대에서 관객에게 즉석에서 말을 걸면서, 그 말을 글로 쓰고 있는, 그러므로 작가 자신도 다음 문장의 모퉁이를 돌면 무엇이 나타날지 미리 계산하고 있지 않다는, 우아하고 유쾌한 자포자기의 즉흥 댄스와도 같았다. 그리고 그것은 마지막까지 성공한다.

물론 그 이외에도 참으로 아름답고 황량하며, 어떨 때는 이빨을 드러낸 듯하고, 방치되고 산만한 언어, 끝을 모르는 풍자와 비꼼, 이 모든 것을 이끄는 무의미함과 무의도성, 그리고 마침내는 인과성과 연속성의 끈을 놓아버리는 돌연하고 뜻밖인 결말들.

이런 것은 한 번도 읽은 적이 없어.

나는 매혹되었다. 나는 펄쩍 뛰어오를 만큼 매혹되었다.

태연을 가장한, 뼛속 깊이 스며드는 시니컬함이 있었다.

예를 들자면,

"우리는 둘 다 의미심장한 침묵 속에 빠져들었다. 간혹 한 사람이 다른 사람을 최대한 아무 목적 없이 바라볼 뿐이었다. 철학자가 하품을 했다. 나는 그에게 매우 어울리는 그 행위의 공공연한 무신경함에 감탄했다. 사회적 업적이 큰 남자에게는 완벽하게 적절한 태도보다는 도리어 그 반대가 더 적절하게 어울리는 법이다. 침묵을 지키면서 서로가 서로를 대담하게 관찰했다. 아마도 그는 혓바닥에 벼락이라도 맞은 듯 했고, 내 혓바닥도 별반 다르지 않았다."

그의 문장은 의도적인 과장과 왜곡, 방어를 위한 냉소의 포즈, 기괴함으로 가득하다. 그러나 그의 진정한 특징은 그가 쓰지 않은 것, 빈 자리, 일부러 생략한 어휘, 다른 것으로 대치된 감정들, 입 다묾, 돌연한 마침이다. 그의 모든 것은 의외이다. 그의 글에서 아름다움이 넘실대는 것은 의외이다. 나는 이 책을 번역한 후에 공교롭게도 바로 헤르만 헤세의 글을 번역했다. 그 둘은 문체의 스타일에서 매우 극단적인 대조를 이룬다.

한 사람은 차분하게 설득하고 논리적으로 감동시키며, 다른 사람은 스스로의 흔적을 끊임없이 지우며 모퉁이를 돌아 버린다.

그는 돌연하고 불연속적이다. 그는 스스로를 작게 여기고, 자신을 중국인이라고 말한다. 그런데 카프카도 어느 편지에서 쓰지 않았던가, "Indeed I am a chinese"라고?

그의 산책이 곧 그의 글이 되었다. 걷기는 그의 스타일을 구축한 육체였다. 걷기를 통해서 "그는 어디서나 살았고, 그 어디에서도 살지 않았다." 그는 자신의 글 안에서 "하나의 내면이 되었고, 그렇게 내면을 산책했다." 그의 산문 〈산책〉을 읽어보라. 그것은 하루 온종일에 걸친 산책이다. 그는 화창한 아침에 집을 나서서, "시간이 늦었고, 어둠이 세상에 깔"린 다음에야 집으로 가기 위해 발걸음을 돌린다.

그는 언제 집에 도착하게 될까?

때로 그는 밤중에도 산책을 했다. 그는 기나긴 산책자이자 홀로인 산책자였다.

매우 열심히 산문을 발표했지만, 그는 다른 직업 없이는 살 수 없었다. 그는 거주지와 일자리를 자주 바꾸었다. 어느 곳에도 오래 머물지 않았다. 스위스에서 그는 두 편의 소설 《테오도르》와 《토볼트》를 썼다. 《테오도르》는 그의 편집자가 분실해버렸고, 《토볼트》는 발저 스스로 없애버렸다.

비록 헤르만 헤세와 카프카로 대표되는 동시대의 뛰어난 작가들이 그의 재능을 알아보았으나, 그것이 그의 작가적 자립을 보장해주지는 못했다.

1905년 막 베를린에 온 스물일곱 살의 그는, "헤르만 헤세가 겁먹을 만큼 훌륭한 작품을 쓰겠다"고 친구에게 말했다. 그보다 겨우 몇 살 더 많은 헤르만 헤세는 바로 한 해 전에 《페터 카멘친트》를 발표했고 즉시 독자와 비평가로부터 호평을 받으며 작가로서 성공적인 출발을 이루었기 때문이다. 게다가 《페터 카멘친트》는 그와 유사하게 스위스의 시골 출신인 주인공이 대도시로 나와 문화적 경험과 교양을 쌓는 줄거리였으므로 그가 자신의 모습을 대입해볼 여지가 충분했다. 하지만 헤세가 이후 계속해서 성공적인 작가로 도약한 것에 비해, 그는 소설을 발표하면 할수록 내리막을 걷게 되었다.

Indeed I am a chinese.

그런데 헤세는 그의 열렬한 독자이자 옹호자가 되었다. 헤세는 그를 동시대의 가장 의미 있는 스위스 작가로 인정했다. 수많은 편지와 신문 칼럼에서 그의 작품을 칭송하고 더 많이 읽히기를 촉구하는 글을 남겼으며, 그가 정신병원에 들어간 뒤로는 경제적으로 돕기도 했다.

"발저와 같은 작가가 지성을 주도한다면 이 세상에는 전쟁이란 없을 것이다. 그와 같은 작가가 수십만의 독자를 갖는다면 세상은 지금보다 훨씬 더 좋아질 것이다."

"로베르트 발저와 같이 훌륭한 독일어 문장을 단 한 마디도 쓸 줄을 모르는 스위스의 그 많은 교수들과 라디오 방송 감독들은, 발저가 굶어 죽을 때까지 신경도 쓰지 않고 내버려두었을 것이다. 발저 스스로 정신병원에 들어가 생계를 해결할 방법을 찾지 않았다면 말이다." (헤르만 헤세의 말)

하지만 그는 이것을 그다지 기분 좋게 받아들이지는 않았을 거라고 추정할 수 있다. 그는 1943년 한 지인에게 이렇게 말했다. "나는 내 작품에 약간의 사랑과 슬픔을, 약간의 진지함과 동조를 섞어 넣었어야 한 것 같아. 거기다 귀족적인 낭만주의도 잊지 말고 함께, 헤르만 헤세가《페터 카멘친트》와《크눌프》에서 했던 대로 말이야."

귀족적인 낭만주의.

약간의 추리력을 발휘해보면, 흥미로운 연관을 떠올릴 수 있다. 또 다른 동시대의 뛰어난 작가 버지니아 울프는 1919년 에세이 〈모던 픽션〉에서, 인상은 더욱 강하고 면밀한 실증은 덜한 현대소설, 고정된 캐릭터보다는 부유하는 감성으로 이루어진 현대소설을 욕망했는데, 그것이 이미 십여 년도 전에 베를린에 살고 있는 스위스 작가에 의해서 상당히 높은 비중으로 실행되었다는 사실은 결코 알지 못했다. 하지만 울프의 다음 표현은 마치 그의 글을 그대로 가리키는 듯한 뉘앙스이다.

"작가가 노예가 아닌 자유로운 영혼의 소유자라면, 써야만 하는 것이 아니라 스스로 선택한 것을 쓴다면, 인습이 아니라 자기 자신의 감정에 기반을 두고 쓴다면, 그러면 그의 글 스타일은 플롯도 없고 희극도 없고 비극도 없고 연애담도 없고 파국도 없을 것이다."

전쟁이 터졌다. 1차 대전이다. 그의 처지는 더욱 곤란해졌다. 그의 빈약한 수입의 원천이 되어주던 독자들은 그의 글이 너무 이상하다고, 혹은 반대로 너무 순문학적이라는 이유로 외면했다. 독자들의 절대수가 너무 적었고, 그는 경제적인 궁핍과 함께 빠른 속도로 독일과 스위스 문학계에서 잊혀져갔다.

그는 가구 딸린 작은 셋방에서 셋방으로 끊임없이 이사를 다녔다. 이미 오래전부터 문학 살롱은 더 이상 그의 공간이 아니었다.

그는 폭음했다.

불면증을 앓았고, 환청을 들었으며, 악몽과 불안 발작에 시달렸다. 자살을 시도했다. 하지만 실패했는데, 그 이유는 그 자신의 해명에 따르자면, "나는 심지어 올가미조차 제대로 맬 줄을 몰랐기 때문이다."

1929년 그는 베른의 발다우 정신병원에 들어갔다.

그의 어머니는 만성우울증 환자였으며, 그의 형제 중 한 명은 18년 동안 정신병원에 있다가 죽었고 다른 한 명은 자살로 생을 마감했다. 그 역시 정신적으로 건강하지 못했다. 하지만 그는 정신질환보다 더 큰 비중으로 불행을, 고립을, 그리고 가난을 앓았다. 그는 규칙적인 일상 패턴을 제공하는 병원 생활을 받아들이고 적응했으며, 퇴원하라는 의사의 권유를 거부하기도 했다. 적어도 병원에 있으면 그는 생활비를 벌어야 하는 걱정 없이 글을 쓸 수 있었고 고독에 시달리지 않아도 되었다. 1933년 헤리자우의 병원으로 옮겨졌다. 그곳에서 대부분의 시간을 종이봉투를 붙이거나 콩을 분류하는 등의 단순 노동으로 보냈다. 1933년 이후, 그는 단 한 자도 더 글을 쓰지 않았다.

"나는 여기 글 쓰러 들어온 것이 아니고 미치기 위해 들어온 것이니까요." 하고 그는 헤리자우를 찾아온 카를 젤리히에게 말했다.

오랜 세월의 절필과 정신병원 입원으로 그는 문학에서 실종된 이름이 되었다. 그는 모든 것과 모든 사람과의 교유를 끊었다. 그는 존재를 소멸시키기 위해서 사는 것 같았다. (뿐만 아니라 그의 형제자매들 모두는, 대가족이 일반적인 시대였음에도 불구하고, 아무도 후세를 남기지 않았다.) 어떤 사람은 그의 실종이 동시대의 위대한 작가 카프카 때문이라고 해석하기도 한다. 5살 연하인 카프카는 그의 열렬한 독자였지만 그는 카프카를 몰랐다. 《성》에 등장하는 두 명의 조수 바르나바스와 예레미아스는 그의 소설 《야콥 폰 군텐》에서 그 원형을 찾을 수도 있다. 조수 혹은 시종으로 표상되는, 유래를 찾기 힘든 어떤 종류의 문학적인 주체. 카프카의 작품에서 그의 영향을 찾아보는 것은 불가능하지 않다. 무목적적이고 어린아이같이 순진하고 계산이나 궤도가 없는 그의 즉흥적인 코드들이 카프카로 옮겨지면서 전체 안에 치밀한 우화가 되었다고 보는 견해도 있다. 카프카의 산문을 읽은 뒤 로베르트 무질이 "발저 유형의 독특한 예"라고 평한 것처럼.

그는 유머와 아이러니 넘치는 문체 속에서도 자연과 어린아이, 소박한 삶과 소박한 사람들을 칭송했다. 음식과 날씨, 술과 의복, 건축 담배 등을 묘사하고 노래했다. 그런데 그는 그렇게 함으로써 비극을 그린 것일까?

"내가 아는 건 단지, 모든 가난한 자들은 공장에서 일한다는 거지요. 아마도 가난에 대한 벌을 받느라고 그러는 것 같습니다."

얼핏 보아서 그는 특별히 정치적인 작가인 것 같지는 않다. 심지어 세계대전이 일어나던 시기에도 그의 글에는 전쟁에 관한 내용이 거의 없다. 그는 인위적인 거대한 세계의 외피에 대해서는 구체적인 언급을 아꼈고, 무관심과 거리를 유지한 듯하다. 그가 애정을 기울여 관찰하고 주목한 자연과 인간 본성의 천진난만함, 둔감한 이기주의에 대한 분노, 가난한 이들에 대한 깊은 연민은 정치적이라기보다는 유토피아를 몽상하는 세계관에 더 가깝다.

아마도 그것은 그의 피 속에 흐르고 있는 어떤 요소 때문일 것이다. 그의 할아버지는 유토피아적 사회개혁가에 적극적인 행동가였고, 그 덕분에 목사 직위를 잃었다. 반동주의자 한 명의 총탄이 창으로 날아온 적도 있었다. 그 총탄을 기념으로 보관한 할아버지는 자신의 정치적인 신념 일부를 손자에게 물려주었을 가능성이 있다. 그는 글 속에서 여러 번이나 자유와 평등의 세계를 꿈꾸었지만, 그것은 혁명으로 도달하는 세계가 아닌 보편적 관용과 배려심으로 이룩되는 세계에 가깝다.

그는 타이프라이터를 사용하지 않은 드문 작가였다. 그는 타이프라이터라는 물건을 갖고 있지 않았다. 타이프라이터

뿐 아니라 그에게는 작가라면 작업을 위해서 의당 소지했으리라 생각되는 물건들이 없었다. 어디에도 정착하지 않고, 거주지가 없으며, 단 한 점의 가구도 소유하지 않았다. 심지어는 아마도 추측건대, 그 자신이 쓴 책조차 한 권도 갖고 있지 않았을 것이다. 그는 모든 것을 빌려서 읽었다. 심지어는 그가 글을 쓴 종이도 새것이 아니었다. 또한 우리에게 알려진 바로는, 여자들도 그에게는 머나먼 불가능한 존재였다. 마치 그의 글 속, 멀리 어렴풋하게 드러나는 어여쁜 소녀, 하지만 도달할 수 없었던 슬픈 소녀들처럼. 그의 삶은 계속해서, 물건과 마찬가지로 가장 가까운 사람들로부터도 일관되게 점차 멀어지는 과정이었다.

나는 집을 가졌던 많은 작가들을 알고 있다. 그들의 사후에 집은 박물관으로 남아 보존되고, 그들의 작가적 필수품들, 책상과 서재, 펜과 안경, 수많은 책들, 우아한 거실, 멋스럽거나 소박한 가구들, 각양각색의 수집품, 먼 외국이나 식민지에서 가져온 기념품들, 산책용 지팡이와 장화 등이 그대로 남아 아직도 독자들의 가슴을 뛰게 만든다. 유럽인들은 작가의 집과 문학의 공간을 보존하는 전통이 강하다. 거의 모든 도시와 작은 마을에서도, 외국에는 잘 알려지지 않은 작가들의 공간도 고스란히 보존되고 연구자들을 위한 자료 아카이브 역할을 하는 것을 쉽게 볼 수 있다. 내가 방문했던 독일의 마을과 도시들에 그런 작가 박물관이 전혀 없었던 곳은 도리어 찾기가 힘들 정도였다. 특별히 열광적인 독자가 아니라 해도 그런 식으로 괴테 하우스와 헤세 하우스, 포크너 하우스를 방문해본 적이 있으리라. 그들은 대개 별도의 주택을 소유할 여력이 있었던 작가들, 중산층이거나 시민계급의 작가들이다. 집이 없었던 작가들, 공동주택에 살았던 작가들의 경우, 시에서는 공동주택 건물 입구에 기념패를 붙여두기도 한다. 그런 식으로, 베를린에는 그가 한때 형 카를과 함께 거주했던 주택 건물 입구에 기념패가 붙어 있다.

마지막 날까지도 집 없이 셋방을 전전하며 떠돌았던 작가들, 정신병원에서 생을 마감한 작가들은, 당연한 일이지만, 오직 책으로만 남는다. 하지만 만약 이미 완전히 잊힌 작가에 속하던 그의 작품 재출간을 염두에 두고 1936년 헤리자우 병원으로 찾아간 출판인 카를 젤리히가 아니었더라면, 그의 글과 문학을 끊임없이 언급해준 동시대의 작가 헤세, 그리고 그의 이름을 계속해서 호출해준 다른 많은 문학가들이 아니었더라면, 그의 책 또한 영영 망각 속으로 사라져버렸을 수도 있었다. 실제로, 우리가 사랑에 빠지게 되었을지도 모르는 많은 작가들이 그렇게 사라져갔을 것이다.

(카를 젤리히가 헤리자우 병원을 방문하여 그와 함께 산책을 나가려고 허락을 구하는 모습에서 나는 W. G. 제발트의 작품《현기증. 감정들》에서 제발트가 오스트리아 빈 인근의 소도시 클로스터노이부르크에 살고 있는 에른스트 헤르베크를 방문하여 그와 함께 당일로 짧은 소풍을 다녀오는, 독자들로서는 좀 돌연한, 배경이 모두 삭제된 기이한 에피소드로 들리는 장면을 떠올렸다. 헤르베크 역시 34년 동안을 정신병원에서 살았던 시인이다.)

타이프라이터는 없었지만 그는 필체가 좋았다. 캘리그래피처럼 멋진 필체는 그의 자랑이기도 했다. 그러나 손으로 쓰기는 그에게 오른손의 심신성경련을 가져왔고, 이후 그는 펜을 포기하고 연필로 쓰기 시작했다. 그의 사후 발견된 500여 장의 종이에는, 크기가 최대 3밀리 정도인, 해독 불가능할 만큼 깨알처럼 작은 글씨가 빼곡히 적혀 있었다. 그래서 처음에 사람들은 비밀암호로 기록한 일기라고 생각했다. 하지만 그것은 일기가 아니었고, 암호도 아니었다. 그의 최후의 작품에 해당하는 그 미세 필체의 원고《마이크로그램》중에는 그의 마지막 소설인《도둑》도 포함된다. 그것은 평생 동안 자기 자신과 자신의 글을 최대한 작게 만들기 위해 노력했던 사람의—to be small and to stay small(《야콥 폰 군텐》 중에서)—상징적인 흔적이었다.

배수아

| 부록 |

본문에 수록된 작품들의 독일어 원제는 다음과 같다(발표년도 순)

그라이펜 호수 Der Greifensee, 1899

두 개의 이야기 Zwei Geschichten, 1902

한 남자가 한 남자에게 보내는 편지 Brief eines Mannes an einen Mann, 1905

문의에 대한 답변 Beantwortung einer Antwort, 1907

툰의 클라이스트 Kleist In Thun, 1907

기구 여행 Ballonfahrt, 1908

젬파하 전투 Die Schlacht bei Sempach, 1908

작은 베를린 여인 Die kleine Berlinerin, 1909

꽃의 날 Blumentage, 1911

헬블링 이야기 Helblings Geschichte, 1913

시인 Der Dichter, 1914

한 시인이 한 남자에게 보내는 편지 Brief eines Dichters an einen Herrn, 1914

빌케 부인 Frau Wilke, 1915

나는 아무것도 없어 Ich habe nichts, 1916

신경과민 Nervös, 1916

그거면 됐다! Basta, 1917

그래, 너는 내 거야! So! Dich hab ich, 1917

산책 Der Spaziergang, 1917

세상의 끝 Das Ende der Welt, 1917

시인들 Dichter, 1917

아무것도 아닌 것 Gar nichts, 1917

키나스트 Kienast, 1917

프리츠 Fritz, 1917

설강화 Schneeglöckchen, 1919

최후의 산문 Das letzte Porsastück, 1919

크리스마스 이야기 Eine Weinachtgeschichte, 1919

거리(I) Die Strasse(I), 1919

겨울 Winter, 1919

부엉이 Die Eule, 1921

두드림 Klopfen, 1923

내가 까다롭나요? Bin ich anspruchsvoll?, 1925

도스토옙스키의 《백치》 Der Idiot von Dostojewski, 1925

블라디미르 Wladimir, 1925

원숭이 Der Affe, 1925

작은 나무 Das Bäumchen, 1925

콘라트 페르디난트 마이어 기념일에 바치는 헌사 Beitrag zur Conrad Ferdinand Meyer-Feier, 1925

티투스 Titus, 1925

파리의 신문 Pariser Blätter, 1925

황새와 호저 Storch und Stachelschwein, 1925

비행사 Der Flieger, 1927

주인과 고용인 Herren und Angestellte, 1928

세잔에 대한 생각 Cézannegedanken, 1929

사진: 1939년 4월 23일, 카를 젤리히가 찍은 로베르트 발저

옮긴이 배수아

소설가이자 번역가이다. 지은 책으로 《밀레나, 밀레나, 황홀한》《푸른 사과가 있는 국도》《바람 인형》《철수》《일요일 스키야키 식당》《에세이스트의 책상》《올빼미의 없음》《독학자》《알려지지 않은 밤과 하루》《처음 보는 유목민 여인》《잠자는 남자와 일주일을》 등이 있고 옮긴 책으로 페르난두 페소아의 《불안의 서》, 프란츠 카프카의 《꿈》, W. G. 제발트의 《현기증. 감정들》《자연을 따라. 기초시》, 막스 피카르트의 《인간과 말》, 사데크 헤다야트의 《눈먼 부엉이》, 마르틴 발저의 《불안의 꽃》, 토마스 베른하르트의 《비트겐슈타인의 조카》 등이 있다.

산책자

초 판 1쇄 발행 2017년 3월 15일
초 판 7쇄 발행 2022년 1월 3일
개정판 1쇄 발행 2024년 7월 10일

지은이 로베르트 발저
옮긴이 배수아
펴낸이 이상훈
문학팀 최해경 박선우 김다인
마케팅 김한성 조재성 박신영 김효진 김애린 오민정

펴낸곳 (주)한겨레엔 www.hanibook.co.kr
주소 서울시 마포구 창전로 70(신수동) 화수목빌딩 5층
전화 02-6383-1602~3
팩스 02-6383-1610
메일 munhak@hanien.co.kr

ISBN 979-11-7213-084-8 03850

• 책값은 뒤표지에 있습니다.
• 파본은 구입하신 서점에서 바꾸어 드립니다.